U0598970

大鱼

有爱的青春陪伴者

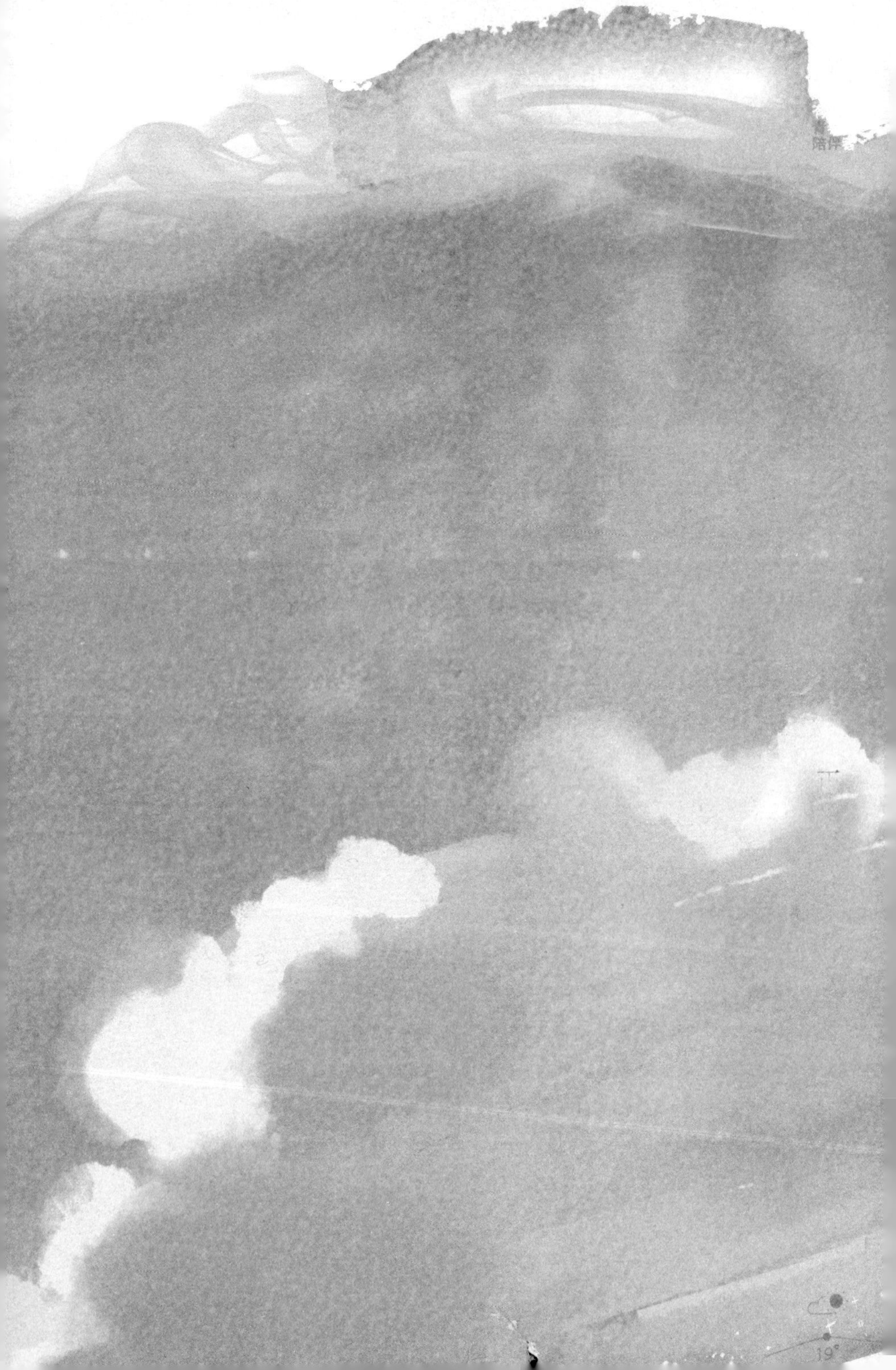

好天气会再来

Good weather will come again

正月初三·著

孔學堂書局

图书在版编目(CIP)数据

好天气会再来 / 正月初三著. — 贵阳 : 孔学堂书局, 2021.10

ISBN 978-7-80770-286-3

Ⅰ. ①好… Ⅱ. ①正… Ⅲ. ①长篇小说－中国－当代 Ⅳ. ①I247.5

中国版本图书馆CIP数据核字(2021)第136224号

好天气会再来 **正月初三 著**

HAOTIANQI HUI ZAILAI

责任编辑：蒋红涛　胡　馨

责任校对：寇　辰　胡国浚

责任印制：张　莹　刘思妤

出　　品：贵州日报当代融媒体集团

出版发行：孔学堂书局

地　　址：贵阳市云岩区宝山北路372号

　　　　　贵阳市花溪区孔学堂中华文化国际研修园1号楼

印　　制：长沙鸿发印务实业有限公司

开　　本：880mm×1230mm　1/32

字　　数：251千字

印　　张：9

版　　次：2021年10月第1版

印　　次：2021年10月第1次

书　　号：ISBN 978-7-80770-286-3

定　　价：39.80元

版权所有　翻印必究

目录

contents

Good weather will come again

目录

contents

Good weather will come again

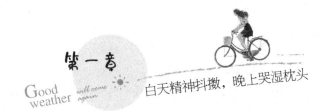

第一章 白天精神抖擞，晚上哭湿枕头

Good weather will come again

门安琪看着自己眼前这摊电动车。

之所以说“摊”，是因为除了这个词，门安琪还真找不着别的词语来形容了。

这电动车一看就不是被人不小心撞倒的，而是被人有意推倒后砸的。

什么破玩意儿？

要不是确定这电动车车把上的加菲猫贴纸是自己买车之后亲手贴上去的，门安琪都不敢相信，这是她昨天晚上还好好的车。

是谁跟她过不去？

她觉得自己有点站不稳，天灵盖上像是有人在跳踢踏舞。

太气人了，门安琪一双眼睛快要喷出火来。

她深吸一口气，把破破烂烂的电动车扶起来。因为用力过猛，一块凸出来的硬壳边角直接撞到了小腿，门安琪痛得太阳穴跳了一下。

她低头一看，果然破皮流血了。

门安琪“啧”了一声，没来得及管小腿上的伤，试着拧了一下车把，果然没反应。她在心里又骂了一句脏话，胸腔像是装着一满缸的混凝土，压得她透不过气。

她今天不把这事给白倩整利索了，她胸口这股浊气就出不来。

武汉的夏天，热得跟太上老君的炼丹炉一样。

门安琪拖着沉重的步伐，推着她那破破烂烂的电动车，爬过坡，越过坎，在路人、同学们惊讶的目光下艰难前进。

汗水不断地渗出来，流到了小腿上的伤口处，一阵阵火辣辣的疼，但是她顾不了这些了。

路过林荫道时，边上站着一个高高的男生，皱着眉，看着她的眼神有些欲言又止。

门安琪怒火冲天的时候就是个炮仗，一点就着。她梗着脖子向这个男生大吼了一声："看什么看！再看要收钱了！"吼完就扭过头气呼呼地继续赶路。

叶柏舟被门安琪吼得愣在原地，他脑子里冒出来的第一个想法是：这女生声音还挺好听；紧接着浮现的第二个念头是：哇，这电动车原来是她的，啧啧啧，好惨。

叶柏舟耸耸肩，事不关己地继续往实验室走。

阶梯教室里已经到了不少的人，还隔着一段距离就能听见上课前特有的嗡嗡声。

教室门虚掩着，门安琪从门缝里看见白倩坐在第一排，正侧着头和旁边的同学讲话，面带微笑，时不时轻轻点头，看起来很温柔的样子。

还给我装。

门安琪后槽牙都快咬断了，她拧着眉，一巴掌推开教室的门。

教室里瞬间安静了，所有人齐刷刷地看向门安琪。

只见门安琪三步并作两步，雄赳赳气昂昂地冲到白倩的座位前，用跟刚才拍门一样的力道，手掌往桌上使劲儿一拍。

"啪！"

白倩的身子肉眼可见地抖了一下。

"白倩你是不是脑子进皮蛋瘦肉粥了？"

“你在说什么啊？”白倩微微瞪大眼睛，还是被吓到的模样，身子微微僵硬着。

用班上一位男同学的话说，就是从白倩后脑勺的发丝都能看出她的恐惧。

门安琪倒是不能从白倩后脑勺的发丝看出她的恐惧，只看出了她很欠揍。

“你再把眼睛瞪大点，那样看起来更无辜。”门安琪懒得看白倩演，她下巴冲着坐在白倩身边的女生点了点，“你认识我吗？”

女生惊惶地摇摇头。

门安琪又问了旁边几个女生，她们都给了一样的答案。

门安琪重新把目光投向白倩：“你信不信，我现在就把这个教室的所有人、把这个专业的所有人，全部拎出来这么问一遍，看认识我的人加起来有没有三个。除了你，还有谁会天天注意我？除了你，还会有谁有事儿没事儿像抽风一样地给我使绊子？”

白倩用一种只有门安琪能懂的眼神看了她一眼，嘴角闪过一抹不易察觉的笑。

她在门安琪的注视中，微微歪了一下头，嘴唇微张，看起来十分惊讶：“啊？你怎么会这么想？”接着她微微抿了抿唇，一副失落的样子，“我们初中三年，没想到你居然还会……”

白倩顿了顿。

“没想到，你居然还记着那件事。”白倩抬起眼睛，可怜巴巴地看着门安琪，“那件事是我错了。但是现在都上大学了，我们都长大了，你也没必要这么故意栽赃陷害我呀。”

如果说刚才门安琪是觉得愤怒，现在她则是怒不可遏。

居然还有脸提初中，居然还有脸提那件事。

“谁栽赃你了？”门安琪大声地质问。

“你栽赃我砸你的车啊……”白倩垂着头，睫毛也耷拉下去，看起来十分楚楚可怜。

“呵！”门安琪盯着白倩，冷笑一声，“还说不是你，我有说我车子被砸了吗？”

白倩一愣，整个人僵在了座位上。

门安琪正要乘胜追击，结果坐在白倩身边的一个留着齐刘海，头发染成褐色，戴着美瞳的女生开口为白倩辩解了：“这中间肯定有什么误会。同学你也冷静冷静，可能是你弄错了，白倩不可能做这种事的。”

“脑子用不着，那就抠下来给我当炮踩，好歹还能听个响。既然现在它还好好地摆在你脖子上，就麻烦你说话前先用一用。”门安琪翻了个白眼。

她懒得再跟这群智商为负数的人多说，用食指指了指白倩：“你最好祈祷我不要找到证据，不然你看我怎么收拾你。”

门安琪说完这句话就后悔了，这话实在不像好话，倒衬得她真像个在暗处嫉妒白倩于是找碴儿的恶毒女了。

还有什么比在撂狠话的关键时刻居然没发挥好更让人心绞痛的事情吗？

有的。

门安琪转身走出教室，还没五米，就碰见刚好来上课的教授。

“上课了，你去哪儿？叫什么名字？哪个班的？”

“老师……”门安琪眼睛往下一瞥，正思考应该找什么借口，突然看到自己被车刮伤一大道口子出血了的小腿。门安琪眼睛一亮，“我去医务室包扎伤口。”边说边指了指自己的小腿。

顺利在老师眼皮子底下走掉的门安琪当然没有真去医务室，出教学楼之后，她就径直朝着自己的电动车走去。

虽然这辆车子现在处于报废状态，但门安琪的经济实力不允许她买辆新的。

跟校外修车行的师傅讨价还价半天，他总算少要了二十块钱。门安琪在等师傅修车的时间里，去旁边的药店，买了一瓶医用酒精和两张创可贴，坐在药店里的椅子上，把血都凝固了的小腿架在另一条大腿上，打开医用酒精的瓶盖，撕掉密封纸，跟浇水一样浇到小腿伤口上。

“嘶——”门安琪没怎么样，倒是站在柜台后面的药店小姐姐倒抽了一口气。

“等……等等，用这个吧。”药店小姐姐忙不迭地拿出两根医用棉签，“用这个，没那么疼。”

门安琪心软了一下，郁结了好久的心情稍稍好了一点。

“没事。”门安琪摆摆手，吹了吹伤口。酒精干了之后，门安琪撕开创可贴，贴在伤口上。

药店小姐姐又扯了两张纸给门安琪：“擦擦汗。”

门安琪接过纸的时候，手有些颤抖，酒精冲伤口还真是疼。

“谢谢。”门安琪道过谢，把椅子放回原处。走出药店，将手里捏着的创可贴包装纸扔到了垃圾桶里，她才松出一口气。

好热，又热又闷，什么鬼天气。

车还没修好，门安琪索性不等了，给师傅留了电话号码之后，手揣着兜往学校保卫处走。

她得去调监控。

砸车这事儿百分之百就是白倩做的，她都把话从白倩嘴里套出来了，结果居然还有人帮白倩洗白。

门安琪歪嘴嗤笑了一声。

大多数人的一辈子都是在各种崩溃中默默走完的，所以崩溃是很常见的事情。

话是这么说没错，但是当门安琪面无表情地把监控来回看了三遍，确定她停车的地方刚好是监控死角的时候，她还是不淡定了。

怎么刚好这么巧？

“怎么样啊，小姑娘，”监控室的大哥手里端着一个玻璃杯，正鼓着嘴吹散面上的茶叶，“找着是谁砸了你车的吗？”

“没有……”门安琪说。

“是吗？不能吧？”大哥挑眉，把玻璃杯放到桌子上，手背在身后走过来，“是不是你没找对地方？”

于是大哥亲自看了一遍，得出结论——

“小姑娘你是真的背啊。咱学校那么多摄像头，你偏偏刚好把车停在监控死角。”

那还有什么好说的呢？

门安琪瘪瘪嘴，心不在焉地道谢完，手插着裤兜往外走。

“哎！等等！”大哥突然叫住她，“我想起来了，你停车的地儿虽然有点偏，但旁边有一大块空地，叶柏舟经常在那儿玩无人机。”

先不论这个叶柏舟是谁，门安琪下意识地拧着眉，不解地问道：“所以呢？”

“你傻啊，无人机有摄像头啊！”大哥恨铁不成钢地看了门安琪一眼，“万一刚好就拍到谁砸了你电动车呢。”

门安琪没抱什么希望。

大哥表示理解，他又噘着嘴吹了一口茶：“也是，叶柏舟那性子，”大哥上下打量了门安琪一眼，“确实不太可能多管闲事。”

“我们俩说的不是同一个东西。”门安琪很肯定地说。

“意思差不多，反正就是不可能。叶柏舟虽然长得端正，但是性子冷得不行，一看就不是乐于助人的类型。”

门安琪叹了一口气，心想：那您提这话干什么呢？让人白高兴一场。

她有些烦躁。

因为一无所获，因为又一次让白倩得逞。

她走出监控室，外面艳阳高照。

门安琪面无表情地瞪着远方，什么鬼天气，烦死了！

分不清是被恶心到了还是被气到了，门安琪就跟吸多了汽车尾气一样，胸口发闷，想吐。

她咬牙切齿地骂了一句脏话，狠狠地踹了一下墙。

叶柏舟从实验室走出来时就看见奚怀洋正靠着墙玩手机。

“你怎么来了？”叶柏舟问，“医学院这么闲吗？”

“你说话真是越来越动听了。”奚怀洋翻了个白眼，把手里的手机举到叶柏舟眼前，“看，今天早上的爆炸新闻。”

叶柏舟把头凑过去，看清手机上的字——

“新闻学院系花白倩一大早被某女生问候了！大场面！！速看！！！”

这串感叹号多得让人脑仁疼的标题下面是一个视频。

奚怀洋等着叶柏舟把视频点开，结果叶柏舟压根儿没这想法，只是点点头表示知道了，然后就迈步走开。

“哎，你等等！”奚怀洋连忙跟上，“你不点开看看吗？”

“这事儿跟我有关系吗？”

“还真有，”奚怀洋把手机收起来，“故事得从……”

奚怀洋话音没落地，叶柏舟“啧”了一声，不耐烦地加快了脚步。

“行行行，我挑重要的给你说！”

奚怀洋觉得自己卑微，好歹跟叶柏舟从小一起长大，这么多年的友谊，居然还换不来叶柏舟三分钟的耐心倾听。

他赶紧抓着重点给叶柏舟把整件事儿捋了一遍。

“门安琪停车的地方是你平时飞无人机的地方吧？”奚怀洋盯着叶柏舟，问道，“这事儿你怎么看？”

叶柏舟脸上没什么表情，看不出情绪，还是那句：“跟我有什么关系？”

奚怀洋叹了一口气：“是没什么关系。但是这两个女生我都认识，她们都是今年加入生命探索协会的新生。我不觉得白倩这种平时温温柔柔的人会去砸人家的车；门安琪，我还挺……欣赏她的，不花哨，很踏实。”奚怀洋说到门安琪的时候，顿了顿。

“我去查了监控，那地方刚好是死角，就想着你无人机里有没有拍到什么，”奚怀洋垂着眼睛，语速慢了一点，斟酌着用词，“冤枉了谁都不好。而且，门安琪并不是别人评论里的那种随便找人碴儿的女生。”

叶柏舟看了奚怀洋一眼，心下了然道：“你喜欢门安琪？”

奚怀洋迅速否认，说自己的全部身心都献给了伟大的医学事业，对门安琪只是欣赏，再加上他也是真的想知道真相，最后还问道：“你不好奇吗？”

叶柏舟叹了口气，他知道奚怀洋自从考上医学院，成为一名光荣的医学生之后，就热衷于收集各种八卦、小道消息来度过无聊、漫长且恐怖的学医生涯。但是叶柏舟也是没料到现在奚怀洋的智商已经低到这个程度了。

看完视频，但凡智商正常，且有一定的逻辑思考能力的人，都能知道白倩不无辜——门安琪都已经把话套出来了。

帖子下面居然还有人在为白倩辩解。

一时之间，叶柏舟不知道是该夸门安琪聪明有脑子，还是该骂围观群众智力不健全，忽略了显而易见的真相，只能接受他们自己预设的答案。

无聊。

叶柏舟端着枫园的石锅拌饭往座位走的时候，脑子里已经没在想这件事儿了。导师发微信问他最近有个给政府做个系统的活儿接不接。

叶柏舟答应下来，一边坐下吃饭，一边查看自己的时间表。

奚怀洋坐在对面自顾自地说了半天话，发现叶柏舟没反应，一看，他正低着头在平板上滑来滑去的，注意力完全没在这儿。

奚怀洋面无表情地想：叶柏舟这种冷漠到让人怀疑他到底是不是有人类血统的生物，他到底是怎么存活下来的。

天气特好，太阳藏在云间，阳光也像蒙了一层纱。

五颜六色的彩带挂在树上、舞台上，小门安琪手举着话筒，脸蛋上涂着显眼的腮红，额间点了一个红点，蓝色的眼影盖在眼皮上。

“欢迎各位爸爸妈妈的到来！”

说到这里的时候，底下坐着的家长们都举起双手鼓掌。

站在台上的门安琪看见自己的爸爸侧过头跟身边的人说话，脸上全是骄傲和自豪的表情。门安琪看见爸爸的口型好像在说：“看到没，台上那个是我女儿。”

每次有人问门安琪是从什么时候决定以后要成为一名主持人的，门安琪就会想起这个时刻。

门安琪醒过来的时候，身体有种失重感。

隐隐的眩晕中，门安琪来不及回忆刚才梦见了什么，只下意识地赶紧闭上眼睛。

她要重新睡过去，在梦里可以见到爸爸。

如果爸爸真的还活着就好了。那么她就不用长大，不用一个人单枪匹马地冲进教室去质问白倩。

如果爸爸还活着，他一定会坚定地相信她。

从小就是这样，不管门安琪在外面闯了多大的祸，不管有多少家长带着他们的小孩上门告门安琪的状，不管那些家长怎么说，爸爸都永远是坚定地站在门安琪这边的人。

那时她自己逞英雄从滑梯侧边溜了下来，还怂恿同小区的孩子也这么做，最后有个孩子摔断了手，家长找上门来，门安琪躲在房间里不敢出来，听着爸爸在门口给人赔礼道歉。

“安琪，出来。”爸爸敲她的门，“要敢作敢当，错了就认，认了就改。”

门安琪弯腰鞠躬对邻居阿姨说对不起后，爸爸欣慰地拍了拍她的背。

“你是我这辈子最大的骄傲。”爸爸这么对她说。

门安琪睁开了眼睛，一个已经醒过来的人不可能再重新睡过去做同样的梦。

门安琪从枕头底下摸出手机，下床，轻手轻脚地往厕所走去。

她关上厕所门，解锁手机，调出拨号的页面。

虽然白天的时候，她放话挺干脆，听见有人帮忙维护白倩的时候，也利利索索地骂回去了，看起来赢得很潇洒，但说她心里一点委屈和难过都没有，那是骗人的。

她难过的时候，都会给已经去世的老爸打电话。

那个号码，门安琪一直缴着话费，但是今天她做啥都不顺，拨号码的时候手机卡了下，她重新按了一遍。等待通话自动转到语音信箱的时间里，她盯着虚空发呆。

思绪飘远的她没有注意到，因为手机卡顿，数字拨错了，她拨打的并不是老爸的电话。

叶柏舟那边睡得好好的，突然接到了一个电话，而且电话那头的人啥也不说，只有哭声。

深更半夜。

一通来电。

哭声。

虽然叶柏舟是一个坚定的无神论者，但这还是把他吓得哆嗦了一下。

他皱着眉，看着来电号码，愣了一下，瞬间清醒。

他知道这个号码。

意识到这个电话是谁打来的之后，叶柏舟很难把已经悬在“挂断”键上的大拇指按下去。

他抿抿嘴，默默地把大拇指收了回去，然后乖乖躺在床上，听门安琪在电话那头哭。

就在叶柏舟即将重新入睡的时候，门安琪开口说话了，声音带着哭后特有的沙哑，低低的。

“我有那么不招人喜欢吗？我做错什么了？”

叶柏舟觉得自己还是不要接话为好。

“爸，没有人喜欢我。要是你在就好了。”说完，她就挂了电话。

叶柏舟听完后难以排解胸闷的感觉。

他确定刚才门安琪应该是打错电话，把他当成别人了。但是他没想到，那个“别人”是她爸爸。

怎么刚好就是她爸爸。

就好像忽然被榔头击中了胸口，叶柏舟体会了一下这感觉，思索着这意味着什么。

愧疚。

原来这就是愧疚的感觉。

叶柏舟坐了起来，下床，走到窗边。

博士生宿舍就在樱花大道旁的老斋舍，叶柏舟注视着窗前的樱花树。花早就谢了，现在树上全是叶子，白天看是绿汪汪的一片，夜里看着就是比夜空深一个色号的黑团。

电话里的声音听着很熟悉，如果他没记错，那声音他白天的时候听过一次。

只不过白天的时候，这个声音威风多了，不像刚才那么委屈可怜。

因为五岁以后的叶柏舟就再没被人凶过了，所以他印象十分深刻。

“看什么看！再看要收钱了！”

当时他还暗自在心里夸了一句声音挺好听。

那个推着一辆破电动车，满头大汗的女生，那个叫门安琪的女生，居然就是他一直要找的人。

门建国有段时间沉迷于看手相，买了几本关于看手相的书，学得有模有样，后来自觉可以出师了，首先就拿了门安琪的手来看。

“你啊，就是典型的人前风光明媚，人后吃苦受罪；白天精神抖擞，晚上哭湿枕头。”门建国指着门安琪的掌心上一根弯弯曲曲的线，“你看你，命途多舛，这一路这分叉和挫折多得啊……不过还行，最后的走势是向上的，过程艰难曲折，但是前途未来一片光明。”

门安琪面无表情地说：“爸，我要是你，在看手相之前，一定先分清楚什么是掌纹，什么是睡觉时手在凉席花边儿上压出来的印子。”

门建国：“……”

现在想想，虽然爸爸不怎么靠谱，但是有句话可能真的说对了。

人前风光明媚，人后吃苦受罪；白天精神抖擞，晚上哭湿枕头。

门安琪就是这种人。

她昨晚泪流满面，现在白天又是一条好汉。

中午吃饭的时候，门安琪发现自己入学时参加的社团群里终于有了一条有实际意义的消息：“欢迎小萌新们加入观鸟活动。明年是祖国 70 周年华诞，对于始终与中华民族命运同频共振的武汉大学来说也是重要的一年。所以我们生命探索协会决定联合绿洲环保协会，用一个月的时间，进行全校范围内的鸟类监测，换个角度观察我们生活的学校，发现生活里平时没注意到的美好。今年新进咱们生命探索协会的小萌新们，一起来吧！观察自己周边的生命，感悟自然的美妙！”

说真的，门安琪之所以报考武大，就是因为喜欢武汉大学的樱花。

看招生视频的时候，那一簇簇盛开的樱花实在是好看。航拍整个校园，蓊蓊郁郁，有山有水，环境特好。据说珞珈山上还有只小狐狸，她从进了武汉大学开始，一有空就去珞珈山上晃悠，企图跟小狐狸来次“偶遇”，但是到目前为止，一次也没碰见过。

但，总而言之，门安琪是真的把这次观鸟活动放心里了。

她是真的挺喜欢鸟的，家里甚至买了一套《世界鸟类大全》。

她兴致勃勃地拿着手机去校园各个角落拍照录视频，查资料做注解，有时候为了拍一只鸟，连饭都顾不上吃。

但她不觉得累。

相反，进武大以来的这段时间是她过得最开心的时候了！

结果，一周之后，门安琪得知社团将要结合所有视频、资料做成一期成果展，而背景音介绍人是白倩。

门安琪一想到自己辛辛苦苦拍的视频，将要由白倩配音，她连把视频永久销毁的心思都有了。

没意思。

门安琪把手机锁屏，扔到了床上，自己坐在书桌前，拿出《一生的修行——心灵的平静》这本书，认认真真地读了起来。

晚上七点半左右，组长来问她的成果，门安琪平静地说：“没有。”

“视频还是照片？”

“都没有。”

让白倩给她收集的照片和视频配音？

不可能的。

门儿都没有。

奚怀洋给叶柏舟的微信备注从“冷血动物”变成了“冰血装相狗”。

自决定和绿洲环保协会联手举办校内观鸟活动后，奚怀洋就第一时间给叶柏舟发了微信，让他帮一下忙。

结果叶柏舟就跟掉进了时间的无底洞里一样，连回声都没有。

大半个月过去了，叶柏舟就一直没理过奚怀洋的这个请求。

奚怀洋做梦都在骂叶柏舟是个缺乏同理心且没有良知的浑球。

奚怀洋最讨厌发消息收不到回音，偏偏叶柏舟老是这么干，还总是一脸无辜，用没看手机、没看微信、不想回复这些理由来搪塞。

这是人说的话吗？

奚怀洋不是只会怒发冲冠拍栏杆的人，眼见着9月都要过完了，协会里各个小组的人把视频资料图片陆陆续续都交上来了。叶柏舟还是没动静，再这么下去指不定9月都过完了还得不到回声。

奚怀洋思索三秒，使出杀手锏，打电话给叶柏舟的母亲，嘘寒问暖一圈。没半分钟，叶妈妈就叹了一口气：“说吧，叶柏舟又怎么你了？”

“他不顾从小一起长大的情谊，对我冷若冰霜，可怜我……”

“我挂了。”叶妈妈说。

“哎哎！阿姨！”奚怀洋连忙直奔主题，说明来意。

“行。”叶妈妈最后答道。

情况比叶妈妈预想的好很多，她本来都做好准备迎接自己儿子出柜的消息了。

挂了奚怀洋的电话，叶妈妈给叶柏舟打了电话，让他帮一下奚怀洋，不然她得被烦死。

叶柏舟就没见过比奚怀洋更事儿的男生，居然还告状。

正巧这时候奚怀洋又发微信来了，还是说这事儿。

“不理你是因为觉得你脑子里有粥，你让我用卫星帮你观测鸟？”叶柏舟说。

“你脑子才有粥吧，谁让你用卫星帮我观测鸟了？看得清吗？”奚怀洋一边打字一边翻白眼，“是想让你帮忙用无人机扫个大全景，在校园里飞一圈儿，什么超广角、远景啥的，反正就那类的吧，加在开头结尾，显得档次噌噌噌往上涨的那种。”

“就这？这么点小事儿你念叨半年都没把这事儿讲全，你高考语文作文没及格吧。”

“我不忙吗？”奚怀洋炸了，“你才是吧，这么点小事儿给你念叨半年你都没答应，你的血是液氮做的吧？”

叶柏舟顿了一下：“视频在哪儿放？”

“放网上，谁都能看。但是得先在社团内放，到时候找个大教室什么的，把人叫齐，先放一遍，让内部人员品品。”

嗯？把人叫齐，先放一遍，让内部人员先品品。

听到这儿，叶柏舟挑挑眉：“知道了。等着吧。”

这一等又是半个月。

照以往的话，奚怀洋是敢催的。

但上次奚怀洋为了让叶柏舟帮忙，打电话给叶妈妈求助，叶柏舟当时没说什么，三天后奚怀洋晚上十点从解剖室各具尸体、器官的环绕中出来时，从天而降一个浑身发着绿光的骷髅，黑黢黢的空洞眼窝跟他对视，奚怀洋瞬间脑子空白，当场吓晕了过去。

奚怀洋醒来后才意识到只有叶柏舟这么幼稚无聊且记仇的人，才会大半夜操控静音无人机吊着一个涂了荧光剂的塑料骷髅架子吓人！

于是最近一段时间，奚怀洋不敢再招惹叶柏舟了。要是再这么被吓一回，他觉得自己能直接落户停尸间。

叶柏舟不发视频过来，奚怀洋也只能默默忍着不敢催。

等到最后，整个生命探索协会的人都在大教室里开会了，叶柏舟还没动静。

副会长悄悄地在手机上问奚怀洋，叶柏舟有没有发消息过来，观鸟视频还放不放了。

正在奚怀洋犹豫要不要提醒一下叶柏舟的时候，电脑屏幕右下方叶柏舟的头像闪了闪。

叶柏舟把视频发来了！

奚怀洋心情激动，手儿颤抖，当下直接点开视频在多媒体上放了。

一开始确实是个大远景，将整个武大的景色囊括眼底，像个大片的开头，然后从牌坊开始，一路特写拍摄，镜头依次转换场景，到了枫园那儿，却看见一个女生在砸电动车。

那女生不是别人，正是白倩。

那电动车不是别人的，正是门安琪的。

全场一片哗然。

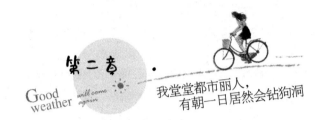

第二章 · 我堂堂都市丽人，有朝一日居然会钻狗洞

Good weather will come again

混乱之中，奚怀洋收到叶柏舟发来的微信。

“啊，视频发错了。这个才是你要的全景。”

奚怀洋点开叶柏舟发来的这个新视频，这回他不敢轻易在多媒体上直接放了，想着先在手机上放一遍。

跟先前发错的旧视频内容、大小、日期都不同。

只有9秒，奚怀洋蒙了。

要不是奚怀洋百分之百确定叶柏舟绝对不是会管闲事儿、伸张正义的人；要不是奚怀洋百分之百确定叶柏舟的血是液氮做的、是冷得不行的人……他都要以为叶柏舟是故意发错视频，故意挑最后的这个时间点发来，让他没时间先点开看一看，然后顺理成章地让大家都看见白倩砸车的过程，当众给门安琪撑腰了！

毕竟视频放到砸车这一段的时候，镜头还拉近拉近再拉近，生怕大家看不清砸车人的脸。

之前砸电动车的事儿本来就闹得沸沸扬扬，没找出肇事者就收场了，虽然视频里那个叫门安琪的女生或多或少让白倩露出了破绽，但是更多的人还是选择相信自己印象中的那个白倩，认为白倩不可能做出砸车这种事。

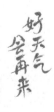

于是他们转而为这件事儿增添了很多其他莫须有的传说，各自发表见解，最受认同的一种说法是根据白倩说的那一句“初中三年，还记得那件事，那件事是我错了，但是现在都上大学了，没必要再这么故意栽赃”延伸出来的——

白倩初中不小心做错了事，门安琪惦记至今，于是车子被砸立马“一朝被蛇咬，十年怕井绳”地怀疑到白倩身上。

“我觉得还是门安琪太小气，初中的事儿能记到现在。”

“其实有时候想想，记仇的人真的好可怕。”

“哎，谁初中的时候没有做过几件错事儿呢……”

“宽容、谅解，人一生中最美的两个词！”

…………

种种说法，不一而足，总之不管从哪个角度，都是白倩无辜中枪，门安琪没事儿找事儿，故意找碴。

可现在证据清晰明了地展现在所有人面前，令众人大跌眼镜。

白倩就像被从头淋了一桶冰水一样，整个人僵在座位上，脸色惨白。

坐在她旁边的几个女生也都神情复杂地转头看着她。

而本来一个人坐在大教室最角落的门安琪，则惊讶地瞪大了眼睛，瞳孔也不自觉地放大。

认真的吗？

我门安琪有朝一日也可以得到正义女神的眷顾吗？

本来都放弃了！已经做好认栽的准备了！

这是哪位好心英雄干的啊？这是谁拍到的？

是那个叶柏舟吗？

可是为什么啊？我们不认识啊！监控大哥不是说这人性子冷吗？

短短半秒之内，门安琪脑子里闪过了一百个相关的问题。

她理了一下领口，又在原座位上跺了跺脚，深吸一口气，手指甲掐了掐自己的掌心，最后伸手捋了一把自己的短发，强迫自己从兴奋中冷静了下来。

这下，她算是可以直起腰板去质问白倩了。

门安琪雄赳赳气昂昂地站起来，正要大步往白倩那儿走，就看见白倩站了起来，匆匆往外走。

那架势，门安琪想了一下，字典里应该叫作“落荒而逃”。

门安琪一点也不合时宜地迟疑了，也许不该在大庭广众之下给人难堪……

门安琪又哼了一声，心想着：冤有头债有主，早知今日何必当初，白倩曾经铆着劲儿让我难堪的时候可没这么想过。

她追了出去。她可比从小装文弱没正经上过几节体育课的白倩跑得快多了，没几步就抓住了人，左手一推，白倩的背“哐”地撞在墙上。

尽管门安琪十分讨厌白倩，但是不得不说，白倩真的拥有一副夺人眼球的好皮囊。

秋天的阳光照得白倩的脸蛋看着仿佛像一块上好白璧，没有一丝一毫的瑕疵，睫毛上镀着一层细小的光边儿，眨眼的瞬间像是星星落到海洋。

可惜了，这么好看的人，心肠却那么坏。

“我知道你想说什么！”没等门安琪开口说话，白倩先声夺人。

白倩抬起头，看着门安琪，嘴角微微翘起，眼神讥诮：“你不就是来兴师问罪的吗？现在看我在所有人面前丢脸，你很开心吧。你盼这一刻盼了很久了吧。”

门安琪皱起眉头。

这位大姐是不是搞反了事情的发展顺序？

到底谁先做错事的？

“但我觉得你与其在这里质问我，不如先反省一下你自己。”白倩抬起下巴，有些居高临下地看着门安琪，“你也知道，一个巴掌拍不响……”

“啪！”门安琪没料到自己会对“一个巴掌拍不响”这句话这么厌恶，厌恶到白倩话音还没落地，她就已经大力地扇了白倩一耳光。

声音之清脆，力度之恰当。

“一个巴掌拍不响？”门安琪直视白倩，语调平平，“这下响了吗？”

接近秋天，校园里的树叶已开始慢慢地变黄，温度会越来越低，天空会越来越清亮，夏天的黏腻终究会被几场秋雨洗刷干净——人间好时节就快到了。

“你砸我一辆车，我回你一耳光，勉勉强强算是扯平了，我也不稀罕你赔钱，就这样吧，以后别再来招惹我。”

门安琪看着白倩的脸上迅速浮现出粉红的印子，就像春天傍晚时的晚霞。

真是白瞎这张脸了。

门安琪第九十八次在心里感慨。

就在门安琪感慨的时候，她扇白倩耳光的视频已经火遍了校园。

奚怀洋怎么可能错过这种大事，他第一时间拿到原视频，第一时间分享给了叶柏舟。

“门安琪这女的太生猛了！真一点也不心软啊！”奚怀洋说，“这大场面我居然也在现场！”

叶柏舟默默看完了视频，没搭话，嘴角却微微上扬了一下。

从碰见门安琪时听到的那句“看什么看！再看要收钱了”，到这次视频，叶柏舟觉得门安琪这女生还挺好玩的，嘴角的笑意也加深了。

有点意思。

往年新生体检都安排在报到的后几天，今年不知道怎么回事，延迟了快一个月了。

体检相关事项的通知发在班群里，没过五分钟，班里就开始有人提议说要不等体检完了，大家聚在一起吃个饭，好歹以后四年都是同班同学。

这提议要是提前两周说，估计不会像现在这样受到广泛的支持，因为现在大家都熟悉了，聚餐自然不为难。

门安琪最近日子过得舒适，电动车修好了，她终于又可以骑着小电动车，嘴里叼根棒棒糖，潇洒威风地驰骋校园了。

现在看班级群里气氛这么高昂，本来最近心情就很好的门安琪也受感染了。

吃个饭也行。

于是班长统计人数的时候，门安琪没有拒绝，回了个“去”。

下课之后，门安琪也没有急着回宿舍。

她网购的茶包装的“碧潭飘雪”到了。

取了快递之后，她骑着自己的电动车，耳朵里塞着耳机，心情很好地去了监控室。

监控室大哥一见是门安琪，立马就笑了，打了个招呼：“怎么，电动车修好了？”

门安琪简单复述了一下事情的全过程，着重讴歌了一下那位默默提供视频的“正义女神”。

监控大哥很笃定那位“正义女神”一定是叶柏舟。

门安琪耸耸肩，敷衍地应了几句。

那天听监控大哥说了叶柏舟这个人，门安琪回宿舍立马就查了一下，虽然说不抱希望，但她还是想试试。

结果一看贴吧里那些疯狂示爱的女同学，门安琪立马打消了所有想法。

根据她的经验，就这种流光溢彩型的人，能不招惹就尽量躲远点儿，越远越好！

她拿出快递包裹，递给大哥。

“这是送您的礼物，之前看您喝茶时老是噘着嘴吹茶叶，看着就挺累，这是茶包装的，你丢一包放水里就成。”

大哥眼睛一亮：“哎呀，这个好！是什么茶？”

“碧潭飘雪。”门安琪说，“我上次闻您茶的味儿应该就是碧潭飘雪。”

她爸生前也喜欢喝这个，门安琪对这味道太熟了。

大哥感动得不行，直言门安琪是好孩子。

门安琪赶紧扬起手做“差不多了”的手势，刚巧这时候她手机响了。

门安琪按下接听键。

是生命探索协会的名誉会长奚怀洋打来的，说希望她能给社团最后做出来的观鸟视频配音。

门安琪：“哈？”

她有些没反应过来，不是定的白倩吗？

“行，就这么定了，加油哦！”

门安琪愣愣地挂掉电话，一个激灵，突然兴奋起来。

“大哥！我走了！”她跳上电动车，骑着它，按照导航，快乐地朝班级聚会的地点去了。

白倩正在和班里同学聚餐。

微信里，学姐抱歉地告诉她说配音换人了。

白倩当然不可能直接问为什么，她只是面色如常地回复：“好，我知道了。”

这么乖的回应，让通知她的学姐更加不好意思了。

“这次，主要是出了门安琪这个小插曲，电动车……”学姐发了串省略号过来，“就，影响还挺不好的。”

“嗯嗯，没事的。”白倩发了一个正在笑的兔子表情包，“本来就是我做得不对。那天喝多了，在那个角落看见电动车，还以为碰到了什么变态，吓坏了……我就稍微激动了一点，嘿嘿。”

学姐立马就明白了。

哇，美女的烦恼啊，走夜路确实该警惕些。

学姐在微信里跟白倩又聊了一会儿，安慰白倩说没事，她是什么样的人，大家都有目共睹。

“唉，说到这个……学姐，你能帮我跟大家解释一下吗？感觉你开口的话，大家会相信一点。我现在说什么都……都不太对。”

“理解，理解！”学姐一口答应，“放心吧！”

又跟学姐聊了会儿别的，白倩给学姐推荐了几款好用的面霜，互相分享了一些代购，才结束对话。

白倩关掉手机，黑色屏幕中，她的眼里没有任何笑意。她心里已经开始有了大概的筹划——

第一，继续笑着面对。

第二，今天这顿班级聚餐，她要买单，重新拉拢人心。

第三，门安琪，你给我等着……

班级聚餐到了后头，不管会喝的不会喝的，基本都被灌了几杯酒下肚，大家的情绪明显高昂了起来。

后面才赶来的门安琪也不例外。

她不是爱摆架子的人，但也不是自来熟，所以开学这么久以来，真正跟她说了话的人，除了班长和团支书，还真没别人了。

这一顿饭吃下来，大家发现同学们其实都挺好的。

一个喝得有些多的女生，摇摇晃晃地走过来攀住门安琪的肩："我看了那个！我欣赏你！"

"啊？"门安琪也喝得有些晕了，看面前这个女生好像带着重影。

"就那个！你，啪一耳光打白倩脸上，就那个视频！"女生对着门安琪竖起大拇指，"不是我说，牛！"

门安琪哭笑不得。

大家这么闹哄哄地玩了几个小时，不管认不认识的，都加了微信，然后又吵着要继续喝下一轮。

门安琪没参与，她困了。

第一回喝酒，她现在就只想找张床睡过去。

门安琪迷迷糊糊地坐出租车回了学校，下车才发现司机把她送到了凌波门。

她记得凌波门好像会很早关门来着……

是什么时候？

哦！对！八点半。

门安琪拿出手机看了一眼，这会儿都九点半了。

关门了呀！

回不了学校喽！

门安琪傻乎乎一乐，身子像破了口的沙袋，顺着墙就滑坐到了地上。

渐渐地，她握着手机的手也没力气了。

她就这么睡了过去。

对面就是平静广阔的东湖。

夜色迷蒙，东湖湖面上飘着一层朦胧的雾气。

不远处一个高个子男生拎着一个公文包之类的东西，慢慢悠悠地走过来了。

男生越走越近。

他拎着的不是公文包，而是一台笔记本电脑。

很近了。

近到可以模糊看见高个子男生的脸——他戴着鸭舌帽，穿着灰色卫衣，黑色长裤，鼻梁很高，灯光在他分明的下颌线处落下了一层阴影。男生帅是帅，但一看就是不好惹的主。

这正是叶柏舟。

他最近连轴转了好几天，终于赶在截止日期前帮政府把系统做完了。

那天答应得实在太草率了，兴许是枫园的石锅拌饭太好吃，或者是奚怀洋太烦人，也或许是导师太会挑时间问他……种种因素让他放松警惕，一口答应了导师给的活儿。当他反应过来留给他做系统的时间并不多的时候，后悔已经来不及了。

他现在只想赶紧回去，然后收拾利索，蒙上被子睡个好觉。

当叶柏舟注意到凌波门门前靠坐着一个人，且认出那个人就是门安琪的时候，他着实被吓了一跳。

多亏奚怀洋之前不遗余力地在叶柏舟面前循环播放了半小时有

关门安琪的视频，他现在才能一眼认出门安琪。

尽管有些犹豫，但叶柏舟到底还是走到了门安琪面前。

“醒醒。”他半弯着腰，皱着眉拍了拍门安琪的肩膀。

门安琪毫无动静。

“还活着吗？”叶柏舟把电脑放下，两只手抓住门安琪的肩膀晃了晃。

“没……”门安琪听了叶柏舟的话，也不知想哪儿去了，突然悲从中来，号啕大哭，“呜哇哇哇！我爸早死了！”

就这一声号叫，成功刺中了叶柏舟的心，把他那为数不多的同情和心软引了出来。

他把门安琪扶正，伸手拨开她乱糟糟的短发，想要为她擦擦泪，可那白净的脸蛋上，哪有一丁点泪？

居然是干打雷不下雨。

叶柏舟弹了一下门安琪的额头，还以为这人哭得多伤心呢，搞得他同情心泛滥……

“走吧，回学校。”

“门锁了，回不去。”门安琪条理清晰道，“我看了，那儿有个洞，但是我不钻。”

“没人叫你钻。”叶柏舟叹口气，她身上散发出浓浓的酒味，到底是喝了多少啊？

“行吧！钻就钻！”门安琪还挺委屈，“我堂堂一个都市丽人，有朝一日居然会钻狗洞。”

“没人叫……”叶柏舟正要重复上句话，突然起了捉弄的心思，“真要钻？”

得到门安琪的肯定答复之后，叶柏舟点点头，拿出手机，对准门安琪：“去吧。”

门安琪去了。

结果，她卡住了，半边身子在学校里头，半边身子在马路牙子上。

“大胆如来佛！居然敢压你孙爷爷！”

叶柏舟在旁边憋笑憋得肚子疼，他举着手机，走近门安琪，问：

"需要我施以援手吗？"然后抓着她的腿把门安琪从洞里拽了出来。

"师父，别给我戴紧箍咒。"出来之后的门安琪异常乖巧，顶着一头的杂草对他说，"我可听话了，去西天这一路，不用紧箍咒我也为你保驾护航。"

得，这是把他当唐僧了。

"可观世音说了，你这泼猴极为顽劣，为师恐这一路漫漫……"叶柏舟配合醉酒的门安琪演，"唉！为难啊！"

"呸！"门安琪啐了一声，"观世音的话你居然也信！我！门安琪！对着天空，对着大海！不，东湖！我门安琪，对着东湖发誓！这辈子一定好好报答师父！今生悉听师父的话！来世甘当孺子牛！"

叶柏舟笑得像是发现了山谷最深处一朵好看的小花，眼睛里满是温柔。

"这么报恩，我也很为难啊。这样吧，来世甘当孺子牛就算了，今生先好好听话。"

"可以！"门安琪豪放至极，"从今以后，你让我往西，我绝对不往东边苏杭走；让我往东，我绝对不往西边大理蹿！"

目的达成，叶柏舟按下"录制"键，视频自动保存。

"那你拎着电脑，为师背你回学校。"

叶柏舟牵过门安琪的手，往背后一拽，再一顶，门安琪只觉得晃了一下，然后整个人就趴到了叶柏舟背上。

结果还没三秒，叶柏舟就眼睁睁看着本该被门安琪好好提在手里的电脑，以一种决绝的姿态直接落了地。

"这电脑里全是重要资料，你干什么？"

"太重了。"门安琪的声音已经轻了，"碍着我睡觉了。"

谁也料不到，一向闷在遥感学院里深居简出、不见人影的叶柏舟学长，竟然在一个9月的夜里，背上背着睡得死沉的门安琪，手里拎着电脑，吭哧吭哧走在街头。那一刻，叶柏舟陡然明白了取经那一路沙僧有多苦。

"你住哪个宿舍？"叶柏舟偏过头问门安琪。

门安琪不耐烦地挥挥手，把头换了个方向，脸对着叶柏舟，嘴唇正好跟他偏过来的脸颊碰上。

“……”

叶柏舟整个人静止了。

夜风温柔地拂过树梢，偶尔几声鸟啼，衬得当下更加寂静。

叶柏舟只觉得左脸火辣辣的，尤其是门安琪刚才碰到的地方，更是烫得他碰都不敢碰。

心跳如擂鼓，他一阵发蒙。

良久，叶柏舟才像如梦初醒似的，把背上的门安琪拽了下来，强迫她站直：“你这人！你怎么……”

跟这边话都说不明白的叶柏舟形成强烈对比的，是那边刚转醒迷迷糊糊睁开眼的门安琪，她懒洋洋地看着叶柏舟，咧嘴一乐。

“哟嚯，小帅哥儿呀。”

门安琪一只手钩住叶柏舟的脖子，另一只手不正经地钩起叶柏舟的下巴，带着挑逗的语调：“来，帅哥，给姐姐笑一个。”

叶柏舟：“……”

“哟嚯，还是高冷型的啊？”门安琪思忖半秒，“这个型的姐姐也喜欢！”

不能再听下去了。

叶柏舟满头黑线，他从包里掏出创可贴，竖着贴在了门安琪嘴上。

“闭嘴。”

“哎嘿！这个封不住我！”门安琪神采飞扬。

叶柏舟又从包里掏出一个创可贴，重重地按在门安琪嘴上，忽悠她说：“这是胶布，你现在张不了嘴了。”

门安琪点点头，便噤若寒蝉了。

两人这么安静地只走了不过几分钟。

门安琪小声地问叶柏舟：“你为什么要绑架我啊？”

叶柏舟都来不及回答，门安琪就已经意识到自己又能开口说话了。

她兴奋地欢呼了一声，然后大声唱：“我们还能不能，能不能再见面！我在佛前苦苦求了几百年！”

叶柏舟按了按额角。

门安琪兴奋得停不下来：“《贝加尔湖畔》怎么唱来着？多想某一天，往日又重现，我们流连忘返……”

叶柏舟面无表情，他现在就想把门安琪的头按湖里让她醒醒酒。

就这点酒量，还敢喝，还敢喝醉。

今晚但凡遇到点心思不纯的人，武大就可能出一桩刑事案件。

看这样子从门安琪嘴里也问不出什么有效信息了，叶柏舟今晚过得太惊心动魄，他彻底没了耐心，迫不得已地从电脑包里拿出电脑，黑进学校信息网，找到门安琪的宿舍信息，然后把人送过去。

当他满怀歉意地把宿管阿姨叫醒时，阿姨倒也没多说什么，只是领着叶柏舟把门安琪送回了宿舍。

将门安琪摔在床上之后，叶柏舟说了句：“邪了门儿了，看着挺瘦，背起来怎么这么沉？”

他伸手拽过门安琪的被子准备给她盖上，结果一抖开，里面塞着的内衣和零食全给抖出来了。

叶柏舟和宿管阿姨都蒙了。

宿管阿姨突然回过头，看着宿舍里的其他人说：“你们就这么应付检查的？”

“没，没有！”

一群人立马否认。

叶柏舟今晚经历了太多，现在已经波澜不惊了。

他跟没看见似的，把被子搭在了门安琪身上，想了想，实在觉得不解气，他又把被子拉到门安琪头上，彻底盖住了她。

现在的门安琪宛如一具入土为安的尸体。

第二天，当门安琪醒来时，一睁开眼，床边满满当当五个人头，直勾勾地盯着她。

她差点当场吓掉魂。

“啊！你们干什么，守灵啊？”

“你跟叶柏舟学长什么关系？”周迪率先开口。

“什么什么关系？”

从五个室友你一言我一语的重复叙述里，门安琪总算回忆起昨晚好像发生了什么，问道：“叶柏舟背我回来的？”

“不是。”周迪沉重地摇头，“他公主抱……把你抱回来的。”

那边李思举着手机大喊：“你出名了！现在全校都知道昨晚是叶柏舟抱你回的宿舍！”

“下面热评第四是疑惑叶柏舟怎么这么穷，连个房间都开不起。”

“那热评前三呢？”

“都在骂门安琪。”

“……”

宿舍静默了。

门安琪也静默了。

打破寂静的是两声敲门声。

周迪打开门，是白倩。

白倩装得跟什么也不知道似的，一张温柔笑脸，莲步轻移到门安琪面前，然后皱起眉，低下头，一副谦卑的模样，诚恳地说道：“之前，砸你的车，真的抱歉。”

她解释了一下，大概是说那角落太偏，走过时看见墙角一片黑影，当时又喝了一点酒，以为遇上什么变态，出于害怕的心理，都来不及辨别，直接拎起包打，然后才发现不是人，而是一辆车，但已经来不及了，车子已经倒了下去。

简直漏洞百出。

叶柏舟所拍的视频里，看得明明白白，白倩根本不是打人的那种打法，而是在砸啊，什么打了一下车子就倒了，明明就是被人砸得稀巴烂。

门安琪现在脑子里一片混乱，涌入的信息太多，她记得最清楚的就是昨晚好像亲到叶柏舟了……

有吗？

应该没有吧，肯定是错觉。

可是为什么梦里会有亲到叶柏舟的错觉？

门安琪不想再跟白倩掰扯。

再说了，那么确凿的视频摆着，大家是瞎子不成？应该也不用她再多说了吧。

门安琪不耐烦地挥挥手："知道了，知道了，你赶紧走吧。"

事后，门安琪反省。

其实一切都是从那两秒钟开始崩坏的。

首先，她不应该犯懒，以为事情已经结束了，便懒得再跟白倩纠缠，所以没戳穿白倩话里的漏洞。

其次，即使再不耐烦，面上的态度也应该摆好，因为在不明真相的人们面前，态度决定第一印象，第一印象决定事情"真相"。

再次，她高估了人们的智商和理智程度，忘记了愤怒的人会选择性地只看自己想看到的一面。

最后，她实在对白倩掉以轻心了，又没长记性。

总之，就是不管从哪个层面来看，她又犯了众怒，又不招人待见了。

"就冲门安琪说话那态度，就算我没像白倩一样把电动车认成变态，也会上去砸。"

"那么黑的角落，谁把车停那儿啊？白倩认错也正常，不就是一电动车吗，至于后来扇人耳光吗？"

"手法这么熟练，中学时没少欺凌别人吧？"

"叶柏舟居然喜欢一个混混大姐头！"

"这人到底怎么考上的大学？"

…………

门安琪刚刚才好转一点的形象，再次跌落谷底，准确来说，比之前还要低。

她的几个舍友本来一开始还觉得这都是小打小闹，后来才发现大家这次是来真的，现在大家连带着把跟门安琪同宿舍的舍友们也列入了用异样眼光照射的名单中。

门安琪又不傻，她再大大咧咧也不是有感知障碍的蠢货。

“没事。以后你们离我远点吧。”门安琪手里翻着书，边翻边道，“消停一段时间，她们不气了，这事就算是过去了。”

“可是……”周迪想要说话。

“别可是了。”门安琪拍了拍周迪的肩，“平时微博吃那么多瓜，还没总结出规律吗？明星出了什么事，当时再招人骂，过段时间也就好了，大家的注意力转移得很快的。”

门安琪把书一合，往桌上一扔，封皮上赫然写着几个大字——《生气不值得》。

“我出门跑会儿步，你们别再愁眉苦脸地看着我了，清明节还没到呢。”

门安琪去跑步了。

这是消除愤怒的最好方法。

在宿舍里她说话一套一套的，其实心底全压着火呢。

她虽然不是人见人爱，但也没到人见人硌硬的程度吧。一群傻瓜，叶柏舟把视频都放出来了，你们居然还在那儿辩，在那儿怀疑，脑子但凡正常一点点，就能看出白倩的话有多少破绽；看不出来就说明是不想看，为什么不想看，因为讨厌我，只想看到对我不利的方面。

这么分析一通，门安琪更生气了。

她又气又郁闷，只能去跑步排遣，而且要像疯了一样地跑。跑到累成狗，跑到身下有张床就能立刻昏睡过去的程度。

不过出乎门安琪的意料，她跑步的时候居然遇见了武大的校宠、珞珈神兽——小狐狸珞珞。

周围难得没什么人，门安琪郁闷愤怒的心情被珞珞的出现打消了不少。

她从入学开始就蹲守珞珞出现，今天终于见到了。门安琪刚想去打招呼，只走了一步，就听见头顶上传来嗡嗡嗡的声音，她抬头一看，一个有螺旋桨的小黑爪子？

应该是无人机那一类的东西吧，门安琪在电视上看到过，但现在不是纠结这个的时候，现在门安琪主要是想把这黑爪子给拽下来，这东西太诡异了。

她走到哪儿这东西就跟到哪儿，她矮身，它就往下降；她往左边偏，它也跟着往左边转；她往右转，它就跟着往右偏。最后门安琪顶着头发被螺旋桨搅碎秃顶的风险，猛地蹿起来想和它决一死战，结果这货跟有眼睛似的，速度飞快地往上一跃。

门安琪："来，你下来，我们谈谈。"

黑爪子"嗡嗡嗡"地响着。

老天爷不绝人之路，它只是换着法儿硌硬人而已。

都这时候了，连这破黑爪子也来欺负她。

门安琪往前走一步，黑爪子也往前飞一米。门安琪加速跑了几步，黑爪子比她更快加速。

没办法，门安琪只能使出最后一招。

只见她双脚分开与肩同宽，然后一手叉腰，一手指着黑爪子，骂道："臭狗屎！"

出乎门安琪的意料，这玩意儿居然慢慢地减速，降落在地上，还真的停了。

门安琪都震惊了：骂一句还有这效果呢？

紧接着，门安琪知道原因了。

是叶柏舟。

虽然算起来她已经间接跟这人发生了很多事，但在清醒状态下跟他打照面，这还真是第一次。

他看上去比照片里还要帅。

她算是理解为什么昨晚自己被这个人送回宿舍会引发众怒了。

叶柏舟手里拿着一个黑色的类似遥控器的东西，神色复杂地从山坡的树后面走出来。

他是来蹲守珞珞的，没承想中途蹲来了门安琪，然后就顺带逗了她一下。

“你幼不幼稚？”

“你幼不幼稚？”

两人居然异口同声问了对方同一个问题。

门安琪换了个说法：“你无不无聊？”

“看你气急败坏却没办法，被迫跟无人机赛跑、躲猫猫的样子，怎么会无聊，这多有意思啊。”叶柏舟耸耸肩，笑得眼睛弯弯。

门安琪深呼吸一口气，完了，戾气有点上头了。

她现在想一把揪住叶柏舟的头发，然后把他整个人捏在手里，像捏住一只蚂蚁一样——哦，不行，这人头发好短，揪不起来——啊不行，更生气了。

叶柏舟看着门安琪有劲儿没处使、只能眼睛喷火的样子，憋笑憋到喘不上气。

这女生可太有意思了。

“是不是特想打我？”叶柏舟把寸头下的帅脸凑到了门安琪面前。

“那倒也没有。”门安琪皮笑肉不笑道，“我还得感谢你昨晚把我送回宿舍呢。”

叶柏舟一挑眉，不假思索地点点头，很认同：“这倒也是。”

门安琪忍了又忍，到底是没有忍住。

“你说你送我回来，你就跟所有凡夫俗子一样背着回来就得了呗，你怎么还公主抱呢？”

不说这个还好，一说这个叶柏舟就立马想起了那个擦过脸颊的吻。

门安琪寻思自己也没说什么限制级的话，怎么就看到叶柏舟的耳尖跟被点燃了似的红起来了呢？

“因为你在背上不老实。”

莫名其妙，再不老实还能翻天吗？

门安琪完全不能接受这个答案，叶柏舟无心纠缠，只想转移她的注意力。

叶柏舟想了想，刚才无人机一出场，门安琪眼睛就亮了，她应该对这个很感兴趣，于是他试探性地把手中无人机的遥控器递给门安琪。

“你要试试吗？”

如果奚怀洋在场，他应该会吱哇乱叫很久，因为叶柏舟最宝贝的就是这些无人机，旁人如果碰一下他遥控器，他就能揍旁人一顿。别问奚怀洋怎么知道的，他只是不信邪地试了几次，然后被叶柏舟用武力告诉他有的东西就是不能碰的。

但此刻门安琪并不知道这一点，她听了叶柏舟的话，看了一眼这个遥控器。

眼前这个遥控器长得跟游戏手柄差不多，只是多了两根天线和一个屏幕。

但不得不说，这可比游戏手柄看起来高级多了。

也不得不说，她对这个其实还真挺好奇的，跟小时候那些同学玩的遥控飞机一样。小时候她就很好奇，但是拉不下脸来和他们一起玩，现在竟然有人主动问她要不要试一试……

门安琪瘪瘪嘴。

“算了，”她有些不舍地看着遥控器，“我怕撞上什么东西。”

“没事，有避障功能。”叶柏舟就跟看穿了她的心思似的，“你放心飞，这一款就是入门机而已，非常好操作。”

啊，那就好。再说了，退一万步讲，这说白了就是遥控飞机而已，又能有多贵。

门安琪算了一下，最近因为胖了一点点所以在减肥，没怎么吃饭，省下来的钱不是一点半点，四舍五入一下，她就是个小有资产的富婆了。

小有资产的富婆接过遥控器，这流畅的手感，这散发着金钱气息的质感，这……

下一秒，门安琪吓得脱口骂出了一句脏话。

她发誓，她真的没有乱碰，就是电光石火间，她甚至都没意识到发生了什么，就看见刚才还好好飞在空中的无人机，“啪”地就撞树上了。

叶柏舟看着他的无人机，眨了眨眼。

门安琪：“……”

哎，她这嘴啊，是开了光吗？怕撞什么怕撞，这下真的撞了吧！心里又补上一句脏话。

“你不是说有避障功能吗？在哪儿呢？体现在哪儿了？”不能输了气势，门安琪先声夺人，率先回头，恶声恶气地质问叶柏舟。

叶柏舟挑眉，哟嚯，这人的脸皮真是出乎意料的厚啊。

“避障系统无法看见树枝。”叶柏舟走上前，蹲下，查看此刻正在地上“微微抽搐”的无人机。

门安琪刚想继续梗着脖子问叶柏舟在这满是树枝的地方飞个什么劲儿，突然想起来校内帖子一早就科普说学校里玩无人机且玩得好的男生，只有叶柏舟一个。

她默默咽下了疑问。

行，算了。

没事，她最近好歹也是个小有资产的富婆。

想到这儿，门安琪挺挺胸，掷地有声地问叶柏舟：“来，告诉我价格，我赔你一架崭新的。”

“哦？”叶柏舟听了门安琪的话，回头看着她，眼睛里有隐隐的笑意，“真的吗？”

门安琪没有错过那一抹笑，她总觉得叶柏舟这个笑意味深长。

她稍微心虚了一下，但还是坚持昂首挺胸，坚持说话掷地有声：“那必须是真的！”

门安琪摸了一下自己的手机，想了一下自己的微信零钱余额，给自己底气，为自己加油：“富婆，有钱。”

叶柏舟垂下眼睛，抿抿嘴，但嘴角还是止不住上扬。

“那真是太好了。”叶柏舟在网页上搜出无人机的价格，把手机递到门安琪眼前，“让你破费了，真是不好意思。”

门安琪数了一下几位数……

她不相信，又数了一遍。

门安琪炸了："你在骗我，这么个遥控飞机？你，我……这啥啊？"

这段话来自好不容易自信一回、自封是小有资产的小富婆，然后就付出惨痛金钱代价的、手足无措的门安琪。

这人真的是在骗她吧？

门安琪深吸一口气，迫使自己冷静下来。

然后她一边在心里为逝去的金钱落泪，一边蔫头耷脑地说："对不起……我赔你吧。"

叶柏舟不太明白，为什么当一直炸得跟地雷一样的门安琪突然变乖的时候，他的心就如同被狐狸尾巴扫了一下，开始剧烈跳动起来。

"没事。"叶柏舟说，语气里满是他自己都没意识到的温柔。

反倒是门安琪从这一句"没事"里听出一丝丝宠溺是怎么回事？

很快门安琪就清醒了，呵，怕是在做梦。

叶柏舟宠溺地说出那句"没事"之后，紧接着就跟了一句："但你硬要赔的话，我也就不拒绝了。"

"啊？"

"最近不缺钱，但是实验室缺个助手打杂。"叶柏舟笑得可开心了，"知道遥感实验室在哪儿吧？"

"不知道啊？"

"来，加个微信。"

门安琪愣愣地把手机解锁之后递给他。

叶柏舟接过去，行云流水般地打开微信，添加好友。

"就从明天开始吧，我看了你的课表，下午两点半有空，位置到时候发给你。"

"行……哎，等等！你怎么知道我的课表？"

叶柏舟耸耸肩，装作云淡风轻地说："学校的学生信息收集网是我做的，我进网站跟回家一样熟悉。"

到了第二天。

门安琪收到叶柏舟发来的位置，她惊讶得眼珠子都快掉出来了。

对角线啊！

她和他整整隔了一整座学校和一整座珞珈山啊！

“这么远？”门安琪打字过去。

“不愿意来就算了。”叶柏舟很冷静，故意说，“反正我也不是非得要你赔那无人机。”

门安琪果然上套了，当即决定再穷不能穷人格，搞坏了别人的东西就应该赔偿，不就是一整座学校和一座珞珈山的距离吗？在仁义礼智信面前算个屁！

门安琪出发了，雄赳赳、气昂昂，誓要翻山把河蹚。

但话不能说得太早。

门安琪骑着电动车爬过一道又一道“绝望坡”，她听着身下电动车痛苦地哀鸣，心疼到无以复加的地步。

怎么偏偏就报了这所学校？

这坡也太多了吧？

她是来读书的，还是来丛林冒险的？

难怪帖子里说叶柏舟神出鬼没，常年不见人影。

这隔着整整一座山，谁没事会出来晃悠！要把她扔这里，她也选择做一位不问世事的世外高人！

门安琪都担心一会儿往回骑的时候电动车会没电。

好不容易到了实验室，门安琪推开门。

这是她第一次看见叶柏舟戴眼镜，他侧对着她，鼻梁线条挺拔优美，精致的板寸头，头发短而整齐地覆盖住头皮，干净利索，棱角分明。

听见动静，叶柏舟转头看过来。

“来了？”他简短地点点头，当作打招呼，然后开门见山地拿下巴点了点面前的桌子，“裁剪影像，会吗？”

门安琪根据字面意思理解，不就是剪东西吗，有什么难的。

她自信地走过去，看着那一团黑灰色的东西，脑海里冉冉升起困惑：我是瞎了，还是变色盲了？

“这是什么？”门安琪问叶柏舟。

叶柏舟沉默了两秒，叹了一声气，突然觉得让门安琪来实验室帮忙的决定做得不是很明智。

花了几分钟教门安琪认卫星图，叶柏舟又递给她一沓纸，说：“要不你先从标注做起，反正你刚学会看卫星图，刚好来练练。”

“好！”

门安琪兴致勃勃地答应了。

叶柏舟看着门安琪挺有干劲的样子，有些欣慰。

不错，现在聪明好学的年轻人不多了。

半小时之后，叶柏舟过来检查作业，发现但凡门安琪手工标注出来的地物，全是错的。

叶柏舟都乐了，这人可真会在实验室打下手，再这么帮下去，一会儿他那边忙完过来一看这个标注，还得用排除法。

“会走路吗？”叶柏舟低头看着门安琪，镜片后的眼睛看起来十分无奈，“帮我去买份饭吧，谢谢。”

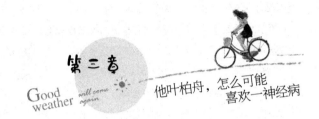

第三章

Good weather will come again

他叶柏舟，怎么可能喜欢一神经病

实话来讲，买饭确实比给卫星图做地物标注要简单多了。

门安琪跟农奴解放了一样，立马站起来：“好嘞！”

叶柏舟真是怎么看轻快离开的门安琪怎么不顺眼，离他远点儿有这么让她激动兴奋吗？

他推了一下眼镜，对着门安琪的背影补充了一句：“要菠萝饭。”

门安琪正欢快地往外走的脚步一顿：“你知道咱们现在在哪儿吗？先不说能不能买着，你知道这中间隔了一座山吗？”

“知道啊。”叶柏舟点点头，把饭卡递给门安琪，一副她明知故问的表情，“你不是有电动车吗？”

“可充电的地方也很远！一会儿我还得回我们院呢，中途没电了你推啊？”门安琪大声质问叶柏舟，试图唤起他的同理心。

但叶柏舟没有同理心。

他听完门安琪的话之后，没什么反应，只是直视着门安琪的眼睛，语气平平地问：“你来实验室的这半天时间，除了给我增加工作量之外，还做了什么？”

门安琪：“……”

行，叶柏舟这话倒也没说错。

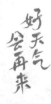

再说了，这个人好歹帮了自己。

如果不是他，自己怕是一辈子都找不着白倩砸车的证据了。

等等！

门安琪突然想起来:“你都看到有人砸我车了,你怎么不阻止？”

“因为跟我没关系。”叶柏舟说完，有些不耐烦，“你还去不去买菠萝饭了？”

“买！”

门安琪愤怒地冲出门，下楼的每一步都承载了对叶柏舟“诚挚的问候”。

实在是担心一会儿电动车会没电，所以门安琪是一路跑着去买菠萝饭的，一边跑一边骂叶柏舟不是人。

“因为跟我没关系”是人说的话吗？他难道没听过“只要人人都献出一点爱，世界将变成美好的人间”这句歌词吗？

气死了！

门安琪就这么骂骂咧咧地到了梅园食堂，菠萝饭窗口前早就排起了长队，门安琪居然还稍稍感到了一丝丝暗爽。

可不是她不买啊，她真的到了这里，是人太多了，没买着。

门安琪拿出手机拍了一张排长队的照片，拍完就要走，结果转身看见身后又排了几个人。

众所周知，如果自己是排在最后一个，那么就可以很轻易地放弃这条长队立马走人。但是一旦自己身后也排着人，自己不是队伍末端了，就很难再转身离开。

门安琪准备潇洒离开的脚转了个弯——又默默地重新回到原地，乖乖开始排队。

阿姨们的动作很敏捷，虽然人很多，但是队伍还是在有规律地前进。这么下去，没一会儿就会轮到门安琪。

颤抖的手，激动的心！这份美食来之不易！叶柏舟你可得珍惜！

门安琪脑内的饶舌还没完全唱完，就听见左边传来争执的声音。

左边有三个人，一个跟她差不多年纪的女生、一个小女孩和一个胖胖的小男孩。

同龄女生扎着马尾，一张脸圆嘟嘟的，一双眼睛圆嘟嘟的，鼻头也圆嘟嘟的，整个人好像是上帝拿圆规画出来的一样。

争执声音的来源是女孩和男孩，看起来是男孩抢了女孩的糖，而圆脸女生正一手叉着腰，一手摸着女孩的头，站在胖胖的小男孩面前，苦口婆心地劝他：“不许欺负女孩子，当心以后找不着女朋友。”

胖男孩一听，先是愣了一下，然后“哇”的一声哭出来了，哭声震耳欲聋。

圆脸女生身子一僵，整个人凝滞在原地，脸上写着“六神无主”四个大字。

门安琪无声地摇摇头，看向圆脸女生的目光有些同情。

还有比旁边站着个正在哭泣的小孩子更惨烈的事情吗？

有，小孩家长找上来了。

确切来说，是胖男孩的哥哥。他身上围着围裙，估计是食堂窗口的工作人员。

小胖哥哥大步走过来，越走近越显得身材魁梧高大，加上一张没有表情的脸，食堂灯光也不是很亮，现在人又多，于是显得食堂光线更加暗，种种因素加起来，小胖哥哥此时此刻看起来就是黑着一张脸，沉沉的，格外恐怖。

门安琪不用想就能猜到后面的情节发展，肯定是小胖哥哥上前为弟弟讨公道。

所以门安琪在考虑，她是不是要去帮圆脸女生一把。

在门安琪思考的空当，小胖哥哥已经走到了圆脸女生面前。

“你欺负我弟？”小胖哥哥声音很沉，尾音却又上扬，所以听起来格外不好惹。

圆脸女生好㞞。

门安琪面无表情地看着她，太㞞了。

不敢说话就算了，门安琪看见圆脸女生居然连腿都在哆嗦。

她叹了一声气，看来她必须得出场了。

她今天就用实际行动臊一下叶柏舟那个因为“跟我没关系”于是袖手旁观的人，教一教叶柏舟“正义”两个字儿咋写。

“谁欺负谁了，你知道真相吗？怎么就随便往人头上扣帽子。”

门安琪走过去，走到圆脸女生跟前，挡在她前面，正视着小胖哥哥：“我看了全程，是你弟先抢这小女孩的糖好吗？”

门安琪是不可能㞞的。

她说完这话，气势不减，继续瞪着小胖哥哥。

她跟圆脸女生有质的区别——她不㞞，也不怕，她是正义的化身，全身每个细胞都写满了“勇敢”二字，有正义的金光庇体。

见小胖哥哥扬起了手，门安琪下意识就往后躲，忘了身后站着圆脸女生，两人后脑勺撞鼻子，各自吃痛退了一步。

然后就看见小胖哥哥那高高扬起的手，落到胖男孩的背上。

“你怎么又抢丫丫的糖！又欺负人！让我在妹子面前丢脸！”

门安琪：“……”

圆脸女生：“……”

她们哭笑不得地看着他们两个离开，叫“丫丫”的女孩也重新拿回自己的糖，快乐地走出了食堂。圆脸女生回头看着门安琪：“同学，谢谢你。”

门安琪不自在地移开目光：“没事。”

“我叫凌落落。”圆脸女生对着门安琪露出一个甜甜的笑，超级可爱，“加个微信吧。”

“呃，好。”门安琪拿出手机，调出自己的二维码名片。

“幸亏有你，不然我今天得死在这儿。”凌落落心有余悸，“你别看我这样，其实我最怕跟人争执或者辩论。每次别人一跟我杠上，我脑子里就一片空白，什么也说不出来。”

不等门安琪接话，凌落落又继续问：“你在排队买菠萝饭吗？”

“对。”说到这儿，门安琪才想起来今天到底干什么来了。她猛地一回头，见菠萝饭窗口前早就没有人排队了。

“肯定已经卖完了。”凌落落有点歉疚，“真的很抱歉，还耽误你买饭了。”

“怎么会。”门安琪笑得合不拢嘴。

哎呀，真可惜，叶柏舟吃不上菠萝饭了。

门安琪喜气洋洋地往遥感实验室走。

还有比没能让叶柏舟如愿更快乐的事情吗？

有。她是有正当理由没让叶柏舟如愿的。

乐滋滋的门安琪推开实验室的门，立马换上悲痛的表情：“我回来了……”

叶柏舟回头一看门安琪，手里没有菠萝饭，只有一个面包和一盒牛奶。

“菠萝饭呢？”

“为正义牺牲了。”

快问我！快问我怎么个正义法！怎么牺牲的！快！你门安琪门姐教你什么叫乐于助人！

门安琪千算万算没料到叶柏舟对于这句话一点兴趣也没有。

只见他微微一点头，轻描淡写地回复道：“哦。”

门安琪：“……”

哦？就这？

她路见不平拔刀相助就等来叶柏舟一个“哦”？

门安琪不放弃，循循善诱：“你不好奇这其中发生了什么吗？你知道这其中有多少误会反转和人性的光辉吗？”

“我只知道我不喜欢吃椰蓉面包。”

叶柏舟咬了一口面包，一脸嫌弃。

门安琪深吸一口气，鸡同鸭讲是什么意思，她算是明白了。

“不吃就给我。”门安琪没好气地白了叶柏舟一眼。

她一看叶柏舟就是那种天生王子命的类型，因此买面包牛奶的时候还特意挑了货架上最贵的。

她这么有良心，这么体贴，叶柏舟居然还嫌弃。

叶柏舟一听这话，这意思是她没吃饭？于是他把刚才咬过的那一圈面包撕掉，然后把剩下的大半个面包和没开封的牛奶递给门安琪："吃吧。"

"你不吃？"门安琪问叶柏舟。

"君子不吃难吃之食。"叶柏舟很高傲地别开头。

门安琪一言难尽地看着高傲的叶柏舟："行，那你就饿着吧。"接着她开开心心地自己吃了起来。

旁边的叶柏舟见门安琪开始吃了，他揉了揉自己空荡荡的肚子，给奚怀洋发微信："饿了。"

见奚怀洋没动静，叶柏舟又发了一条信息："我有没有跟你说仁和医院要引进一批医疗无人机，刚好负责跟进的人是我？"

奚怀洋的偶像是庄穆——仁和医院的天才心外科医生，奚怀洋这辈子最大的愿望就是和庄穆共事，一起悬壶济世。虽然目前愿望的实现进度为零，还处在不认识庄穆的阶段。

果然，这条消息发出还没有一秒，奚怀洋立马回应："来了来了来了！想吃什么？我马上给您送来！"

奚怀洋想着万一叶柏舟这次去仁和医院刚好就撞见庄穆并且和他成为好朋友了呢！

叶柏舟心情很好地眯了眯眼，摘下眼镜，对门安琪说："少吃点，一会儿奚怀洋给我们送大餐来。"

"嗯？"门安琪好奇地看向叶柏舟，模样看着有些乖巧，满脸疑惑地问，"为什么？"

"他心好。"叶柏舟声音温柔。

结果，叶柏舟没有温柔二十四个小时，门安琪也没能够乖巧二十四个小时。

因为就在当晚，门安琪就发现了是叶柏舟在整她。

先前他给门安琪看的是一款更高级的无人机，因此价格自然也更贵。

本来门安琪压根儿不会去做自己去搜一下同款，验证价格到底多少这种事的，可送饭的奚怀洋在走之前把门安琪叫到一边，偷偷摸摸地跟她说不要看叶柏舟外表正直端肃，其实这个人很腹黑，一肚子全是坏心眼儿。

奚怀洋这话的本意是想在门安琪那儿博取同情："医学院啊！我从医学院那么老远的地方赶过来……我们从小一起长大没错，但是你设身处地地想一想，如果你有个一起长大的青梅竹马，对他会这么没有人性、没有关爱、没有一点点善良之心吗？"

这一串话听得门安琪脑子嗡嗡的，当时只觉得这人说话怎么这么磨叽。

但也多亏这一串磨叽的话，门安琪回宿舍之后，拿出手机，打开淘宝，凭着印象搜了一下那款"黑爪子"无人机。

她别的能力一般，但图像记忆贼牛。

很快她就发现了其中的猫腻。

第二天一大早，门安琪就收到了叶柏舟的微信，点名要哪儿的豆浆、哪儿的包子。

得，今儿就是你最后的早餐。

门安琪不动声色地去买好了所有叶柏舟要的东西，送到实验室。

叶柏舟出来心安理得地吃着早餐，两人一坐一站，站着的门安琪看起来气势十足。

然后她深呼吸一口气，开始慷慨陈词："叶柏舟你堂堂一博士，学的是武大排名前几的专业，你怎么还搞虚假宣传、哄抬物价这一套？"

"哈？"叶柏舟丈二和尚摸不着头脑。

"无人机！"门安琪张牙舞爪的，"我查了！根本不是你说的那么贵！你还我那被糟蹋的愧疚之心！"

叶柏舟眼底漫上一抹笑。

发现得还挺快，他以为能再骗两天呢。不过也行，手机里拍的视频终于可以放出来了。

他脸不红心不跳，放下啃了一半的包子，举起手机，点开门安琪的醉酒视频——

视频里门安琪明显是醉酒状态，眼神都是飘的，定不了神，两边脸颊红彤彤的，像是夏天傍晚的晚霞。

"我！门安琪！对着天空，对着大海！不，东湖！我门安琪，对着东湖发誓！这辈子一定好好报答师父！今生悉听师父的话！来世甘当孺子牛！"

视频里没有叶柏舟的脸，但他声音离手机很近，听得出来是憋着笑，他说："这么报恩，我也很为难啊。这样吧，来世甘当孺子牛就算了，今生先好好听话。"

"可以！从今以后，你让我往西，我绝对不往东边苏杭走；让我往东，我绝对不往西边大理蹿！"

视频播放完毕。

门安琪炸了，她从生下来到现在除了在白倩那儿吃了亏，还没这么憋屈过呢。

"叶柏舟！"

"叫学长。"

"哼！"门安琪恨不得扑上去一口咬死叶柏舟，"你给我等着！"

"等着呢，等着呢，不着急。"叶柏舟优哉游哉，端起豆浆，跟品雨后新龙井似的闭上眼深吸了一口。

结果他刚睁开眼就看见门安琪近在咫尺的脸，鼻尖与鼻尖距离不过五厘米。

"噗咳咳咳……"豆浆钻进了鼻孔，叶柏舟咳得眼泪都出来了，全是黄豆味儿，他什么时候这么狼狈过。

结果一看始作俑者，从他开始咳起，就躲得远远的，生怕唾沫星子溅着她。

可真是个祖宗。

叶柏舟无奈极了："给张纸还不会了？"

门安琪恍然醒悟，结果手在衣兜里摸了半天，除了一张不知道什么时候顺手塞的草稿纸，其他什么也没有。

“谁随身带那东西！”门安琪反咬一口，梗着脖子说，“就这个！你将就用用。”

叶柏舟看着这张画着一坨加菲猫的草稿纸，再次在心里叹了一口气。

现在这个状况，也没别的法儿了。

他接过草稿纸，好歹还惦记着风云学长的偶像包袱，对门安琪摆了摆手：“你转过去。”

“我转过去还不是能听见你擤鼻涕的声音。”门安琪翻了个白眼。

这话倒是提醒叶柏舟了：“把耳朵也捂上。”

“啧。”门安琪不耐烦地用两只手堵住耳朵，同时嘀咕，“不知道的还以为你在河边洗澡被撞见了呢。”

“我耳朵没捂，我听得见。”

“擤你的鼻涕去吧！”门安琪又翻了个白眼。

两人对话这么流畅，也不知道捂耳朵的意义何在。

最后，门安琪到底还是没偷着懒，她动身去实验室拿了纸，再走出来递给叶柏舟。

因为叶柏舟金贵娇嫩，说对着草稿纸擤不出来鼻涕。

“哎，那会儿你凑我那么近干什么？”一切平静之后，叶柏舟问门安琪。

不说门安琪都忘了，这会儿一说又想起来。

“不是说眼睛是心灵之窗吗？我看看你心灵是不是给淤泥污染了。”

“你……”叶柏舟拧着眉，无法理解，“难道谁惹着你了，你都凑那么近去看别人眼睛？”

“谁敢惹我？”门安琪也知道这幌子不成立，说了实话，“我爸说了，跟人掐架最重要的是气势，你长那么高，我看你、跟你说话都得仰视，这不打算趁你坐着，逼近你，给你一点气势压迫吗？电视里演两方对峙不都这么演的吗？”

“我的天。”叶柏舟手扶着额头，“我们这儿是大学呢，你是从幼儿园跳级来的吧。”

金秋艺术节马上就要到了，这艺术节就跟武大樱花一样，驰名校内外。

白倩作为一进校就夺人眼球的新生，门安琪用屁股都能想到，这次金秋艺术节她肯定是走秀的模特，指不定还是压轴出场的模特。所以门安琪也就不求人前风光绚丽了，只想安安心心地做一个幕后人员，因为她对服装设计还有点兴趣，所以听从指挥，在服装教室里按要求默默设计衣服。

直到有一天，门安琪无意间听到同班同学半是羡慕半是妒忌地说，白倩长那么好看，最后那些好看的衣服多半都是白倩穿。

门安琪才猛地反应过来：对哈！自己辛苦设计、熬夜做出来的衣服，最后是给白倩穿的，那干脆一剪子把衣服剪了得了。

十分不爽的门安琪毅然决然地选择了设计男装。

门安琪没有熟悉的男同学，更拉不下脸来找不相熟的同学帮忙，所以她只能对着服装教室里面的石膏像裁剪。

过程十分快乐，但是不知道为什么，她心里总是隐隐有一种不安的感觉。

成衣做好了。

门安琪看着自己设计的这套衣服——完美。

只能用完美来形容，看这利落的袖口线条，看这符合人体力学的臂弯裁剪，看这紧实流畅的腰身……太完美了。

完美到门安琪放眼全系，除了石膏像，没有一个男生可以驾驭。

她总算明白制作过程中心里那一点隐隐不安是什么了。

门安琪还能怎么办，总不能到时候让石膏像去走秀吧？

迫不得已，门安琪只能依照男生平均身高比例重新做一套，而之前那套根据石膏像做出来的服装，就只能当作一件艺术品自己默默收藏。

重新做一套，除了费时费力，还有就是费布料。

索性现在天还早，门安琪收拾收拾，拿着钥匙、手机和卡，一边往校外走，一边默默思忖：自己脑子是被什么给堵了吗，为什么一开始不按照男生的平均身高比例做衣服。

思忖是为了给自己找个说得过去的理由，但是门安琪思忖一路了，一个合适的理由也没想出来，最后只能心不甘情不愿地承认：聪明智慧的自己，居然也会犯蠢。

电动车没有充电，门安琪决定坐校车。

在离站台还有三十来米的时候，走在她前面的两个人突然跑了起来。

嗯？

校车来了？

世界上还有比目送公交车或者校车离开的背影更凄惨的事情吗？

没有！

门安琪立马也紧张起来，也开始跟着一起跑。

跑了大概几米，门安琪才发现前面那两个人是情侣。

因为那两个人追着追着亲在一起了。

门安琪在后面本来追得急，陡然看见这副景象，恨不得把眼珠子抠出来。

光天化日，朗朗乾坤，你们追就追，没事儿亲来亲去干什么；你们跑就跑，没事儿在离公交站台那么近的地方跑干什么。

怪让人误会的。

门安琪慢慢停下脚步。

故作自然地把手插进裤兜，她扭过头，假装悠闲地看风景。

去送材料的叶柏舟在林荫道对面正好目睹了全程，笑到肚子疼。

他拿出手机，对准全身写满“尴尬”二字的门安琪拍了一张，再打开微信，点开和门安琪聊天的对话框，把这张照片发了过去。

“我如果是你，现在就会停止表演。”

叶柏舟看见马路对面的门安琪看到消息后，愣了一下，然后迅速扭过头来，一脸惊恐地看着他。

“你怎么在这儿？”

“我不仅在这儿，我还看完了你整个表演的过程。”叶柏舟笑着打字，“你不知道校车有固定时刻表吗？”

“啊？”

“笨。”叶柏舟叹了一声气，发了张时刻表给门安琪。

“你去哪儿啊？”叶柏舟问门安琪。

“去买布料。”门安琪老老实实地回答。

叶柏舟这才想起来金秋艺术节要到了。

这还是读本科的事情，这个词离他已经好远了。

“读博士了是不是就不用参加了？”门安琪问叶柏舟。

叶柏舟看了一眼路对面的门安琪，她在那儿站得那叫一个自在坦荡，丝毫没意识到两人明明可以面对面交谈。

“你过来我就告诉你。”叶柏舟回复。

门安琪抬头看了他一眼。

叶柏舟确定，门安琪刚翻了一个白眼。

叶柏舟不敢相信自己会被人翻白眼？不仅如此，这个人在翻了白眼之后，不仅没穿街走过来，还径直朝前走，看起来压根儿不会搭理他了。

叶柏舟：“……”

真是个叛逆的女孩。

他面无表情地径自穿过街，走到了门安琪身边。

“我先说一声，我是去送材料，本来就要走这个方向。”叶柏舟走过来说的第一句话就是这个。

门安琪掀起眼皮看了他一眼：“你觉得这句话你是说得精彩，还是说得多余？”

叶柏舟沉默了一秒：“你知道我读博士了，比你大很多吧？”

“你觉得说这句话的你是倚老卖老，还是仗势欺人？”

“你觉得你是牙尖嘴利，还是——”叶柏舟“还是”了半天也没说出什么来。

书到用时方恨少，叶柏舟一脸憋屈。

门安琪倒是笑得很开心。

“明天下午有课吗？早点来实验室。”叶柏舟说。

“最近我超忙，暂时不能去实验室帮你。”门安琪很诚恳，说话也很有礼貌知分寸。

她试图以柔克刚，用礼貌和分寸唤醒叶柏舟的良知。

但叶柏舟看起来没有那样东西。

“来世甘当孺子牛！我门安琪对着天空……”

叶柏舟现场朗诵起了门安琪的“听话宣言”，刚起了个头，就被气急败坏的门安琪打住。

“行，行！我知道了！”

叶柏舟这人可真是太烦了！

她以后再也不喝酒了，喝酒伤身伤胃还伤自尊。

因为要重新做一套衣服，再加上之前一直是打算做女装，所以现在剩余的时间就少得可怜，工作量又加倍了，门安琪忙得不行，熬夜是经常的事。

凌落落很认真地对门安琪说这么下去迟早会出事。

门安琪不在意地摆摆手：“对对，迟早我会猝死的，我可巴不得赶紧死呢，我算是活够了。”

后来门安琪才知道，原来凌落落口中的“迟早会出事”指的是迟早她会因为太缺觉睡得太沉，闹钟响了也没把她叫醒。

比如现在。

门安琪从梦中惊醒，拿出枕头下的手机一看——离上课只有 15 分钟了！

她当即从床上弹跳起来，一边穿衣服，一边把脚往鞋里塞，手抓起椅背上的书包，戴上口罩就往外跑。

她一边跑一边在心里默默追责：为什么她的电动车老是在关键时刻没有电？！为什么她明明有一辆电动车，但还是要靠双腿？？

就在门安琪不要命似的顶着一头乱短发狂奔的时候，叶柏舟骑着辆电动车，慢慢悠悠地晃过去了。

门安琪看见了叶柏舟。

她倒是想喊，但是因为跑得太投入，以至于开口时才发现嗓子已经哑得没声儿了。

认命吧，还是得靠自己的腿去上课。

没一会儿，却见叶柏舟慢慢悠悠地又骑着电动车回来了，他侧过头问她："坐吗？"

"坐坐坐坐坐坐！"门安琪一边说一边灵敏地跳上叶柏舟的车后座，"太感谢了！马上就要上课了，我刚刚跑的时候恨不得能飞起来。"

叶柏舟一听这话来劲儿了："飞翔何须等待，生命时刻精彩！"

只听他说了一声"抓紧"，然后就在门安琪还没反应过来的空当，握着车把的手一扭，电动车立马加速。

"哎……"毫无准备的门安琪因为惯性身子往后仰，差点儿把腰折成九十度。

她连忙伸手抓紧叶柏舟的衣服，崩溃地大喊："车神！您飞之前数个'一二三'成吗？"

叶柏舟笑了一下。

明明电动车已经是以最快的速度在前进了，但是他就是还想再快一点。

最好快到门安琪松开抓他衣服的手，直接抱住他的腰……

嗯？

这是什么危险的想法？

叶柏舟被刚才自己脑子里一闪而过的心思吓到了。

他晃晃脑袋，应该是最近没睡好，脑子不太清醒。

门安琪虽然嘴边经常挂着"活够了"，但是真到了生死关头，她比谁都惜命。

叶柏舟这车开得太猛，门安琪全程心里默念、诚心祈祷：菩萨菩萨您好，虽然平时没怎么拜您，但是您好歹看在我也一心向善的份儿上，拜托不要让我命丧电动车……

叶柏舟一路都没听到门安琪开口，下车看到她一脸感恩的表情。

“你这是什么表情？”

门安琪松了一口气：“大慈大悲的观世音菩萨啊。”

叶柏舟：“……”

他刚刚的想法肯定是错觉，他堂堂叶柏舟，怎么可能喜欢一神经病。

骑着小电驴离开教学楼大概三百多米之后，叶柏舟突然想起来，自己导师还在实验室等着自己。

遥感实验室离这里是真的远。

叶柏舟心头一紧，又开始风驰电掣，骑到一半儿，车胎爆了。

“因公徇私狗仗人势叶柏舟”的备注在手机屏幕上亮起来的时候，奚怀洋正在食堂里享受美味的包子。

他点开消息，是叶柏舟发来的两行文字——

“车子爆胎了。”

“来接我。”

奚怀洋可真是奇了怪了，汉字那么优美，到底叶柏舟是怎么做到的，能让优美的汉字散发出一股欠扁的意味。

“说个‘谢谢’能要了你的命是吧。”奚怀洋几口把包子塞进嘴里，一边骂叶柏舟，一边匆匆忙忙地走出食堂，取了车就往叶柏舟发的定位赶。

等他一路火急火燎不敢耽搁地到达叶柏舟说的地点时，本以为叶柏舟会眼睛一亮，立马感激涕零地朝他奔来。

结果叶柏舟皱着眉，一脸不悦：“你怎么来这么慢？”

奚怀洋当即开着车子转弯、掉头，往回走。

不知感恩的人。

可已经晚了，叶柏舟就跟猜到奚怀洋的行动步骤一样，长腿一迈，跳上奚怀洋的后座，同时气定神闲地开口：“你的论文我发给庄穆看了。”

车子猛地一刹车。

都还没来得及探究怎么叶柏舟还没去仁和医院就先和庄穆有了联系，奚怀洋的第一反应是赶紧回头对叶柏舟笑：“误会，都是误会。我现在马上掉头给您运电动车。”

叶柏舟挑挑眉，有些吃惊：“哦？”

然后叶柏舟手撑住下巴，做作地思考：“可是我现在很赶时间。”

说完他笑着把奚怀洋推下车：“真是盛情难却，那我就不客气了。”

看着叶柏舟悠闲地骑着车远去的背影，被遗留在原地的奚怀洋脑门儿上长满了问号。

发生了什么？

他什么都没做，什么都没答应，怎么叶柏舟就盛情难却了？

世界上怎么会有人把“厚颜无耻”四个字诠释得这么生动具体？

越想越愤怒的奚怀洋，在看到叶柏舟那辆爆胎的车之后，愤怒值达到了顶点。

叶柏舟骑走的是他的车！

现在面前这辆死气沉沉、爆了胎的电动车是叶柏舟的！

叶柏舟这个厚颜无耻之人！

怒不可遏，无须再遏。

奚怀洋拿出手机，翻出刚才边骑车边录的叶柏舟身边停着轮子瘪了一圈的电动车的视频，只能百无聊赖地站在路边发视频。

他本意是想记录下叶柏舟的凄惨瞬间，让叶柏舟不要忘恩，老老实实地把庄穆的联系方式给他，可现在管不了那么多了，奚怀洋只想曝光叶柏舟。

他在食堂吃包子的时候就听说了，叶柏舟的车后座居然载着一个女生。

当时奚怀洋就觉得事情不简单，但是本着身为叶柏舟朋友就不打探虚实侵犯隐私的想法，他忍住了八卦之心，听话地骑车来接叶柏舟。

现在看来，他的一切体贴都错付了！

叶柏舟这人不值得。

他要往叶柏舟本来就沸沸扬扬的绯闻里再添一把火。

门安琪上课刷朋友圈，看见奚怀洋发的视频：浓密的树荫之下，叶柏舟双手插兜，站在一辆瘪了一个轮胎的电动车旁，随着距离的拉近，可以看清叶柏舟的表情，十分绝望且不耐烦。

“昔日珞珈山车神，现在有车却不能骑，试问这到底是为什么，真相只有一个——为美色哐哐爆胎！”

狗屁不通的几行字，却不妨碍门安琪得知叶柏舟的车爆胎的原因。

虽然很不厚道，但门安琪确实在看到视频的第一秒就笑出了声。

她可太能理解奚怀洋拍视频的做法了，甚至她现在都想找奚怀洋要完整的视频。

还有什么比看一向臭屁得不行的叶柏舟无可奈何的样子更有趣呢？

但是紧接着，她就想到：归根结底，叶柏舟是为了送快要迟到的自己上课才把车子飙那么快，小电驴承受不住才导致爆胎的。

又给叶柏舟添麻烦了，感觉又欠了叶柏舟一点。

啥时候才能平起平坐地跟他沟通交流啊？

门安琪哀叹一声，趴倒在桌子上，与此同时，嘴角却止不住上扬——

嘿嘿，美色。

门安琪拿起手机，对着黑屏照了照自己。

嗯，虽然不说倾城倾国，“美色”二字还是担得起的。

门安琪对着手机屏幕上的自己眨眨眼。

得赶紧自娱自乐一会儿啊，她又叹了一口气，不然一会儿该有烦心事儿上门了。

门安琪真的没有料错。

没几个小时，广大的人民群众就扒出来那“美色”指的是门安琪。

叶柏舟居然是为了送门安琪上课，车子才爆胎的。

再结合之前叶柏舟送门安琪回宿舍的事情。

朋友圈里一片哀号——

“男神的眼光我是着实看不懂了。”

“有没有搞错，叶柏舟喜欢拽了吧唧的小太妹类型？”

“这女的有点东西啊！”

…………

门安琪面无表情地把这些评论翻完。

幸亏早就有被烦的准备，不然现在她又能气炸。

“你们说门安琪到底有什么好？让叶柏舟学长这么一而再再而三地为她下凡。”

“学长一直成绩优异，接触的都是尖子班的好学生，可能没见过门安琪这种野的类型，一时之间被新鲜到了？”

“你说得在理。”

…………

凌落落听完冷哼了一声，她朝这三个女生丢了句：“一点都没道理！”

凌落落能考上武大经管院，说明她本身就是有两把刷子的，她继续说道：“我寻思叶柏舟学长之所以对门安琪好，可能是因为门安琪从来不会聚众说人小话吧。”

她换了个姿势，手撑着腮，整个人倚在楼梯栏杆上，居高临下地看着楼梯间的三个女孩，说道：“喜欢叶柏舟的话，就去跟他告白啊。没有勇气找叶柏舟，倒是有勇气编排门安琪。你们不无聊吗？”

等那三个人走了，凌落落手指在栏杆上敲了敲，转身却看见门安琪怔怔地站在面前。

“哇哦。”凌落落有点尴尬，“我这难得打算做个幕后英雄，还被你看见了。”

门安琪本来感动得心里咕嘟咕嘟冒热气儿，现在一听凌落落这话就乐了：“那需要我装没听见吗？”

“那倒也不必。”

凌落落往楼下走：“请我喝罐酸奶就成。”

“我们之间纯洁温暖的好感，就这么沾上金钱的臭味儿了吗？”

金色的阳光从楼梯间的窗户透进来，两个年轻女孩顺着楼梯往下走，笑声欢快，友谊的小树自此发芽。

门安琪估摸着叶柏舟擤个鼻涕都要让她背过身去，偶像包袱那么重的人，现在有了和她的绯闻，肯定巴不得离她越远越好。

出乎意料的是，第二天门安琪一下课就看见叶柏舟站在教学楼前。

看那样子，看那眼神，还就是在等她。

门安琪在犹豫是不是要打个招呼。

没等她犹豫出个结果，叶柏舟就看见她了。

他也没拐弯抹角，径直走到门安琪面前，开门见山：“之前让你帮忙剪的那个影像，废片你扔了吗？”

这是正事，门安琪收起了玩闹的心思，认真地回忆了一下。

当时剪完之后，她把那些剪掉的废片都收纳在一起，放在实验室空置的柜子里了。

听门安琪这么说，叶柏舟松了一口气。

“幸亏没扔。”他说，“我还有用。”

说完就拽着门安琪往实验室走，他不久之后要去仁和医院，所以实验室的事必须早点弄完，现在正是缺人的时候。

“你得赶紧到位。”

门安琪点点头：“好。”

她都做好准备今天要绕着珞珈山远行至信息学部了。

没承想走到路边，叶柏舟一扬手，面前的车子亮了一下，然后他自然地走过去，打开车门，一弯腰，坐了进去。

哇，这个人，电动车爆胎了就买辆汽车吗？

有钱人的快乐这么直接吗？

叶柏舟等了两秒，看门安琪还愣在原地。

“你不进来是等我给你开车门？”

门安琪便麻溜利索地走过去，正要开后门。

叶柏舟“啧”了一声：“当我是司机给你开车呢？多大的官儿啊？”手搭在方向盘上，“坐前边来！”

坐就坐，凶什么。

门安琪翻了个白眼，没好气地坐到副驾。

一路上她也懒得跟叶柏舟废话，看着学校的美景，脑子里正好想想金秋艺术节模特的事。

叶柏舟却以为门安琪这是委屈了，于是反省自己，有时候说话确实喜欢带着命令和讥讽，让人听着不太舒服。

“抱歉。”叶柏舟大大方方地认错，“刚才不是故意凶你。”

“啊？”门安琪愣了一下，“哦哦，你说刚才啊？呵，没事儿！”

“奚怀洋老说我颐指气使，但其实我就是懒得加修饰的话语。”叶柏舟不知道出于什么心理，特别怕门安琪误会自己。

他继续仔细地解释：“可能因为我从小跟着爷爷一起长大，他是地道的北方人，说话随性直接惯了，我也跟着染了这习惯，但其实我没有恶意。”

门安琪眼珠子一转：“你知不知道我刚才有被你吓到？”

“抱歉。”

“真觉得抱歉的话，来给我做模特吧。”门安琪笑得眼睛弯弯，哪有被吓到的样子，根本一副计谋得逞的嘴脸。

“金秋艺术节，做我的模特吧。”门安琪重复了一遍。

虽然她已经重新做了一套平均身高体型的服装，但见过了一开始那套完美的，现在怎么看怎么觉得这个普通版的不顺眼。

门安琪放眼她认识的、见过的所有男生，只有叶柏舟能撑起那套衣服。

“可以吗？你愿意吗？”门安琪问叶柏舟。

“我愿意。”

门安琪：“……”

叶柏舟：“……”

叶柏舟尴尬得头发都要立起来了：“我这个‘我愿意’，说的是愿意给你当模特，不是那个婚礼上的‘我愿意’……”

门安琪难得地也害了羞，她摆摆手，想赶紧结束这个话题。

“知道，知道。”她扭头看向窗外，“赶紧走吧。”

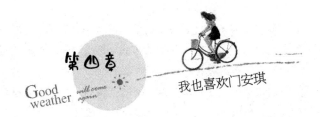

第四章 我也喜欢门安琪

Good weather will come again

凌落落戴着耳机——

“今天的晚安话题是‘恋爱中的男孩女孩’，小耳朵们身边有没有可爱温柔的恋爱故事吗？欢迎在音频评论区留言……”

耳机里名为“月牙”的电台主持人，声音温柔而平缓，在这个寂静的夜里，无比抚慰人心。

凌落落在这天本来应该有一场直播的，可她把鸡腿都快吃完了，也没有几个人来看。

之前那个财大气粗的粉丝今天也没有来，本来应该香喷喷的鸡腿，愣是越吃越索然无味。

于是她中途关掉了摄像头，一个人郁郁寡欢地躺在床上。

舍友说晚上班级搞了个小聚会，问她去不去。

凌落落翻了个身，摇头，她现在只想一个人静静。

谁能料到叶儒已经结婚了呢？

她的成绩之所以在高三突然奋起进步，就是因为老师在高三开学的时候，放了武大的招生宣传片。

宣传片里面经管院的辅导员叶儒抱着吉他弹《樱花城堡》，当即一眼万年，凌落落就心动了。

她废寝忘食地学习，排名从年级后半部分升到了前五十。

高考前一晚，凌落落对着窗外的月亮，磕了一个响亮的头，求菩萨或者嫦娥，随便什么神仙，保佑她一定要超常发挥，考上武大经管院，和叶儒来个美丽邂逅。

神仙真的保佑了凌落落，数学最后一道大题，刚好她做过同类型的题目，于是高中三年来从未成功解答出数学最后一道题的她，首次交出完美的答卷。

跌破老师、父母的眼镜，凌落落考出了一个她自己都不敢相信的分数，飘飘乎乎地进了武大经管院。

可美丽邂逅没等来，倒是等来了叶儒已经有女朋友的消息。

当听到这个令人绝望至极的消息时，凌落落随便点开手机电台的一个频道，觉得这个电台主持人的声音还挺好听，讲的话题也还行，于是就不知不觉听了下去。

这个习惯延续至今，成了她的入睡必备神器。

鉴于和门安琪成了好朋友，凌落落十分大方地把自己这个秘密电台分享给了门安琪。

“听这个！这个主持人声音好温柔！”

不知道门安琪在那边在干啥，凌落落只看见对话框上方的“对方正在输入……”一会儿闪一会儿灭。

好半天了，门安琪一句话都没发过来。

凌落落：“你在写小作文？”

门安琪：“这个主持人就是我，我们播音系要求课外实践，所以我就找了个电台节目的兼职，每周一个固定时间去棚里录，你分享的这个就是我的节目。”

凌落落的幻想崩塌了。

在她的想象中，这个电台主持人应该是长发及腰，穿着花边白衬衫和淡黄色及膝长裙，笑起来温柔，说话时温柔，是那种一看就读了很多书的知心姐姐。

万万没想到，真相居然这么残酷。

凌落落回忆了一下门安琪的模样：

一头从来没理顺过的短发，威风凛凛；一双黑白分明的眼睛，眼神干净，但是看得出戒备心也很强；别人一张嘴跟抹了蜜似的，她一张嘴跟涂了毒似的。

天啊！

门安琪居然是电台深夜节目的温柔主持人。

门安琪居然就是这么久以来用声音伴随她入睡的人。

这么仔细一回忆，凌落落觉得电台里的声音还是有点像门安琪的，而自己之所以没有注意到，是因为她平时一开口，说话的内容分分钟就让人忽略了她的声音。

凌落落还在震惊，那边门安琪已经换了话题。

“烦死了，这次金秋艺术节的主持人是白倩。这就算了，关键稿子还是我给她写。”

门安琪发来一个正在哀号的表情包。

院里老师告诉门安琪这个消息的时候，面色有些为难：“老师也知道你和白倩之前有点矛盾，但是现在这个时候，是为院里争荣誉的时候。私人恩怨，咱们不带进来，好不好？”

但凡老师用上一点点命令的语气，门安琪会立马掷地有声地拒绝。

麻烦就麻烦在老师是很为难地跟她商量，这让门安琪心软得一塌糊涂，当即头脑发热，答应了写主持稿不说，连走秀背景的视频配文也包了……门安琪现在觉得脑壳痛。

凌落落还沉浸在门安琪就是电台温柔姐姐的打击中。

“你太狠了。你把我对‘月牙’的所有美好幻想全部打破了。”

门安琪耸耸肩：“幻灭吧，成长就是幻灭的过程，你也该长大了，天天搞吃播，关键你吃就乐呵吃呗，吃完还后悔，又连续饿好几天。你这样迟早得出事。”

“你一个熬夜的人有什么资格说我饮食不规律？”凌落落反问。

“这倒也是。”门安琪说，“我俩都是早死猝死的命。”

凌落落被这句话吓得起了一身的鸡皮疙瘩：“你对自己还是稍微嘴下留情吧！”

周迪端着水盆从外边回来，一脸憋屈的表情。

门安琪问她发生了啥。

“不过是在洗漱间里接受了一次资本主义的洗礼罢了。”周迪说。

原来是周迪去洗脸，碰见白倩。因为上次白倩大大方方地来宿舍向门安琪道歉的事，周迪对白倩还挺有好感的，觉得这人敢做敢当，有错就认，她就打了声招呼。

白倩头上戴着天蓝色的小象发夹，把刘海夹到一边，露出光洁干净的额头。

“然后，我就被迫得知了她用的洗面奶是资生堂旗下一个高端产品，啥名我也忘了，就记得她说‘这个不太好用，用完有点干，但是比香奈儿山茶花那一款要好很多’……”

门安琪听得津津有味：“然后呢？”

“然后我又得知了她的牙刷是比利时进口的，牙膏是日本的，头上的夹子是韩国的。”周迪说着说着也兴奋了，“白倩说现在淘宝上好多仿品，搞得她头上这个正品也一股仿品的味儿。”

宿舍所有人都乐了，笑得一个比一个夸张。

“我寻思我也就是在最开始夸了一句‘你这个别刘海的夹子好看’啊，怎么就引发了这么长一串品牌的轰炸。”周迪有些郁闷。

“她们那一群玩得好的不都这个样子吗？”宿舍老三说道，“我们这些凡夫俗子跟不上她们的思维。”

“但我有种感觉，也不知道是不是我的错觉。”老二说，“我总觉得那群人里面，白倩最……卑躬屈膝？”

“不是你一个人有这种感觉，”老三激动惨了，“我也是这么觉得的！”

门安琪兀自翻着书，没有搭话。

“安琪，老师让我做走秀时的背景视频，我寻思你写视频文案，肯定比我懂要哪种效果。”周迪走过去，“明天跟我一起去活动室，我们一起找找感觉？”

“好啊。”门安琪想了想，“明天是不是得彩排了？”

“对。”

那还要问问看叶柏舟明天有没有时间，得跟着在台上踩踩点。

叶柏舟在活动室现身的时候，不是夸张，当场所有人真的都不约而同地倒吸了一口气。

就算是比别人多见了几回叶柏舟的门安琪，现在看着他，也暗自惊艳了一回。

这人长得是真好看啊。

他今天穿着白色宽松连帽卫衣，左手的卫衣袖子挽起来，露出两段黑色的麻绳手链。

平时他都穿得黑不溜秋的，今儿难得明亮一把，门安琪居然看愣了。

叶柏舟身高腿长，器宇轩昂，不故意耍帅，也没有刻意摆冷脸，就自然坦荡地走到门安琪身边，低下头，问：“排练得多长时间？”

“不知道啊。”门安琪打开手机看了一眼时间，“你今天有事儿？”

“奚怀洋不知道在想什么，非要养一条蛇，养了还嘚瑟，把蛇拎出来拍照，现在蛇溜了找不着了，他不敢跟人说，让我去帮他一起找蛇。”叶柏舟叹了口气，一脸无奈。

“你跟奚怀洋到底是怎么玩到一块儿的？我时常有种你们俩是一对儿的感觉，就是……”门安琪想了想，“你是高冷腹黑不耐烦，他是阳光憨厚傻白甜。”

叶柏舟拧着眉，思忖着门安琪脑子里都在想些什么奇奇怪怪的东西：“我什么时候对你不耐烦过？”同时他还伸出食指弹了一下门安琪的额头。

门安琪吃痛，瞪着叶柏舟。

叶柏舟又笑着揉了揉刚才弹到的地方，问道：“有吃的没？”

“你没吃饭？”门安琪拿过自己的包，从里面掏出先前准备的小零食，虽然不舍，但还是忍痛给了叶柏舟。

各式各样的辣条、牛板筋、金针菇、小鱼干、鱼豆腐、辣豆干……

全是辣的。

“有没有不辣的？”叶柏舟问门安琪。

门安琪正想说那她去买点儿，身侧就传来一道温柔的声音。

“叶柏舟学长，我有不辣的小面包。”

白倩翩翩走过来，手心摊开，是两个白乎乎、一看就软绵绵的小面包。

这才是女孩子包里应该装的零食啊。

门安琪手捏住书包，撇撇嘴，默默把书包收紧合拢，打算跟从前任何一次一样，看着白倩用更温和柔软的方式抢走原本可能会属于她的喜欢。

“不用了。”可是叶柏舟居然拒绝了白倩的小面包。

叶柏舟伸手，从门安琪怀里把书包拿过去，自顾自一点没客气地打开，从里面挑出两包小鱼干，再把书包还给门安琪。

叶柏舟看门安琪还一副傻乎乎愣在那儿的样子，有些好笑：“不是要彩排吗？”

叶柏舟拉着门安琪的手腕，往外走。

门安琪被叶柏舟牵着，她抬头就看到叶柏舟的后脑勺，看起来有些凶的寸头，这时候却有种酷酷的温柔。

但现在不是欣赏帅哥的时候。

门安琪抓紧时间回头，对着白倩做了个嘚瑟的鬼脸，心里乐呵道：吃瘪了吧？哈哈哈！叶柏舟才不是那种任你差遣哄骗的普通男生呢！他是有脑子的高智商、高情商学霸！

高智商、高情商学霸叶柏舟一出活动室，立马开始倒吸凉气：“好辣好辣好辣！”

门安琪看过去，他眼角已经红了，隐隐约约还有泪珠，亮闪闪的。

仙男落泪！

楚楚可怜！

唯美动人！

门安琪内心深处的母爱化作了颅内弹幕，齐刷刷地在沸腾和燃烧。

“等着！我马上给你买牛奶回来！”

她用了这辈子最快的速度，跑到最近的自强超市，给叶柏舟买了罐酸奶，又买了两个小面包，一路狂奔回来，气喘吁吁地递给叶柏舟：“喏！”

树影摇晃，秋天透亮干净的阳光洒下来，像在池塘上覆了一层透明的薄冰。

光斑在两人身上来回移动，在某个角度看着像一颗爱心。爱心从门安琪膝盖上，移到了叶柏舟胸口那儿。

叶柏舟就安安静静地坐在那儿喝牛奶，身上又穿着白卫衣，看起来跟忧郁安静的天使似的。

门安琪原本撑着膝盖喘气的手，变成了捂住胸口。

她的心跳特别快，就像一只找不到出口的小兔子在乱蹦。

门安琪眨了眨眼，慢慢地坐下来，又慢慢地靠近叶柏舟，然后用手抱住膝盖，她把脸半埋在手臂之间：“谢谢你。”

不管是砸车的视频，还是把醉酒的她送回宿舍；不管是答应做模特，还是即使不会吃辣也在白倩和她之间选择她，都十分感谢。

叶柏舟点点头：“是该谢。”

说完他从卫衣兜里掏出了手机，将镜头对准门安琪：“我现在胃里还火烧火燎的，来，再感谢一遍。”

“……”

满腔柔情就此消散。

“好话不说第二遍！”门安琪去抢叶柏舟的手机，“你变态啊，老是拿手机录小视频！”

叶柏舟脸上的笑意荡漾得像一池子被搅乱的春水。他握着手机的那只手伸长，另一只手按住门安琪的脑袋，利用身高优势，从源头上阻断门安琪的抢手机攻势。

“有本事你把手松开！我们来一场公平的决斗！”

叶柏舟挑眉，松开了按着门安琪脑袋的手。

门安琪一个没防备，整个人都栽倒在叶柏舟身上。

她听见叶柏舟笑，听见叶柏舟说话，听见叶柏舟的胸口像是在震动，这些像密密麻麻的小雨点全数落在了门安琪的心尖儿上。

“我要报警了啊，你这人怎么老是吃我豆腐。”叶柏舟装腔作势。

“滚滚滚滚！”

今年赶上武大金秋艺术节三十周年庆典，每个学院都攒着劲儿，更别提新闻学院——去年获得“金秋杯”的就是新闻学院。

金秋艺术节就是新闻学院独领风骚的活动，全院的配合度和重视度在全校范围内都是有目共睹的。这本来就是本科生的天下，很少有博士生出现，现在不仅出现了博士生，出现的还是叶柏舟。

叶柏舟不是来这儿闲逛的，他是真的要参与这次金秋艺术节，还是以模特的身份参与！

尤其叶柏舟穿的不是别人的衣服，还是门安琪设计的衣服！

这简直就像是把一块抹茶慕斯蛋糕放在一群饿了五天的女生面前。

瞬间，关于叶柏舟和门安琪的绯闻就传得满天飞。

而处在绯闻中心的两个人，一点自觉都没有。

尤其是叶柏舟，没有一丝一毫身为绯闻主角所以要避嫌的意思，凡是门安琪在的地方，都有他的身影。

一位新闻学院的学姐说她在武大三年，看见叶柏舟的次数和时间加起来都没这一周多。

奚怀洋又一次奉命去实验室送饭的时候，意外地发现实验室里居然只有叶柏舟一个人，门安琪不在。

“门安琪没来？”

叶柏舟摘下眼镜，揉了揉太阳穴，看了一上午电脑，脑瓜子嗡嗡的。

“一会儿到。”叶柏舟看了一眼奚怀洋手里的袋子，“你疯了吧，带麻辣烫来？”

“微微辣，你可以吃。”奚怀洋说，“我记得门安琪是四川的吧？她肯定喜欢吃这个。”

叶柏舟走过去，补上一句：“对，之前我爸妈还说去成都养老，后来一想，那儿地震太频繁，他俩怕老了跑不动，就放弃了。”

“地震来了第一反应也不是跑啊。”奚怀洋顿了一下，看向叶柏舟，“你怎么偏偏让门安琪来帮你？”

“啊？”叶柏舟看了奚怀洋一眼，不明白他怎么突然把话题转向这里。

奚怀洋垂下眼睛：“就是，你只要一招手或者说一声，愿意来实验室帮你的人多了去了，怎么偏偏让门安琪这个门外汉来帮忙？”

叶柏舟听了这话，笑了一下。

“你印象里的门安琪是什么样子的？”叶柏舟问奚怀洋。

奚怀洋想了想：“很有个性，挺傲的。”

“对啊。你知道平时骄傲的她，站在遥感实验室里一脸蒙，什么都不知道，不敢轻举妄动的样儿，”叶柏舟慢条斯理地说，“有多好玩吗？”

奚怀洋顿感无语，论变态恶趣味，他着实觉得叶柏舟可以独占鳌头。

“我一个人就能搞定，用不着别人帮，门安琪站在那儿便能让我心情好，做事效率高一点，这就够了。”叶柏舟接着说。

奚怀洋想问叶柏舟，怎么偏偏就是门安琪让他心情好了？

又想到最近传得沸沸扬扬的关于他俩的传闻。

他突然不敢开口问。

叶柏舟觉得今天的奚怀洋有些奇怪，正要问他怎么回事，就看见门安琪来了。

“大哥，您知道下一周就是金秋艺术节了吗？”门安琪见着叶柏舟第一句就是问这个，“都这紧要关头了，您还召唤我来实验室，该不会您真以为我闲得慌吧？”

“我下一周还要跨省去仁和医院呢。”叶柏舟眼睛都没抬，“博士生很忙的，都这样了还抽空当你模特，让你来实验室帮帮忙怎么了？”

叶柏舟把筷子递给门安琪，她看上去还是一脸不爽。

“一会儿吃完饭，就跟你去排练。”他伸手把门安琪拉过来坐着，

“欠你的似的。”

门安琪听了这话才松了一口气。

她高兴的时候，眼睛亮闪闪的。

“我的设计图被老师夸得天花乱坠的，但你穿上衣服的样子，还没人见过呢，到时候这肯定是个惊喜！我一想起来就激动！哦对了，上次你试过之后，我发现衣服袖子有些短。今天改了一下，一会儿你再试试。”

叶柏舟听不下去了：“什么叫我穿上衣服的样子，还没人见过？我平时是裸奔，还是腰上系树叶啊？”

门安琪还没来得及纠正自己的口误，就被奚怀洋打断了：“你们知道这儿还有个我吗？”他举起手，“好歹一米八的大高个儿，怎么完全被你俩给忽略了？”

门安琪看向他，笑了笑：“会长中午好啊。”

不笑还没事儿，门安琪一对着奚怀洋笑，叶柏舟就觉得心里不太舒服了，他挑了一颗牛肉丸放进门安琪碗里：“闭嘴，吃饭。”

“嘴都闭上了还怎么吃饭？”门安琪翻了个白眼。

叶柏舟正要说话，这时奚怀洋再也听不下去了，把筷子往碗边一撂，气愤地说：“你们俩有意思没意思，我好歹也是个人，怎么就没有说话的机会呢？”

金秋艺术节在万众期待之中，如约到来了。

一起到来的，还有一场淅淅沥沥的雨。

因为这场雨，凌落落整个人都要崩溃了。因为她平时喜欢设计，学院负责人在看过她以往的作品后，安排她来负责经管院的主裙，她和同学忍着无敌尴尬在男生宿舍的活动室里通宵做出来的衣服，一根铁丝一根铁丝凹的框架，她辛辛苦苦往模特身上画的彩绘……居然和一场大雨相遇。

凌落落都顾不上打伞，她脑子里一直在思索现在给模特们身上粘透明胶还来不来得及。

不然彩绘要是被雨淋湿冲花了，那不就全部白费功夫了吗？

门安琪也很凌乱。

艺术节是在室外开办的，这雨下得稀里哗啦，舞台也是湿漉漉的，她现在十分害怕模特，特别是叶柏舟，走上去当众摔个狗啃泥。

幸好老天爷在关键时刻有了慈悲心肠，这雨下着下着就小了。

灯光绚烂，人声鼎沸。

五颜六色的雨衣和伞，惊艳绝伦的服装，搭配着精美的视频和恰到好处的音乐。

当晚门安琪只记住了两件事：一个是知名手机厂商赞助了这次艺术节；另一个是叶柏舟实在有点过于帅了。

前者是因为主持人不断强调，在门安琪脑子里形成了固定记忆；后者是因为叶柏舟一出场的时候，全场都不约而同地发出了惊呼声，然后就是一大片快门声。

台下观众的伞像一片斑斓的花海，雨雾逐渐升腾，叶柏舟踩着这天然的雾气，面朝“花海”，沉稳坚定地从舞台那一端走过来。

出场前，他最终没拗过门安琪，被迫化了淡妆，于是五官更加立体，发梢上沾着雨水，折射出一片光。

“我是眼花了吗？”凌落落扯了一下门安琪的衣摆，“我怎么觉得叶柏舟跟个神仙似的在发光。”

门安琪没回应她。

凌落落扭头一看，门安琪在笑，眼睛定定地看着舞台。

凌落落怔怔地顺着门安琪的目光看向舞台，叶柏舟也对着门安琪笑，还挑了一下眉。

凌落落发誓她没看错。

那个一向淡漠清冷、不怎么跟人打交道的叶柏舟，在舞台上对着门安琪笑；那个一向不喜欢与人亲近、硬生生把自己活成一个传说的叶柏舟，在舞台上对着门安琪挑眉，就像个拿着满分答卷向大人讨要糖果的小学生。

凌落落嘴唇都要咬破了才忍着没尖叫出来。

怎么回事？

这恋爱的芬芳！

这香喷喷的狗粮气息!

她沸腾了。

不过她沸腾着沸腾着就愤怒了，因为她得知经管院的分数居然只有 6.4 分。

6.4 分啊，从来没有一个院系的分数能如此之低!

来不及看门安琪和叶柏舟，凌落落直接冲进了校会气势汹汹地申诉。

在凌落落气势汹汹地找校会申诉的时候，门安琪震惊地看着手里的手机：“有没有搞错？”

“没有。”奚怀洋气定神闲地开口，“叶柏舟现在当个模特走几步路就引来大众的惊呼，实在是他们没见过世面。”

门安琪目瞪口呆。

确实绝。

手机里的叶柏舟，头上是盘起来的金色假发，脖子上戴着一条硕大的珍珠项链，蓝色宝石吊坠刚好卡在锁骨之间，低胸的繁复褶皱花边公主裙，腰身收得极紧，裙摆大得可以藏三个人。

“《灰姑娘》，叶柏舟演辛德瑞拉。”奚怀洋笑得嘴角快咧到耳根，“当年我们才小学，他从小皮肤就白，又嫩，穿上公主的裙子一点也不违和。他站在台上，要不是开口说话了，所有人都以为这是谁家的小姑娘。”

门安琪当即让奚怀洋把照片传给她。

“还有视频，你要不要？”

“要！要要要！”门安琪两眼放光。

呵!

她手里终于也有叶柏舟不想面对的视频了!

以后叶柏舟再放一次“听话视频”，她就给叶柏舟放一次“公主视频”!

叶柏舟买水回来，看奚怀洋和门安琪并排坐在一起。

他也不知道为什么，下意识就皱了眉：“在干什么？”

门安琪笑得贼兮兮的："秘密。"

叶柏舟看奚怀洋也笑得贼兮兮的，心里嘀咕着这是在搞什么名堂？

叶柏舟没好气地把水丢给奚怀洋，又把另一瓶水递给门安琪。

"你们是想现在就直接跟我说背着我干了什么事呢，还是想让我自己去发掘探索？"叶柏舟仰头喝了一大口水，分两次咽下，喉结滚动两下。

门安琪本来坦坦荡荡的，可看着叶柏舟喝水，居然把自己给看害羞了。

她突然觉得脖子有些痒，伸手抓了一下。

最近她太忙，手指甲忘记剪，浅浅一截指甲划在皮肤上，留下几道粉红的痕迹。

叶柏舟看了一眼，然后就没能把目光移开。

空气里弥漫着一种暧昧的气息，气氛沉静。

奚怀洋看看门安琪，再看看叶柏舟，他心里警铃大响：怎么回事！这是一种即将不受控制的感觉！

这时他低头看了看手机屏幕，视频已经传过去了。他赶紧伸手碰了一下门安琪，说道："发完了。"

门安琪回过神来："哦哦，好。"

她心慌意乱地点开视频，点开才想起来叶柏舟本人就在这儿，又手忙脚乱地关掉视频。

但是已经来不及了。

叶柏舟眼尖，一眼就瞄到了那个他这辈子都不肯回看的造型。

"奚怀洋你是人吗？"叶柏舟一把抢过门安琪的手机，同时左脚十分配合叶柏舟的愤怒，直直踢向奚怀洋。

奚怀洋早就习惯了，他灵敏地躲开，一边躲，一边狂笑："怎么了啊，多好看啊！就因为这，你当时还成了我们班班花呢！"

"你给我闭嘴！"

门安琪已经听见了，她笑到捶地："你居然还做过班花，哈哈哈……你可以啊，人生阅历太丰富了……"

叶柏舟仓促中还没忘记删除视频，门安琪哪能让叶柏舟得逞，这可是她要珍藏一生的宝贵视频！

她立马蹿上椅子去够叶柏舟删视频的手，叶柏舟怕她摔着，就没离太远，本来是好意，结果反倒被利用了。

如果没人护着她，门安琪还知道控制力度怕自己摔，现在看叶柏舟在前面护着，干脆就不管了，有恃无恐地一门心思抢手机。

这么一来二往，直接后果就是门安琪一个没站稳，椅子受力不均往前倒，门安琪也跟着朝前倾，叶柏舟见状连忙去抱即将落地的门安琪……

总之，最后呈现在奚怀洋眼睛里的，就是叶柏舟在底下垫着门安琪，这倒没什么，关键是椅座十分固执顽强地卡在叶柏舟和门安琪之间。

叶柏舟闷哼了一声。

门安琪连忙起身。

叶柏舟又闷哼一声，伸手挡住门安琪："别动，先！"

门安琪不敢轻举妄动了。

"怎么了……你还好吗？"门安琪颤颤悠悠地问。

"完了，我可能要断子绝孙了。"叶柏舟颤抖着说。

事后，奚怀洋以自己医学在读博士的所有尊严发誓，叶柏舟不会断子绝孙。

"只是擦破了一点皮，没事的。"奚怀洋安慰叶柏舟。

"你再说一遍？"

"当然，痛肯定是痛的。"奚怀洋打了个寒战，他对叶柏舟竖了个大拇指，"不错，能忍。男子汉，我服你！"

叶柏舟懒得跟奚怀洋废话，他正在抓紧时间给门安琪发微信，把自己说得那叫一个可怜。

"我为了不让你摔到地上，以身做垫，悲惨负伤，如今行动不便，你就说怎么着吧。"

凌落落那边气势汹汹地去校会申诉，情绪有些失控，这边叶柏舟又负伤需要检查，门安琪不方便在场，她干脆去了校会找凌落落。

现在校会那边解决完，门安琪看到叶柏舟发来的消息，长叹了一口气。

“怎么了？”凌落落问。

门安琪张张嘴，半天不知道该从哪儿讲起，最后又是一声长叹。

“好一个难忘的金秋艺术节！”

仁和医院叶柏舟是去不了了。

正好让仰慕庄穆已久的奚怀洋去，他知道了这个消息，乐得嘴角快咧到太阳穴了。

“柏舟，”奚怀洋深情款款，伸出左手，比了个大拇指，“从今天起，你在我心里，就是这个！”

“啧。”

叶柏舟想到那天门安琪说的什么一对儿，再看看奚怀洋现在这副傻样儿……

疯了吧？组 CP 好歹也照顾一下他的审美感受啊。

叶柏舟拧着眉，问道:“你有没有喜欢的人？”实际上心里在想:有的话，赶紧去找她，别老跟自己黏在一起，怪让人误会的。

奚怀洋没料到叶柏舟突然问这个问题。

他忸忸怩怩地绞手指，抬头看着叶柏舟，眼神犹豫:“其实……”

“你说话就说话，别看我！”奚怀洋犹豫的眼神落在叶柏舟眼里就成了缠绵，叶柏舟后背的寒毛都要竖起来了，马上说，“我喜欢女的！”

“我也喜欢女的呢。”奚怀洋翻个白眼，然后又开始羞涩道，“其实，我喜欢，我还挺喜欢，就那个……”

“是女的就行。”叶柏舟松一口气。

虽然他压根儿不关心奚怀洋喜欢谁，但听刚才奚怀洋那话的意思，是已经有明确的人选了。

“我支持你。”叶柏舟拍拍奚怀洋的肩。

然后叶柏舟又说:“去准备准备吧，听说庄穆16岁就考上大学了，天才类型，没点真才实学，他是不会把你放在眼里的。”

奚怀洋重重地点头：“嗯！”

奚怀洋已经决定了，从仁和医院回来就告白！

向门安琪告白！

到时候事业、爱情双丰收！美哉！

门安琪真是奇了怪了。

她好心来照顾叶柏舟，可他手也没伤着啊，怎么就连实验报告都写不了了？

“你练过书法吗？”叶柏舟理直气壮，“牵一发而动全身，写一个字需要全身都用劲儿的。”

“那我也不懂你的专业知识啊？”门安琪负隅顽抗，企图赖掉这个任务。

“没事。我念，你写。”

门安琪如果知道接下来这两个半小时，会接受叶柏舟360度全方位无死角嘲笑轰炸的话，她一定不会在这个时候，回一句：“那好吧。”

…………

好不容易完事儿了。

她去找凌落落。

珞珈国际文化节正如火如荼地进行着，听说“法国”摊位那儿有个贼帅的帅哥，两人一合计，决定一起去看。

去之前，她们先去上了厕所。

一路上，门安琪不断地跟凌落落吐槽身娇体弱事儿还多的叶柏舟：“你是没在现场，你是没看见叶柏舟那欠扁的样子——‘纹理映射，你写错了，是绞丝旁的纹；在轨几何标定，精度单位你写错了’……”

门安琪气得脑门儿上的青筋暴起：“我一开始就说了我不是那专业的，他非说他念我写，好啊，他念了，一口全是专业术语，我啥也不知道！”

凌落落笑得直不起腰，她脑子里全是活灵活现的画面。

“你发没发现，叶柏舟在你身边才像个真人？”

“我现在怀疑他不是人。”

“哈哈哈哈哈！”凌落落又是一顿狂笑，“你想没想过，”她顿了顿，斟酌着措辞，“谈恋爱？和叶柏舟？”

门安琪推厕所隔间的手差点折那儿：“你开什么玩笑？”

“真的啊。没开玩笑。”凌落落给门安琪分析，“你回想一下，这一路，叶柏舟对你是不是过于特殊了一点？你看他有跟别人耍赖吗？你看他有对别人那么热心帮助吗？”

“……”

“是吧？实不相瞒，要不是我确定你不会撒谎，我根本不敢相信你口中的叶柏舟是我以为的那个‘叶柏舟’。”凌落落循循善诱，“你再思考一下，叶柏舟要真想让人帮他写实验报告，他找你干什么啊。他跟那些学弟学妹招呼一声，他们乌泱泱就涌过去帮忙了。”

门安琪被凌落落这串话给绕晕了。

“你快别说了。”门安琪不太愿意想这个事，“你再说下去，我该有不切实际的幻想了。”

“说不定不是不切实际呢？”凌落落耸耸肩。她有些羡慕地喟叹一声，“真好啊。也不知道我什么时候能追到我男神。”她顿了顿，“不对，我这根本不是追不追的事，他都有女朋友了。”

“你还没对叶儒死心啊？”

“死心是不可能死心的，只是我心中崇高的道德标准阻止了我去追求他，现在处于默默祝福他和他女友的阶段。”

凌落落想想又觉得不甘心：“我为了他才考进武大经管院的哎！结果来了才知道他已经有女朋友了……”凌落落骂了一句脏话，“招生宣传视频为什么不在他出场的时候，打一句标语——此人已经有主？这样也省得我天天惦记啊。”

门安琪试图劝凌落落往好的方面想，比如，好歹因为叶儒，她才一鼓作气，以前所未有的努力，才考上了武大。

“扯呢，你知道我现在每天上课跟上刑一样吗？”

凌落落感慨狗屎运也是有期限的，归根结底，世界是属于真正有实力的人。

像她只是一时走了狗屎运考上武大经管院，现在每天上课就是接受一次又一次天书的洗礼，一次又一次质疑自己的智商。

“要不你转系吧……”门安琪叹了一声气。

“那我爸妈不把我切成块才怪。”凌落落也叹了一声气。

虽然觉得没什么必要，但这件事对于凌落落来说实在重要，她不放心地嘱咐门安琪，千万别跟别人说她对叶儒的“贼心”。

“我这贼心本来一吹就灭，但要是被太多人知道了，这个贼心性质就变了，就是从自发的、随时可以消失的贼心，变成了架在脖子上、难以消失的贼心。你懂我的意思吧？”

“放心吧。”门安琪说。

尽管做好了会面对人山人海的准备，但是不得不说，门安琪和凌落落还是低估了人们对于帅哥的热情。

“法国”展位前，队伍排得老长，门安琪当即想要放弃。

“别啊，来都来了。”凌落落拉住门安琪，“你现在能去哪儿，继续回去任由叶柏舟差遣吗？”

“你说得倒也在理。”

两人规规矩矩地排了好半天，总算排到了队伍靠前的位置，随着跟法国帅哥距离的拉近，门安琪和凌落落惊喜地发现，这帅哥帅得更加有层次、立体了。

“不得不说，这西方人的轮廓是真的深。”凌落落跟点评鸡腿一样在那儿对着法国帅哥发花痴，“也就叶柏舟能跟这深轮廓抗衡了。”

最近凌落落实在是太奇怪了，门安琪狐疑地看了她一眼：“你怎么老是提起叶柏舟，他是赞助商还是给你冠名费了？”

凌落落嘿嘿一笑，以她多年来看言情小说培养出来的直觉，叶柏舟对门安琪绝对有意思！

“我这是在帮你开窍啊。”凌落落摇摇头，慈祥而宠溺地看着门安琪。

门安琪："……"越发感觉凌落落奇奇怪怪了。

就在这时，身后突然传来一阵惊呼声。

凌落落敏锐地回头，竟然看见了叶柏舟！

叶柏舟来了，还能是找谁？

凌落落当机立断，果断把身边的门安琪推了出去，然后对着叶柏舟比出一个"OK"的手势。

刚下过雨，红色的跑道上，零星分散着几摊积水，映着透明蔚蓝的天空。

叶柏舟牵着门安琪的手往外走。两人前后脚踩过积水，一圈又一圈的涟漪洇染开来。

抬头看见的，依旧是叶柏舟的后脑勺，门安琪想起之前在活动室，叶柏舟也是这么拉着她走出去，步子沉稳、坚定。

这样被他牵着，感觉生活中不会有什么难处了，或者就算有难处，他也能妥善解决好。

"等等，你不是生活不能自理了吗？"门安琪挣开叶柏舟的手。

现在这人走得还挺利索的啊。

"还说。"叶柏舟把门安琪的卫衣帽子给她戴起来，帽子宽大，遮住门安琪大半个脑袋。

仍旧不解气，叶柏舟拉着卫衣帽檐往下拽，直拽到门安琪的鼻梁。

"我不就让你多跑了几次腿，写了个实验报告吗，哪就那么难为你了。"叶柏舟这话说得咬牙切齿的，"放着为你负伤的我不管，倒是有闲心来排队看帅哥。门安琪你有没有心？"

说着，叶柏舟又把门安琪的卫衣帽子往下拽了拽。"难道我不帅吗？"他别别扭扭地开口。

门安琪的耳朵噌一下就红了。

一开始她还挺烦叶柏舟拨弄她帽子的，现在倒是十分庆幸。

得亏帽子遮住了大半张脸，不然现在她这副面红耳赤的样子被叶柏舟瞧见了，又会被他笑。

“你幼不幼稚？”门安琪低着头，看着自己的脚尖。

“你有没有心？”叶柏舟照着门安琪的语气把话还回去。

怎么没有。

门安琪的心现在就跟散落在地的玻璃球一样，在胸腔里乱撞，硬生生地把门安琪撞得脑子一片空白，什么也思考不了。

“问你呢。”叶柏舟抬了抬手，把亲手拉下去的卫衣帽檐，又往上抬了下，想要看门安琪的表情。

叶柏舟今天格外难缠，门安琪这时候反应很快，立马伸手拽着自己的卫衣帽子，不让叶柏舟掀开。

这样两人的手好巧不巧叠在了一起。

叶柏舟翘起嘴角：“门安琪，你又吃我豆腐。”

说得他好像受了多大的委屈似的，但是他的手腕却立马翻转，反握住门安琪的手。

完了。

门安琪脑子里来回地回荡这两个字。

之前牵手，还可以找理由说情有可原。但这回，可是什么也没发生，什么危急情况也没有。

青天白日之下，叶柏舟光明坦荡地握住了她的手。

而她呢，不仅一丁点要挣开的想法都没有，还想一直这么握下去。

凌落落目送叶柏舟和门安琪离开，笑得十分慈祥。

这才是正确的打开方式啊，高冷学长操场吃醋，当众拉着心仪学妹离开，两人心情碰撞，情绪对冲，于混乱中明白了自己的心意……

不枉她先是怂恿门安琪来看帅哥，然后又给叶柏舟发微信报告门安琪的行踪，几番添油加醋，叶柏舟果然沉不住气，立马屁颠屁颠赶来了。

要是门安琪和叶柏舟这事儿成了，门安琪真应该给她送一面“功德无量”的锦旗。

凌落落心满意足地转过身。

她这儿可还没着落，法国小帅哥！姐姐来啦！

她正在构思一会儿排到自己时，该和小帅哥说句什么，就闻见身边飘来一股好闻的香水味。

凌落落转头，看到是白倩。

她愣了愣，心想白倩找自己干什么？

“看到现在你和安琪关系这么好，我就放心了。”白倩笑呵呵的。

这句话实在有些怪异，凌落落等着白倩把话说完。

“初一下学期的时候，我转学到了门安琪所在的班里。那时候她就没什么朋友，很奇怪吧？我觉得她人挺好的，但是不知道为什么，就是没有人愿意跟她玩。”

一阵风吹过来，白倩额前的刘海有些乱了。她微微偏了一下头，齐刘海被风吹成斜刘海，露出一点额头，白净温柔，美出另一种风格。

“我就主动带门安琪一起玩，后来……发生了一些别的事，我们俩就相当于绝交了。其实我一直心怀愧疚，但是不知道该怎么表达。”白倩笑了笑，有些羞涩，“看起来可能不像，但真的，我不太会说话。总之，现在看你愿意成为她的朋友，我真的很替安琪高兴。”

眼前的白倩太好看，秋末阳光也温暖，洒在她的脸上，看起来更舒服了。

但是不知道为什么，凌落落就是觉得眼前的白倩很假，像经过刻意地精心雕刻和修饰后，摆在橱窗里展示给人看的那种假。

“不用你替她高兴。”凌落落手抱着胸，警惕地看着白倩，“她本来就值得很好的朋友，跟你高不高兴没关系。”

“啊，我不是这个意思……”白倩懊恼地咬住嘴唇，“我就说我不会说话啊。”

好装，一个人怎么可以这么装。

凌落落手指在手臂上敲了敲，不想再继续这种对话，她敷衍地笑了笑，然后转身，继续排队。

白倩跟完全没察觉到凌落落的不耐烦似的，她脸上依旧挂着好看的笑容。

“那我去图书馆自习啦，你继续哦。”白倩对着凌落落挥挥手，笑着调侃，“你不是喜欢叶儒吗？居然也会排队来和帅哥合照。”

凌落落身子立刻一僵。

她转过身来，看着白倩，脸上没有任何表情。

“你怎么知道……叶儒？”

白倩困惑地看向她:“啊？安琪说的啊，她跟很多人都说过，哎？这是个秘密吗？”

她故作惊慌：“我是不是又说错话了？对不起，对不起，我看大家都知道啊。”

“呵。”凌落落冷笑了一声。

“你说话的时候有照过镜子吗？”她直视白倩，眼睛里全是奚落，“你知道你刚才说话的时候，表情看起来有多幸灾乐祸吗？”

回到宿舍后，凌落落点了五个牙买加大鸡腿，又给自己煮了一份火鸡面，再炸了六个芝士球，然后开始了今天的吃播。

跟往常一样，她先是利落地打开一罐可乐，然后倒进装着两个冰球的玻璃杯里。可乐的气泡声嘶嘶嘶响着，凌落落举着可乐杯子在空中绕了一圈。

接着，凌落落就开吃了。她先是拿起一个红亮亮的大鸡腿，而后顺着鸡肉纹理把骨头取出来，剩下一大团细腻嫩滑、纤维分明的纯肉。最后凌落落分了三口，把这团油亮亮的鸡腿肉吃完了。

有一说一，鸡腿确实是鸡身上的精华。

鸡胸肉太柴，鸡翅香是香，但是肉太少了，吃完总觉得意犹未尽，大一点的鸡翅油脂又太多，吃了腻得慌。只有鸡腿，不管是大鸡腿还是小鸡腿，配上咸甜适中的酱料，咬下去总是满口的香滑软嫩，口有余香。

凌落落吃牙买加鸡腿喜欢配着沙拉酱，把白花花的鸡腿肉往沙拉里裹一圈，然后再叠一层鸡腿肉，一口吃下去，那叫一个爽。

没有什么比油脂和高蛋白混合的口感更爽。

弹幕里已经在刷："哇 UP 主好会吃""天啊，我也迅速下单一份鸡腿""UP 主用的沙拉酱是什么牌子的啊"……

凌落落没有理，她捻起一个芝士球，整个丢进嘴里，一口咬下去，先是芝士球外边的酥脆层刺啦碎开，然后满嘴都是芝士球里面的爆浆，隔着屏幕都能感受到香甜诱人。

她又挑起一筷子火鸡面，吃了满满一大口，辣味儿是一点点从舌根蹿起来的。凌落落喝了一大口可乐，咕噜咕噜的声响，又让弹幕前的人们馋了好一阵。

结束吃播以后，凌落落关了摄像头。

她的心情并没有因为大吃一场而转好。

暮色降临。

凌落落记得在一天里门安琪最喜欢黄昏。

她看向宿舍的窗外，天幕低垂，万物灰蒙。

这是冬天的前兆。

她瘪了瘪嘴，微信里门安琪说自己在食堂，问她需不需要带东西。

她没有回，只是叹了一口气。

白倩说那话明显是在挑拨离间，脸上就差直接写上"幸灾乐祸"四个字了。

目的不纯的人说的话，没什么可在意的，所以她现在其实不应该辗转纠结。

但是凌落落怎么也想不通，白倩是怎么知道的呢？

她喜欢叶儒的事情，只告诉了门安琪，连她爸妈都不知道。

凌落落闭上眼睛，心想，白倩当然是虚伪的，怀揣着不好的目的。但是如果门安琪没有把话说出去的话，这一切根本就不会发生。

凌落落的胸口涌起一团巨大的失望。

她的偶像是海绵宝宝，海绵宝宝教会她乐观，教会她知足，教会她快乐最重要。

但是海绵宝宝没有教会她该怎么面对一个有了嫌隙的朋友。

叶柏舟推开宿舍的窗子，深深地叹了一口气，他现在脑子很乱。

一开始他想帮门安琪只不过是出于愧疚，但是现在，好像随着时间的累积，不止是因为愧疚了。

甚至现在他心里好像根本没有了愧疚，他就是想靠近门安琪，就是想跟她待在一起。

这是什么情况？

他现在特想找个人倾诉倾诉，可是能想起来的好朋友只有奚怀洋。

“叶柏舟你是不是有病？我明天早上六点就得起床！你知道现在几点吗？！”

这个好朋友未免太暴躁。

叶柏舟：“我想……”

“想什么想！”奚怀洋对着话筒吼，“我挂了！”

叶柏舟锲而不舍，又拨了过去。

尽管奚怀洋十分不情愿，但他还是坐起了身子，聆听叶柏舟的情感难题。

“所以……门安琪就是那个你一直在找的女生？”奚怀洋说，“我说呢！你怎么对她这么好！”

“对，但是，但是现在已经过了那个阶段了。”叶柏舟很确定，“已经不是愧疚、补偿的阶段了。”

想了想，叶柏舟又说：“其实门安琪爸爸出车祸这个事，跟我真没什么关系，是我爸撞的，不是我撞的。我之前也不知道这个事，前几个月才知道的。你说我现在在这儿愧疚是不是也挺没道理？”

“那你从知道这个事开始，就拿到了门安琪的手机号，但是又一直没拨出去。”奚怀洋觉得叶柏舟这话的方向不对，连忙往回拽，“不就是因为你理不直气不壮，不知道怎么面对吗？”

叶柏舟沉思三秒，恍然大悟，拍窗叹道：“对！她居然能那么凑巧拨错电话拨到我这里来！我们俩是命定的缘分啊！原来如此！”

他真诚地向奚怀洋道谢。

奚怀洋连忙说先别谢，他不是那意思，但是还没来得及把话说完，叶柏舟就挂了电话，径直跑去睡觉了。

留下奚怀洋一个人辗转反侧到天明。

在曙光跃上屋顶的那一刻，奚怀洋做出了一个决定。

他认认真真地给叶柏舟发了一条微信：“我也喜欢门安琪。”

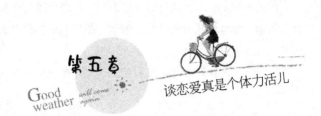

第五章 谈恋爱真是个体力活儿

Good weather will come again

叶柏舟醒来看到奚怀洋这条消息，他盯着那个“也”字出了神。

叶柏舟扪心自问，自己喜欢门安琪吗？

他只是觉得门安琪这个人有意思而已，爽朗、直率、不装、聪明……

咦？他什么时候夸一个人夸得这么流畅了？

但夸一个人就是喜欢吗？

不是吧？

叶柏舟锁了手机，闭上眼睛。

他想象不出来有一天自己喜欢一个人，和她在一起的情景。

叶柏舟十分有自知之明，他以前和奚怀洋玩过一个无聊的心理游戏，要说出脑子里第一个出现的成语，他的答案是“隔岸观火”。

奚怀洋当场在那个心理游戏测试 APP 上充了会员，然后特意去软件市场写了条 83 个字的五星评价，那 83 个字归纳起来就是一句话——太准了！

如果他真的想参与这个世界，真的想和别人在一起，他压根儿就不会坚定地选择遥感专业，更不会一学就学到现在。

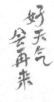

遥感的迷人之处在于它是遥远地感知，不用接触，远距离就可

以得到想要的信息，多好。

叶柏舟慢吞吞地坐起来，伸了个懒腰。

有朝一日，他居然也会受困于这些儿女情长。

不过一想到奚怀洋居然喜欢门安琪，叶柏舟就莫名其妙地觉得有些不爽，他烦躁地拿出手机，解锁，想骂奚怀洋，但又觉得自己没什么理由发火和不爽。

最后叶柏舟憋屈地又把手机锁上，还多此一举地关机，将手机往枕头下一塞。

叶柏舟逼着自己思考可以将地质统计学ATPRK（面到点回归克里格法）算法应用于MODIS（中分辨率成像光谱仪）遥感数据，对比目前常用的PCA（主成分分析技术）、wavelets（小波分析）、HPF（高通滤波法）以及KED（外部漂移克里格法）四种分析法，实验室数据表明ATPRK可以产生质量更好的锐化图像，而且ATPRK比KED更快，这应该是个突破点……可是叶柏舟不自觉地又回忆起奚怀洋一开始说不喜欢门安琪，还反驳他说想多了……

叶柏舟砸了一下枕头，砸完觉得没过瘾，又砸了一下。

烦死了！

魏成坐在石烧咖啡店里靠窗的位置，远远就看见叶柏舟来了。他站起来，伸手打了招呼。

“不好意思，今天早上手机关机了，没看到你发的消息。”叶柏舟一边解释自己来迟的原因，一边抽出椅子坐下。

“没事！”

魏成为考古团队工作，这次来找叶柏舟是希望他能用LiDAR（激光雷达）辅助三维技术重建文物。

放在往常，叶柏舟一定直接答应了，但是现在——

叶柏舟想到门安琪，还有说也喜欢门安琪的奚怀洋……他叹了口气，对魏成说：“我再想想。”

魏成看着他，眼神有些惊讶：“怎么呢？”

叶柏舟不想多说，他现在脑子里一团乱麻，自己都没理清楚根本无法安心工作。

他对门安琪是喜欢吗？

如果不喜欢，为什么自己会在听见奚怀洋说他喜欢门安琪的时候那么烦躁？甚至有种焦急的、怕失去的感觉？

应该是喜欢吧？

是吗？

他会喜欢一个人吗？

怎样是喜欢一个人？

出了咖啡馆，叶柏舟慢吞吞地往学校走，顺便去了趟书店。他长这么大以来，还是第一次走到“初恋青春”类别的书架前——书籍是人类进步的阶梯，他决定从书里找一找自己出现这个心理状态的答案。

一眼扫过去，花花绿绿的书籍封面看得叶柏舟直皱眉。

《承认吧，你也喜欢我》，叶柏舟看到这个书名，挑了挑眉，他从书架上把这本书拿下来，看了眼简介，然后又打开样书随手翻看了几页——

“他始终不想承认对夏晚淋的动心，但他怎么也抵赖不掉第一次见到夏晚淋时，他的心脏就像琴弦被拨动了一下，又一下……

“就像在荒无人烟的寂静村庄里，一只五彩斑斓的鸟灵巧地飞来，要在古井旁的桉树上安一个窝。它不停地扇动翅膀衔来树枝，用脚蹬、用嘴啄……它的身影倒映在井水里。日子一天一天地溜走，它每天飞来飞去的身影，渐渐地打破了村庄的孤寂，无法再被忽略掉……”

叶柏舟眨眨眼，他决定买下这本书。

正拿着书往外走，一抬头他就看见了门安琪。

她站在公交站牌前面，短发蓬松，夕阳的余晖温柔地洒在她身上，像给她打了一层亮亮的光。这光滑乌黑的头发、纤细的脖颈、优美的脊背、柔弱的腰肢……一路向下，最后消失在脚下的影子里。

叶柏舟停在原地，手本来松松地拿着书，现在却无意识地收紧。

“扑通——扑通——”他突然听见自己强有力的心跳声。

“但他怎么也抵赖不掉第一次见到夏晚淋时，他的心脏就像琴弦被拨动了一下，又一下……”叶柏舟回想着书上的这句话时，门安琪已经上车走了。

叶柏舟看着远去的77路公交车发呆。

等他从愣怔中回过神时，手掌已经有了一道深深的、暗红色的印痕——是书脊留下的痕迹。

叶柏舟突然明白，那辆77路公交车载走的是他的心上人。

就像从来只有遥感和无人机的世界里，突然“砰”地掉进来一个苹果一样，门安琪也“砰”地掉进了叶柏舟心里。

门安琪所在的宿舍楼停电了。

叶柏舟知道这个消息的时候，心想：停电意味着黑暗，门安琪在一片漆黑之中，该多无助啊！

他连忙发微信问门安琪：“情况怎么样？”

门安琪丈二和尚摸不着头脑，说：“就是停电了呀。”

“你不害怕吗？”

门安琪很奇怪地反问：“为什么会害怕？你不觉得黑暗特别温暖吗？就像大海一样。”

“是啊，就像大海一样。你知道吗，大海一年能淹死60万人。”

门安琪：“……”

楼上宿舍好像在合唱《海阔天空》，之所以说好像，是因为比起唱，更像是在咆哮，借着歌词抒发情绪。

门安琪突然有些伤感。

“你到底想表达什么？”

叶柏舟也察觉到自己刚才那句话接得挺不像句人话，他咬咬牙，暗暗鼓励自己要一鼓作气。

“你想看日出吗？”

啊，对。

叶柏舟是博士生，住在樱花大道上的宿舍楼里，上楼就是樱顶，那里看日出的视野非常好。

门安琪有些心动。

“但是现在宿舍楼不是锁了吗？进不去呀。”

“你就说你想不想看日出？”

“想。”

“等着，马上就到。”

黑暗是天然的遮盖物，叶柏舟趁着停电到处都是漆黑一片，把门安琪接走了。

门安琪兴奋得不行，都到楼顶了，脸还红彤彤的，眼睛闪闪发亮。

她一拍叶柏舟的背，大声说：“可以啊你！看起来是个五讲四美的优等生，逃避宿管阿姨的检查倒是很熟练啊！”

叶柏舟又开始云淡风轻地吹嘘：“我本科逃课逃夜检的时候，你还在背《爱莲说》呢。”

说完他从楼顶角落里拿出一架早准备好的无人机，操控它飞到了门安琪的面前。

他问门安琪：“想不想玩？”

门安琪摇摇头：“上一次把你无人机撞毁的钱都还没有赔完呢。”

“放心，这一次大胆玩。”

门安琪一点也不信叶柏舟的鬼话：“上一次你也是这么说的，你说无人机有避障系统，结果等我撞了树，你才告诉我避障系统没法儿看见树枝。”

回忆起那个时候无人机撞树之后，门安琪瞠目结舌且恐慌的样子，虽然不厚道，也违背今晚的主旨，但叶柏舟又想乐了。

“没事。”他想了想，开口道，“这架无人机很便宜，撞坏了也不心疼。”

“我是在乎那点钱吗？”门安琪瞪了叶柏舟一眼，装模作样地反问。

紧接着她就兴奋地搓搓手，对着无人机嘿嘿一乐：“便宜的小宝贝儿，我来啦！”

叶柏舟看着无人机，又一次为自己从小到大都喜欢的东西感到心疼。

虽然他心里是这么想，但是面上还是一副豁达大哥哥的模样，他体贴地鼓励门安琪：“这里这么空旷，是个人都能让它飞起来，也不用怕撞到什么东西。你胆子大一点。”

门安琪手一挥：“放心！”

力拔山兮气盖世，一身的大将风范。

别说，门安琪这次玩得还真有模有样的。

叶柏舟在旁边看得挺欣慰，谁能想到现在这个手握遥控器操作熟练流畅的人，上一次才开始操纵无人机就撞树上了呢？

都是我教得好啊！

叶柏舟现在也就是下巴上少了一撮胡子，不然他能立马一脸自豪和欣慰地来回捋胡子。

门安琪抽空瞥了叶柏舟一眼。

得，这会儿他嘴角带着笑，看着还挺像个人。

之前他骂她“手脚不协调”“方向感是不是丢了”“脑子不是摆设拜托你用一用”“只用脑子没用手是吧”……的时候，怎么看怎么像刚从地狱里放出来的恶狗。

“你是不是在骂我？”叶柏舟十分敏锐地察觉到了门安琪瞥过来的眼神。

“怎么可能！”门安琪一脸凶狠，表情和话完全是两个意思，“我能有现在的成就，可都是你教得好啊！”

“德行。”叶柏舟伸出食指弹了一下门安琪的脑门儿。

远处的天边隐约露出一点点橙色的光。

门安琪看了一下时间，眼睛一亮。

“这是太阳马上就要出来了吗？”

叶柏舟拿手机看了一下，离上面预测的日出时间还有一个小时。

接下来这一个小时过得飞快，门安琪几乎都没有怎么感受到时间的流逝，就发现一直黑黢黢的天慢慢变成了深蓝色。建筑物的轮廓逐渐显现，月亮缓慢下落。接着天空变成粉蓝色，逐渐过渡成浅蓝，再之后是白色，接着是粉白。天光大亮，路上逐渐有了行人和电动车，最后，路两旁的路灯关闭，一天正式开始。

就这么看着天边的光从微弱慢慢变得明亮。

门安琪在叶柏舟的教导下，首次用无人机拍了一张太阳刚从城市的建筑中露出脸的照片。

“我的天！这也太美了！”

门安琪根本控制不住自己的惊叹，她回头看着叶柏舟，又一次感叹道：“真的好美啊，太壮观了！我都不知道该说什么……人真的太渺小了！你想想这是太阳，我们在地球上，地球对太阳来说好小，人对地球来说也好小——我们何德何能能看见太阳！”

门安琪有点语无伦次，她不知道该怎么表达自己现在的心情，她亲眼看见日出，亲眼看见世界越来越亮。

叶柏舟看着门安琪在刚刚升起来的霞光里笑，眼睛亮闪闪的，她的瞳孔看起来就像是月球立体影像下的陨石坑。

他想，太阳、地球和人类又关我什么事呢？

“你知不知道最近我们俩的绯闻传得很厉害？”

门安琪心里咯噔了一下，终于到这一步了，叶柏舟终于要跟她摊牌，说已经被她打扰很久了。

门安琪默默地在心里叹了一声气，她坦然地看向叶柏舟，静静等待接下来他要说出口的话。

叶柏舟却在这时候转过头去，目光落在远处，侧脸对着门安琪，可能是朝阳的缘故，他的耳朵被照得有些红。

“我不知道你是怎么想的，但我的想法是，既然有绯闻了，那我们就干脆坐实它。”

“啊？”

什么鬼？怎么是这个展开？

叶柏舟看门安琪一脸愣怔，一副茫然的样子，以为她没听懂自己的弦外之音，于是体贴地补充一句：“我喜欢你，我希望能和你在一起。”

说这话的时候，叶柏舟把头转回来了，脸正对着门安琪。晨光从他身后照过来，他身上仿佛镀上了一层浅浅的光——是标准的硬气英俊少年郎。

他嘴角轻挑，是在笑；他眼睛看着门安琪，是在耐心等待答案。

门安琪想说话，却发现一时之间没办法把嘴张开；她想动动身子，却又觉得没力气，身体完全脱离大脑指挥中心的掌控。

脑子里一团乱麻，她现在觉得好像有一个巨大的锤子从天上落了下来，直直砸向了她，她整个人都被砸得晕头转向。

一声鸟的啼叫，划破清晨的寂静。

门安琪慢慢缓过来，清清嗓子："你这个人怎么回事，明明这会儿要对我深情告白，怎么之前那会儿教我玩无人机的时候，还对我的人格和尊严进行全方位、无死角的碾压践踏？"

"我怎么就碾压践踏你的人格和尊严了？"

"嘿！我可真恨自己没有录音笔，没把你刻薄的话语和谩骂记下来！"

叶柏舟看着门安琪："你知不知道转移话题、模糊焦点对我没用？"

门安琪低着头，开始抠水泥围栏，就跟那下面埋着宝藏似的，一个劲儿地抠。

"你这太突然了。"门安琪皱着眉头思索，"就是，怎么说呢，呃……太远了！"

"对。"她很肯定地点头，"太远了。"

叶柏舟莫名其妙："哪儿远了，我不就站这儿吗？"

"不是实际距离的远，是另一种距离的远。"

"你看，你电动车爆胎了，所以你换了辆汽车，但是我的电动车都被人砸成那散沙样儿了，别说换汽车了，我连一辆新电动车都换不起。"

叶柏舟听见这番话，挑了挑眉："这个理由不成立，重新想。"

"为什么？"

"那辆电动车是奚怀洋的。"叶柏舟云淡风轻。

门安琪在脑子里理了一下事情过程。

"你……哇，你是真不要脸啊。"她不禁感叹。

“这会儿就别夸了吧。”叶柏舟不给门安琪逃避的机会，继续追问，“现在电动车的问题没了，我们俩能在一起了吗？”

“不止是电动车的问题，就是，这只是个例子，但是……”门安琪不知道该怎么把自己混乱的心思表达清楚，“总之就是我们俩真的！真的不能在一起，你懂我的意思吗？”

叶柏舟摇头：“不懂，”他紧紧盯着门安琪的眼睛，句句紧逼，“你说的是‘不能’，不是‘不想’。”

门安琪痛苦地拍了一下护栏。

“就是，我们俩之间的差距太大了，你知道吗！我们俩之间，隔了……”门安琪伸长手臂，“这么……这么远的距离。”

叶柏舟显然不能接受这个答案，他一脸不认同地看着门安琪。

“你这么说，是因为你从来没想过跟我在一起的可能性。”叶柏舟说，“你从现在开始，好好想想。”

门安琪原地沉默了五秒。

那五秒的时间里，她想得可太多了。

从宇宙星河想到牛鬼蛇神，从朝霞晚霜想到晨钟暮鼓，从叶柏舟……想到叶柏舟。

门安琪手指敲了敲围栏，下定了决心，转过头，看着叶柏舟说：“你把这话收回去吧，我说真的。”

“我不，我也是说真的。”

周迪压根儿不知道昨晚门安琪不在宿舍。

早上她睡眼迷蒙，端着盆推开门去洗漱，正好和掏钥匙开门的门安琪撞上。

这都没什么，关键是门安琪还一脸魂不守舍，她看见周迪，恍惚地打了个招呼：“嘿呀……”

然后周迪就眼睁睁看着门安琪跟个四处飘荡的游魂似的，飘到自己的床位上，安安静静地坐下。

她坐了很久。

周迪洗漱完回来了，看见门安琪还是原姿势，连手指都没动一下地坐在那儿。

“通宵了？”周迪问门安琪。

门安琪这才一副如梦初醒的模样：“啊？嗯。”

她揉了揉脸，用力地眨了眨眼睛，然后站起来，弯下腰，拿起自己的洗漱盆，往外走。

“右边！洗漱间在右边！”周迪看门安琪一出宿舍门直接往左拐，连忙提醒道。

这人怎么了？怎么感觉人魂分离了呢？

周迪摇摇头。

她擦脸的时候，门安琪回来了。

闻到门安琪一身的牙膏味儿，“你把牙膏当洗面奶了？”周迪试探性地问。

门安琪心不在焉：“不知道。”

叶柏舟这人真的太烦了。

他把她送回宿舍，临走时还不忘嘱咐一句：“今天早上的事你最好不要装作没发生。”

啧。

叶柏舟怎么这么熟悉她的处事风格？

…………

要是叶柏舟没告白就好了！

那样今天早上的日出该是多么单纯美好的回忆啊！

现在她脑子里全是叶柏舟那一句：“话是不可能收回去的，你好好想一想。”

想什么想！他倒是说得轻松！

门安琪往脸上抹水乳，越抹越清凉，一看才发现拿成了祛痘膏。

烦死了！

她把祛痘膏扔在桌上，从书架上抽出一本书，翻开，瞪着一个又一个的方块字儿，恨不得瞪出一个洞，然后从里面蹿一个解决方法出来。

之前叶柏舟只是把醉酒的她送回宿舍就引发那么多谩骂了，要是她真跟叶柏舟在一起了，她还能活着毕业吗？

门安琪越想越烦躁，索性不想了，换上睡衣，爬上床，戴上耳机听相声！

伴着孟鹤堂和周九良的相声，门安琪沉沉地睡了过去。

她又梦见爸爸了。

这是她第一次在梦里清醒地意识到这是个梦。

门建国还是那样子，方脸，浓眉，眼角有很多笑出来的皱纹。

他蹲在那儿剪月季花。门安琪站在爸爸身后，明知道这是梦，爸爸早就死了，但她还是一瞬间觉得心里暖融融的，如同沐浴在冬日的阳光下。

“你看，这是盲枝，得剪掉。”门建国给门安琪指，“这朵花已经开败了，得剪掉；这个芽点朝内，开出来的花无助于整体的形状，得剪掉。”

阳光倾泻在阳台，月季金丝雀的花瓣金黄。花朵像盛着阳光的酒杯，茂盛热烈地拥在一起，在风的吹拂下碰杯，阳光四溅。

“剪掉所有没用的、阻碍生长的枝条和残花，花活着就是为了盛放。”门建国站起来，把手里的园艺剪刀放下，又拎起喷壶，调成水雾模式，给花朵们降温，“安琪，你要知道你活着是为了什么。”

门安琪醒过来的时候看了一眼手机——下午 3 点 47 分。

脑子里跟成都冬天的早上似的，雾蒙蒙一片。

她梦见好多东西，但现在却想不起来，就记得好像挺忙的，一直跑来跑去，场景也一直在变，一会儿在成都，一会儿在武汉，一会儿爸爸还在，一会儿又是她和妈妈相依为命；一会儿天气特别好，一会儿天气又特别恶劣……

门安琪坐起来。

“花活着就是为了盛放。安琪，你要知道你活着是为了什么。”

我活着是为了死前回顾一生不觉得无聊。

不就是和叶柏舟谈恋爱吗？

能不能谈超过一个月还不一定呢，到时候叶柏舟跟她在一起三天，幡然醒悟自己其实不喜欢她，这种情况也是有可能的啊。

什么都还没发生，她在这儿忧国忧民辗转反侧也是够操心的。就算结果不圆满，但跟校草级别的人物谈过恋爱，就这一条！死前想想这辈子也觉得带劲啊！不说别的，以后老了吹牛起码也吹得生动具体啊！

到了半夜，门安琪睡不着，拿起手机，翻身下床，去到洗漱隔间，给叶柏舟发微信："我想明白了，我们在一起吧！"

正要按发送键，想起来现在他应该在睡觉。

于是门安琪当机立断，给叶柏舟拨了语音电话过去。

"喂？"叶柏舟的声音慵懒，透着浓浓的睡意。

"我！门安琪！"

"我知道，不然你觉得我怎么可能接？"

门安琪嘿嘿一乐。

她心里像鼓着一个气球，特别满，特别胀，兴奋得快要爆炸。

"我想好了！我们在一起吧！我们谈恋爱吧！"

尽管现在外面黑沉沉一片，冬天的夜晚很冷，但是把这句话说出口的瞬间，门安琪觉得心里特亮特暖，像是一瞬间整个武汉都长满了金丝雀，耀眼的黄色花瓣铺满全城。

"好。"

跟这边兴高采烈的门安琪相比，叶柏舟显得太过冷静了。

"不是，你是不是在做梦呢？我说我们恋爱吧！"

"我知道，我听见了。"叶柏舟困得每个字都像是粘在了一起。

"不是，不对啊，你确定是这个反应吗？"门安琪问叶柏舟，"你不说现在起床跑三圈，起码也该惊喜地欢呼一下吧？"

叶柏舟打了个哈欠，带着高傲的语气说道："拜托，我叶柏舟，我跟人告白，怎么可能失败。你不跟我在一起，我才应该站起来跑三圈冷静冷静吧？"

"我反悔了，咱们就此别过。"门安琪面无表情地挂了电话。

第二天一大早。

周迪就被走廊里异于寻常的骚动给吵醒了。

她以为是学校突击检查，连忙爬起来，打开门看是什么情况。

“你看见了吗？”

“看见啦，看见啦！我还拍了照！”

“哇！你这个角度好清晰！传给我，传给我！”

…………

周迪一头雾水地打开门想知道发生了什么，现在又一头雾水地关上门——还是不知道发生了什么。

她睡眼惺忪地打开朋友圈。

除了老妈坚持不懈发的一条早安问候：“不必仰望别人！自己亦是风景！早上好，我的朋友们【茶】【太阳】【咖啡】【微笑】。”

剩下的都是同样的内容，同一张照片——

熟悉的林荫小道作为背景，一架黑色的无人机，拉着一条大红色的条幅。

周迪把照片点开，放大，一个个认条幅上的字。

“谁反悔谁是狗。”

等门安琪醒来，知道这条幅的时候，事情已经全校皆知了。

她都说不清楚心里是觉得甜蜜还是丢人。

“你这文案写得也太没水平了。”门安琪给叶柏舟发消息。

叶柏舟挑挑眉，打了电话过去：“这话不是你说的吗？”

门安琪莫名其妙：“我什么时候说……”

她想起来了，之前求叶柏舟做她艺术节模特的时候，叶柏舟一口答应了说“我愿意”。两人尴尬完之后，门安琪不放心地叮嘱：不许反悔，谁反悔谁是狗。

“那要是这么说的话，我觉得其实这个文案，看似平凡，其实蕴含着无限的童真和童趣，嬉笑逗趣之中……”

“可以了。”叶柏舟打断门安琪的话，“想去滑冰吗？”

冬天已经静悄悄地来了，树枝上已经没什么叶子，孤零零的枝丫陷入沉睡的状态，天空也是灰蒙蒙的，街上行人匆匆走过，看样子是快要下雪了。

门安琪站在路边，脖子上系着一条猩红色的围巾，是整个萧瑟场景里最亮眼的一抹红。

叶柏舟举着两杯奶茶过来，递给门安琪。

奶茶热乎乎的，有巧克力和焦糖的香味。

“天气预报说今天会下雪。”

“今年的第一场雪啊。”叶柏舟想了想，开始找话题，“你知道雪是怎么形成的吗？”

“反正就是水那一挂的吧，什么结晶、碰撞，变大变小啊啥的，然后落下来就成了雪。”

“我倒是懂你的意思。现在你想让我把你的答案重新梳理组合一下，当作我们的对话，还是让我直接闭嘴？”叶柏舟问门安琪。

“赶紧闭嘴吧。”

叶柏舟硬找话题的模样让门安琪觉得有些好笑。

但这么回完了话她又觉得有些生硬，于是补充道：“怪冷的，我们闭嘴好好赶路，早点到滑冰场得了。”

接下来的一路，两个人就这么沉默着。

不仅如此，还跟生怕被人误会似的，人行道才那么宽，他们俩各走一边。

一个卖冰糖葫芦的老爷爷迎面走过来：“来吧，生气的情侣，吃串糖葫芦就好了。”

门安琪眨了眨眼：“不是，没有生气。”

她开口解释，但是话还没说完，叶柏舟就拿出手机扫码，买了两串糖葫芦，一串给门安琪，一串左手拿着，然后伸出右手顺势就去牵门安琪的手。

叶柏舟的手出乎意料的暖和。

门安琪低着头吃糖葫芦，眼睛看着叶柏舟的手，隔了一会儿又看叶柏舟迈脚的步子，不知不觉自己的步伐就调整成了跟他一样。

“我的性格会不会太闷？”叶柏舟问门安琪。

他声音有些低，门安琪听成了“会不会太撑”。

门安琪看着自己手里吃了一半的糖葫芦，又想起刚才喝的那一杯奶茶。

“就这？完全不会，”门安琪诚实地说，“我还可以吃更多。”

这时一阵风正好迎面吹来，门安琪的声儿全散出去了。

走在门安琪旁边的叶柏舟压根儿不知道门安琪说了什么，他回过头问：“你说什么？”

叶柏舟脸上惯常的没什么表情。

门安琪却以为叶柏舟这是嫌弃她饭量大。

行吧，这第一天恋爱，还是和平一点好了。

“挺饱的，吃不下了。”

门安琪忍痛说出这一句。

叶柏舟不知道为什么门安琪会把话题扯到这儿，但是他也寻思着，这第一天恋爱，好歹还是和平一点，所以他也就不发出自己的疑问了，只莫名其妙地点点头，又想起男朋友应该体贴一点，他指着门安琪手中剩了一半的糖葫芦：“那你还吃吗？”

吃啊！怎么不吃！

可实际上她嘴里说出来的是：“不吃了。”门安琪咽了下口水，依依不舍地说，“太饱了，吃不下了。”

叶柏舟体贴地接过她吃剩的糖葫芦，自己开始吃。

门安琪又咽了一下口水：“好吃吗？”

“甜。”叶柏舟皱着眉，看门安琪一脸渴望地望着自己，疑惑道，“你，还想吃？”

这个“还”字在门安琪听来就是——你都吃了这么多了，还吃？

门安琪坚决地摇头：“怎么可能，我就是眼馋，但早就吃饱了。”

一阵风吹过来，门安琪缩了一下瘪瘪的肚子，感觉风都能从空荡荡的肚子里穿过去。

唉，谈恋爱真是个体力活儿。

门安琪哀愁地低下头。

叶柏舟也挺哀愁。

他完全不喜欢吃甜的，因为最近奶茶很火，好像所有人都在喝，他寻思不能让门安琪觉得自己是脱离时代的人，所以也跟风去点了两杯。买的时候忘记说几分糖了，结果一杯奶茶喝下去，甜得他胃里直反酸。后来又来了个卖糖葫芦的，他那会儿正愁没有机会去拉门安琪的手，所以十分果断地买了糖葫芦，尽管吃得痛苦，但是为了牵手也是值了。哪想到最后门安琪吃不下糖葫芦了，他被迫又多吃了半串，现在觉得整个人都在冒甜气儿，而且是那种人工合成的甜腻。

好难受。

唉，谈恋爱真是个体力活儿。

叶柏舟哀愁地垂下眼睛。

两人分明是第一天谈恋爱，本该欢天喜地，结果一个比一个哀愁。

到达滑冰场的时候，老板见着他俩，第一句话就是："哎呀，你们感情真好。"

两人还没来得及窃喜。

老板紧接着就说："分手了还能和平共处，还一起来滑冰。不错，有情调。"

"啊呸！"门安琪一肚子哀愁总算有了出口，"热恋着呢！"

她想自己这般牺牲到底是为了什么，饿着肚子忍着馋，一路淑女到现在，结果在别人眼里，自己竟然和叶柏舟还是分手情侣。

叶柏舟也拧着眉，他拿好滑冰鞋，蹲着给门安琪穿的时候，还挺郁闷："我们俩看着很生疏吗？"

刚才还挺牛地说自己和叶柏舟是热恋情侣的门安琪，现在面对蹲着给她穿鞋的叶柏舟，差点儿要跪下。

她连忙双手去搀扶叶柏舟："您客气了！我自己会穿，会穿……"

叶柏舟拒绝了，刚才他还疑惑地问两人看起来是不是有些生疏，现在他知道答案了。

试问哪一对当代情侣会称对方为"您"。

叶柏舟抬眸，“在你心里，我是什么形象？”他诚心诚意地问门安琪。

“光辉伟大！受人尊敬！”门安琪也诚心诚意地回答。

叶柏舟都气乐了，他手握着门安琪的脚踝，暗自使力，说道：“再给你一次机会，重新回答。”

嘶——好疼！

大丈夫能屈能伸！小女子能屈能忍！

我门安琪今儿就为爱撒谎了！

她看向叶柏舟，重新调整面部表情，真诚地说：“慈眉善目，和蔼可亲。”

叶柏舟沉着脸说：“上一次见到这两个形容词，还是在小学作文《我的姥姥》里面呢。”

叶柏舟心里觉得很奇怪，明明之前没有说明心意的时候，两人相处还很顺利。那时门安琪敢对他翻白眼，也敢吼他。现在终于明白了，可能因为之前门安琪压根没想过他们俩会在一起。

难怪他告白的时候，门安琪会惊惶地说两个人距离太远了，可是她又怎么会突然半夜想明白，答应要交往呢？

叶柏舟眼睛一眯，她估计是抱着今朝有酒今朝醉的想法，可能她对于“要和叶柏舟在一起很久甚至白头到老”的这种想法压根儿就没有抱期待。

他是成了所谓的青春的消遣、年老的回忆吗？

叶柏舟看着门安琪的眼神，有些高深莫测。

“在你心里，我们为什么会在一起？”他问门安琪。

滑冰场里挺吵的，可滑轮的声音、人们摔倒的声音、人们吃痛尖叫的声音，以及小孩子哭闹的声音，全部混在一起，也没有门安琪的心跳声大。

她好紧张。

这个问题，可一定要好好回答。

她有种预感，要是她没答好叶柏舟这个问题，他俩的恋爱可能就止步于此了。

一定要好好回答。

可怎么才叫好好回答？

门安琪急得不行。

现在这个时候，明显不是沉默的时候，开口随便说句话也行啊！不对，不能随便说，得好好说，但是怎么才叫好好说？

眼见叶柏舟的表情越来越严肃，门安琪更加急。

低温的冰场，她硬生生急出了一脑门儿的汗。

“咕噜——”

把门安琪从这场慌乱急切中解救出来的，是她的肚子。

叶柏舟愣住了：“你……饿了？”

“嗯。”

“可是你刚才不还说挺饱的吗？”叶柏舟有些茫然。

“刚才是骗你的。”

弄清楚事情原委后，叶柏舟哭笑不得，他弹了一下门安琪的额头：“走吧，先吃火锅去。”

门安琪谈恋爱后对他态度拘谨是个问题，得赶快解决掉，叶柏舟心里默默开始盘算。

从滑冰场出来发现外面已经开始下雪了，这是武汉入冬以来的第一场雪。

雪花像白色的小精灵跳到树上，纷纷扬扬，很快树上就积了一层白，街道上的人们打着伞，骑电动车的人则穿着雨衣。

门安琪从窗户看出去，一边吃着毛肚，一边有些可惜地说：“打什么伞穿什么雨衣啊，浪费这场雪。”

叶柏舟看门安琪从红汤里夹起毛肚，先是在满是小米辣的油碟里蘸了一圈，紧接着又在干辣椒面里面裹了一圈，最后那红彤彤、一看就辣得不行的毛肚，被她一口吃了下去，还面不改色，有闲心地说路人浪费雪。

他再看看自己，涮着清汤，蘸着麻酱，跟门安琪一比，他吃的不是火锅，是白开水罢了。

叶柏舟有点不甘心，因为看门安琪吃辣感觉还挺爽的。

他悄悄地也去夹红汤里的菜。

门安琪瞪他：“我劝你悠着点儿，这回我可不会去给你买牛奶。”

“呵。”叶柏舟嗤笑一声，“男子汉大丈夫，谁喝那玩意儿。”

门安琪又好气又好笑。

她眼睁睁地看着叶柏舟吃下红汤里的一片肥羊卷，然后眼泪就以肉眼可见的速度漫上了眼眶。

说着这回不去买牛奶的门安琪，一看这状况，直接跑去冰柜拿了一盒奶，插好吸管递给叶柏舟。

看他整个人总算从“冒火流泪”的阶段冷却下来，门安琪无奈地摇摇头：“你是真的一点辣也不能吃啊。”

叶柏舟叼着吸管，慢吞吞地喝了一口牛奶。

“怎么的，你们四川人的择偶标准还有能吃辣这一条？”

“我们四川人吃辣一般都是量力而行，从不勉强自己。”

叶柏舟撇撇嘴，给自己找借口：“辣不是味道，辣其实是痛觉，所以我不习惯吃辣，也挺正常的。”

门安琪慈祥地点点头，配合叶柏舟说：“是是是。”

窗外雪还在下，轻飘飘的，像白色柳絮。

门安琪抿起嘴，偷偷笑，想着叶柏舟真的好幼稚，也没那么光辉伟大嘛。

叶柏舟盯着门安琪，眼里闪过一丝淡淡的笑意。

如果两个人十分生疏的话，去吃一顿火锅就能立马熟络起来。

门安琪和叶柏舟走出火锅店的那一刻，胃里暖洋洋的，心里软融融的，也不像来之前那么尴尬了。两人并肩一起走在下着雪的街头。

奚怀洋的“问候”电话就是在这时候打过来的。

他在校园论坛里看到叶柏舟在门安琪宿舍楼下拉的条幅，用脚趾想也知道这两个人肯定已经在一起了。

他现在想撞墙，后悔是因为自己把叶柏舟和门安琪的关系往前推了不止一点点。

回顾他们两人从有绯闻到坐实绯闻，从有好感到确定关系的过程，奚怀洋发现自己真是在每一个转折点都起到了关键作用——再没有比自己更有效的催化剂了。

越想越气恼，奚怀洋当机立断，给叶柏舟打了电话过去。

叶柏舟一接起电话，手机里传来的就是一长串对他的谩骂。

“你抽什么风？”叶柏舟今天心情好，没有直接挂电话，反倒还问了一句原因。

“你公平竞争的意识被狗啃了？趁我现在不在学校，可劲儿追门安琪？还用无人机拉横幅，《金粉世家》都没你戏多爱招摇！”

奚怀洋越说越委屈，在他看来，叶柏舟这一次实在是欺人太甚了。

挂横幅就挂横幅，通俗易懂一点写句“我喜欢你”，俗气也俗气得敞亮，非得搞什么“谁反悔谁是狗”，生怕别人不知道这是只有他俩才懂的暗语。

“走之前我说有喜欢的人了，你还说支持我，你就这么支持的？我寻思跟你说我也喜欢门安琪的意思是到时候等我回学校了，我们双舸争流，看谁勇闯情关，结果你就这么……你有考虑过我的感受吗？！”

叶柏舟莫名其妙：“我又不是跟你谈恋爱，我考虑你感受干什么？”

门安琪现在一个人蹲在路边，正拿着手机拍被雪染湿的草。黑色的短发今天难得乖顺了一回，侧脸白净柔和，嘴角微微带着笑。

叶柏舟发现门安琪真的好瘦小啊，她蹲在那里，手绕过双膝，脚尖还微微踮着，这么高难度的动作，但是她好像一点也不费劲。

叶柏舟觉得自己心里好像也下了一场软软的雪。

海盗见到金子的时候谁还管先后顺序，宝藏一定要自己揣着，不给别人机会。

那是本能，他都没多加思考，径直就朝着门安琪去了。

好比现在——

他现在只想走过去，抱住门安琪，她那么瘦那么小，看起来一只手就能完全围住，而他要让门安琪放下所有戒备和思量，对他不再有距离感，全心全意地和他在一起。

“既然早就知道自己喜欢门安琪。为什么一直拖着不行动不开口呢？如果真的很喜欢很喜欢一个人，应该顾不上那么多吧？与其说我不是人，不如想想到底是什么在阻碍你的脚步，是什么让你一次一次退缩。”看在和奚怀洋从小一块长大的份上，叶柏舟难得有耐心多解释了一句。

“我暗恋！暗恋不行吗？”奚怀洋跟被戳中了心思似的，立马狂吼。

“得多自恋，多自以为是，还搞暗恋那一套啊？”叶柏舟懒得再跟奚怀洋多说，挂了电话，走到门安琪身边。

门安琪转头看他，眼睛亮闪闪的，像照在雪上的阳光。

“你看，这团草下面有一朵紫色的小花。”

“嗯。”叶柏舟应了一声。

他伸手把门安琪脖子上的红色围巾围紧了一些，他又多绕了一圈，于是围巾遮住了门安琪大半张脸。她黑乎乎的像玻璃珠一样的眼睛，现在那里面只装着他。

“太瘦了，多吃一点。”叶柏舟弹了一下门安琪的额头。

以前叶柏舟也弹过门安琪很多次额头，但只有今天门安琪红了脸。

门安琪红着脸，唾弃自己太少女了，但转头——

“叶柏舟。”她用小指钩住叶柏舟的食指，总算有了实感，“我们俩在谈恋爱。”

她笑得好傻，眼睛都眯起来了。

叶柏舟伸展开手，把门安琪整只手都包起来。

“嗯。”他握着门安琪的手，揣进了自己的羽绒服衣兜里，“热恋着呢。”

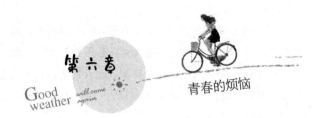

第六章

Good weather will come again

青春的烦恼

不知道是不是门安琪的错觉，她总觉得最近凌落落在故意疏远她。

可是自己也没做什么错事啊？

门安琪看着微信上和凌落落的聊天界面，上一次聊天还是三天前。

大意了，大意了。

最近忙于理清楚和叶柏舟之间的关系，两人在一起第二天又风风火火去约会，根本没注意自己和凌落落已经有段时间没说话了。

她手指敲了敲桌面，思索，如果现在开口找凌落落说话，该说什么。

手机来电话了，门安琪拿起来看，是叶柏舟，他说最近要出去一趟。

门安琪也没经验，寻思他出去一趟跟她说干什么。

可她转念一想，可能谈恋爱了，尤其现在是热恋期，出宿舍楼买个面包也得汇报一声。

她佯装体贴地说：“好。”

轮到叶柏舟蒙了：“你不问问我去哪儿？”

门安琪嗤笑一声，好歹跟着他混了那么久，他的作息比地球自转还规律，她能不知道？

今天周四，他现在应该在食堂吃饭，一会儿吃完饭就会去遥感实验室。

“还能去哪儿。”门安琪志在必得，“你是不是现在习惯了我的陪伴，身边没有我，突然觉得实验室空了三倍不止？”

叶柏舟懒得再跟这小傻子磨叽，他开门见山明地说了：“你应该听过辛店遗址，16 年前就被发现了，后头一直配合基建，最近才定了开始第二次发掘。”

门安琪有些没反应过来，不解地问道：“你一个学遥感的去考古？”

叶柏舟叹口气，向她科普：“门安琪，你可能对遥感的刻板印象太重。其实三维摄影扫描测量系统扫出来的点云数据处理一下可以生成 CAD 图形、剖面、三维造型数据，然后就……”

“打住。”门安琪听不下去了。

每一次叶柏舟开口说他的专业的时候，都是一次对门安琪智商、听力和理解力的三重打压折磨。

“你就当我听懂了。”门安琪继续说，“所以这跟那个遗址有什么关系啊？你能用这个什么三维什么玩意儿帮忙？”

“对。”

门安琪听了这个肯定的答案，沉默了。

这阵沉默直接让叶柏舟慌了，他忙问道：“喂？”

两人接下来其实都不知道该说什么，就这样听着彼此的呼吸声，听了得有半分钟。

门安琪终于开口说：“也是没想到，这才恋爱第四天，就从热恋变成异地恋了。”

门安琪左手拿手机，看着右手总觉得空荡荡的，她闲不住地从书架上抽出一本书，随意地翻着。

叶柏舟本来心还悬吊着，因为他的室友说，这要搁一般女生身上，肯定要生气，结果门安琪挺平静，挺豁达，现在还有心思开玩笑，他松了一口气。

“什么时候走？”门安琪问叶柏舟。

“这周末。”

门安琪算了算，这不就过一两天的事了吗？她有些生气地说：“你可真行，你怎么不等你到河南了再跟我说呢？”

叶柏舟笑了。

本来怕门安琪生气，现在看门安琪真生气了，又觉得她可爱。

“你还笑。”门安琪翻了个白眼。

她指着书页里的一段话，逐字逐句地念给他听：“聪明的人，凡事都往好处想，以欢喜的心想欢喜的事，自然成就欢喜的人生；愚痴的人，凡事都朝坏处想，越想越苦，终成烦恼的人生。世间事都在自己的一念之间，可以一念天堂，也可以一念地狱。”

给叶柏舟都绕糊涂了：“什么意思？”

“星云大师的话能那么轻易就懂吗？”

门安琪越说越不是滋味儿，其实她也不知道这段话跟现在发生的事有什么关系，但是不扯一点别的，她又觉得可能下一秒她就要爆炸了。

深吸一口气，门安琪用得道高僧的语气甩下一句：“自己去悟吧。”

这恋爱刚开始，正是浓情蜜意的时候，做个决定都是单方面通知，那要是以后在一起时间长了，连通知都会省了吧？

挂断电话之后，门安琪又有一些后悔，总觉得自己太放肆了一些，怕自己现在这个样子会给叶柏舟留下不好的印象。

她烦躁地抓了抓头发，本来就乱糟糟的短发，现在更是像鸟窝一样，立在她的头上。

辛店遗址？那是啥啊……

门安琪皱着眉，上网搜了一下。

她震惊了，难道叶柏舟已经可以参加这么厉害的项目了吗？

门安琪滑动鼠标，往下翻，越翻越觉得自己配不上叶柏舟，她现在看叶柏舟越看越敬佩。

同样是学生，有的学生生涯全是破铜烂铁；有的学生一路都是金光闪闪。

这时候叶柏舟又打电话过来，没等门安琪调整好语气，他先开口了："对不起。"

门安琪一腔无处发的火，瞬间熄了大半儿。

"对不起什么啊？"她的手指开始抠桌子。

"我从小到大都习惯了自己做决定，想考什么学校，想读什么专业，都是我自己做主，这次也是。刚刚想了一下，你生气是因为我没找你商量，直接就定了要跟文物组去河南是不是？"

门安琪皱了很久的眉头，终于松了一点。

她舒了一口气，松松地靠在椅背上，抬起左脚踩在板凳上，手还是在翻书页，但嘴角已经没有刚才那么绷着了。

"现在说这有什么用？我让你不去你就不去呀？"门安琪有些不好意思，生硬地转移话题。

结果叶柏舟却认认真真地回答："你让我不去，那我就不去了。"

门安琪整颗心不仅不皱巴巴了，反而觉得像是被甜甜的温水泡着。

"谁不让你去了，我可不是那种恋爱脑的女生，我们都有光明的前途，我们都要努力拼搏。"

最后两句是门安琪临时瞎扯出来的，竟然还觉得挺受鼓舞的。挂了电话之后，她寻思自己也该好好地规划一下目标。

很明显叶柏舟是比她要优秀很多，她也不能因为跟人谈恋爱就把他拽到自己这个层次来，相反，她得努力提升自己的水平，跟上叶柏舟。

门安琪越想越激动，干脆给宿舍来了一个大扫除，好好把自己的书桌角落缝隙都用酒精棉擦了一遍，又整理了书架，结果一看发现书架上全是一些心灵鸡汤的书，实在不上档次。

再一想，叶柏舟平时说话她老听不懂，现在是时候提升一下专业知识了。

她打开手机某宝，下单了几本高大上的书，为了离叶柏舟近一点，甚至还买了一本遥感专业教材。

完事之后，她抱着几本自己的专业书去图书馆，准备发奋刻苦一下。

还没刻苦两个小时，叶柏舟就发微信给她。

“吃什么？”

“不知道，没想那儿去呢。”

叶柏舟跟门安琪强调，他人都要走了，趁着现在人还在学校，赶紧珍惜机会出来见见，增加相处时间。

这话偏偏被门安琪听进去了，不仅如此，她还觉得叶柏舟这话说得格外有道理。

她也不学了，书本一合，锁到自己的书柜里，揣上一卡通，慢慢悠悠地走出图书馆。

叶柏舟早就在门口候着了。

他穿着灰色卫衣配黑色夹克，长腿微微屈着，靠着墙，身段比例极其出色。

门安琪觉得，自己迟早要被这人给帅死。

叶柏舟那句趁现在人在学校珍惜机会，多相处，本来是玩笑话，可他没有料到门安琪真的听进去了，这一路不管是干什么，她都一直盯着他。

都不需要照镜子，叶柏舟就能感觉自己的脸越来越烫，耳朵也越来越烫。

本来一开始还挺自信坦荡，被门安琪越看越觉得羞涩，最后他彻底受不了了，暴躁地撸了一把自己的头，然后“哐——”一声把头埋在桌子上，彻底隔绝了门安琪的目光。

门安琪：“你头疼？”

“不啊。”叶柏舟声音从胳膊下面传出来，闷闷的。

“那你为什么趴在桌上？”

叶柏舟沉默了半秒，然后小声说：“你别看我了吧。”

门安琪先是一愣，然后就觉得好笑。

什么嘛，外面传得神乎其神的叶柏舟，搞不好比她还纯情。

她越想越觉得可乐，炒饭吃在嘴里像是在嚼糖。

门安琪把最后一口饭吃完，擦了擦嘴，手指屈起来，敲了敲桌子。

她憋着笑，看着叶柏舟：“走吧，害羞的花姑娘。”

晚上洗漱的时候，周迪端着洗脸盆回宿舍，又是一顿抱怨。

“遇见了白倩，这回谨记上一回的教训，什么也没夸，就只是对着白倩点了点头，友好微笑示意，彰显同学情谊。”

“结果呢？”

“结果，显然白倩不是这么想的。”周迪拧着眉，一脸憋屈地把洗脸盆放好，坐在自己书桌前一边涂水乳，一边吐槽，“我刚才打完招呼就准备自己默默洗漱了，结果白倩跟表演缺少观众似的，那么多空位，非得挤到我身边，对着我洗脸盆里的洗面奶和牙膏来了一次批判鉴赏。”

“啊！我用过这个！感觉挺好的，就是洗完之后脸太干了。相比之下，黛珂的那款洗面奶，价格虽然比这贵一点，但是真的好用很多！”周迪学白倩说话。

学完她又有些郁闷：“我真是纳闷了，我也没问她使用感受和意见啊？我有表现出想要跟她讨论哪款洗面奶好用的意愿吗？”

晚上要熄灯了，周迪想想还是觉得意难平。

“我用了白倩的洗面奶，感觉也没有多好用啊，也太香了吧。”

本来是低声咕哝的一句话，被宿舍老大听了去，她从床边伸出一个头，疑惑地问：“很香吗？”

周迪点点头：“超级香，我将它打成泡沫洗脸，跟在用香水喷脸似的。”

“不可能啊。那个牌子的洗面奶，我姐一直在用，我每回回家懒得带洗面奶之类的东西，都用我姐的。我对那款洗面奶最大的印象就是，香味很淡很舒服。”

“可能是咱们俩对于香味浓和淡的定义不一样？”周迪迟疑着

说完，说完没三秒就否定了这个说法，“不对不对，那香味儿不管是谁闻着都会觉得太浓了。”

接着，周迪凑到老大面前：“你闻，现在我脖子上还一股那个洗面奶的味儿。”

不凑近还好，一凑近，老大立马说：“这不对，这跟我姐的那个味道完全不一样。”

答案昭然若揭。

周迪讷讷地说：“世界太残酷了吧，化妆品要怎么造假啊？买真瓶子，里头装假货？”说完又觉得这个说法荒谬，“怎么可能，白倩好歹是有钱人家的大小姐。”

老大现在对白倩的滤镜已经碎了，她嗤笑一声：“也许不是大小姐呢？”

这句话一下子就吸引了其他几个室友，她们兴奋地讨论了一阵，总觉得缺少一点实在的证据，于是转过头来问门安琪：“安琪，你不是和白倩是初中同学吗？”

门安琪把书合上，踩着床梯上床。

床来回晃悠，发出嘎吱嘎吱的响声。

“我跟白倩不熟。”她有些冷地回答。

其实，白倩用假货这个事，从初中就开始了。

门安琪的出生地，不过是一个普通小镇，在那里大家都没有什么名牌的概念，步行街上最大的一个牌子是以纯。那时候谁要是穿一件以纯的衣服，就可以在学校里横着走了。

而新转学来的白倩，用实际行动向大家科普什么叫耐克，什么叫阿迪，什么叫VANS……

门安琪平常的衣服，都是妈妈在菜市场里找相熟的服装店阿姨买的，大家都是老熟人了，讲价不需要太狠，因为衣服的卖价本身就不高，基本上都是赚一点路费就好了。

本来门安琪对名牌没有概念，是白倩转学来之后才“改革春风吹进门”，时尚常识噌噌上涨。

有一天妈妈又和往常一样带门安琪去买衣服，门安琪见衣服上有个钩钩的图案，知道这是代表了耐克这个牌子。

门安琪再没有概念，也知道如果是一件名牌的 T 恤，不可能卖 25 块钱。她要是穿了这件 25 块钱的耐克 T 恤去学校，那不就等着被人戳穿自己穿假货吗？

想到这儿，门安琪拉着妈妈就往店外走。

妈妈莫名其妙，但又犟不过门安琪。

两人顺着一家一家的店铺往拐角走，转弯路过一家蛋糕店时，门安琪眼角余光却发现一个熟悉的身影，定睛一看，正是白倩。

白倩估计早看见门安琪了，一直躲着呢，没想到走到拐角的时候，还是被看见了。

门安琪脑子转得快，这么前后一联想，立马就明白了，白倩身上那些所谓的名牌，应该也是从这种菜市场的小店里买的。

门安琪当时心里还想着，人长得漂亮、高挑就是好，穿 25 块钱的 T 恤，看着倒一点也不像假货。

可周一去了学校，门安琪却发现同学们看自己的眼神都怪怪的，而且脸上带着一种笑，那种笑绝对不是善意的，反而带着一种奚落。

下午放学的时候，小组队员拉着门安琪，悄悄说：“白倩说你穿假货，去菜市场买名牌。”

门安琪气得脑袋都快炸了，没想到白倩还先倒打一耙了。

她懒得开口说清原委，最后憋出来四个字：“贼喊捉贼。”

门安琪看起来挺潇洒自如，但其实一直较着劲儿，好几天没拿正眼看白倩。

第二周周一上课前，白倩拿了一盒旺仔牛奶，走到门安琪面前，诚恳地认错：“因为那个时候被你看见了，觉得很慌，怕你说出来，所以就下意识撒谎了，寻思着我先抢占先机。”

白倩虽然说得磕磕绊绊，但门安琪立马就懂了，她拍拍白倩的肩：“没事儿。”

两人就这么成了朋友。

但那也是初中的事情了，现在的门安琪，对于白倩的事只有一句——我跟她不熟。

不怕人撒谎，就怕你最终明白了那人撒谎的缘由。

虽然挺不舍，但是离别的日子还是到了。

门安琪去高铁站送叶柏舟，出租车载着他俩一路往前走。

车子开了大概 5 分钟，叶柏舟拍了拍司机的座椅靠背。

司机问："怎么了，小伙子？"

"麻烦您开慢点。"

出租车司机一愣："这种要求我倒是第一次听。"说完从后视镜里看了一眼，叶柏舟和门安琪的手正紧紧握在一起，他了然一笑。不需要叶柏舟解释了，出租车司机立马把车速减慢，而且还很体贴地打开收音机，调到了音乐频道。

老歌调子悠扬，歌手吐字清晰，不看歌词也能知道他们在唱什么。

叶柏舟有些伤感："我这一走，咱俩之间可就隔着一个省了，想见个面，都见不着。"

门安琪还没说话，出租车司机率先扭头说："没事，现在可以视频。"

叶柏舟对着司机礼貌性地笑了笑，继续对着门安琪伤感："唉，真的舍不得了，要不然我别走了吧……"

门安琪仍没来得及说话。

司机大哥又一次抢先一步，接话说："可别！不要冲动！爱情很重要，但是事业更重要！那句话怎么说来着，你得先吃饱喝好，然后才能考虑下一步的事情。年轻人的恋爱如果是建立在风花雪月之上的，那就真的不切实际了。人生啊，最重要的还是脚踏实地……"

叶柏舟一开始还打算安静听着，结果感觉这司机长篇大论、滔滔不绝，本是要上演一幕难舍难分、痛彻心扉的离别，硬是让他上了一堂心灵公开课。

叶柏舟忍无可忍，对着司机说："大哥，我跟我女朋友分别呢。"

门安琪一早就憋着乐了，听了叶柏舟这话，硬是一个没有憋住，开始狂笑。

这么一闹，还能有什么伤感的情绪？再一看时间，也确实不够伤感了。

叶柏舟拍了拍司机的座椅后背，说："师傅，麻烦您开快点。"

司机大哥："好嘞。"

门安琪心想，这司机看着话挺多，但关键时刻做事还挺利索。

司机超过两辆车之后又开始唠叨了："你是不是觉得我特配合你们年轻人的步调？想谈恋爱的时候，我就给你们放老情歌；想赶高铁的时候，我就给你们一路加速。上一个像我这么配合操作的，还是你们家遥控器吧？"

门安琪又开始狂笑，她本来以为今天肯定是伤感难过的一天，可是托这个司机大哥的福，她笑了整整一路。

告别话痨司机，叶柏舟匆匆忙忙拿着行李，一路狂奔，卡着最后的时间点检了票。

坐上高铁之后，他才腾出手给门安琪发消息。

"还寻思这一走不知道多久才能回来，想在离别前留点美好回忆，结果现在你脑子里应该只剩下那司机大哥了吧？"

隔着屏幕，门安琪也能感觉到叶柏舟的郁闷，她闷笑了一声，回复道："没事，你永远在我心中。"

叶柏舟手指敲着小桌板，沉默了一下，接着问道："那会儿放完《甜蜜蜜》和《小城故事》之后，又放了一首歌，你听见了吗？"

说的是出租车上电台的歌。

门安琪马上答道："我记得，连着好几首都是邓丽君的歌，陡然放了一首伍佰的，我印象特别深。"

"心中是否有我未曾到过的地方啊？"

"啊？"

"伍佰唱的那首歌中不就有这句歌词吗？"

这时，叶柏舟旁若无人地直接唱了出来，伍佰的声音沧桑浑厚，带着点哑；而叶柏舟的声音低沉磁性，仿佛有无限的温存。

"完了，思念把我攥紧了。"门安琪觉得自己的心好像被裹了起来——那是想念的滋味。

这回轮到叶柏舟安慰她了："我们都有光明的前途，我们都要努力拼搏。"

门安琪就真的拼搏去了。

回到学校，她背着书包，准备去图书馆里开始发愤图强。她头上扎了一个朝天的小辫子，一路昂首向前，那小辫子也跟着她的步伐一蹦一蹦的。

门安琪一边走，一边心里寻思着，叶柏舟生日快到了，该给他买个什么礼物呢？

一路这么想着，门安琪突然听见左前方传来熟悉的声音。

是白倩。

其实这没什么，在一个学校一个院系，平时活动轨迹也差不多，不小心撞见不算奇怪的事。

但门安琪停下了脚步，因为她听见白倩正和一个陌生女同学拿凌落落喜欢叶儒的事情打趣。

"这你该问落落呀，她有经验。"

"啊？"

"喜欢比自己年纪大的男人，喜欢老师，样样占齐了。"

说完这话，那边就传来了笑声，有白倩的，有陌生女生的。

门安琪皱起了眉，她走上前，意外地发现凌落落居然也在。

凌落落脸上红一阵白一阵，看这样子是窘迫到了极点，她又犯了老毛病，情急之下什么都说不出来，只知道愣愣地站在那儿。

"干什么啊你们？这事有什么好笑的呀？笑点在哪儿？你们笑这么开心？"门安琪提高了音量，走上前，挡在凌落落面前。

就和她们俩在食堂第一次相遇一样，在凌落落不知如何用言语反击时，门安琪挡在了凌落落面前。

凌落落看着门安琪的后脑勺，有些恍惚。

门安琪不知道凌落落现在的心理活动，她只觉得自己刚才的反问不够有分量，气势不足，于是她重新开口："别人喜欢谁，碍着你们什么事了？嘲笑别人的真情实感的行为在我的字典里叫作低劣。”

“我只是开个玩笑……”白倩想要解释。

“那说明你开玩笑的水平太差劲儿了。”门安琪瞪着白倩，又瞪了一眼跟白倩一起笑的陌生女生。

门安琪冷着脸指了指白倩她们，继续说道：“这事儿今天说完算完，好歹都是同学，不要闹得太难看。以后二十年再见，指不定是谁得求着谁办事儿呢。”

说完也不理愣在原地的两人，门安琪就拉着凌落落走了。她一边走，还一边翻白眼，嫌她们心思难猜，每天净盯着别人芝麻大点的事儿操心，也不瞧瞧自己是个啥样儿。

门安琪牵着凌落落的手，走着走着，感到她在抖，隐隐还有吸鼻子的声。

朋友伤心哭泣，此时此刻去图书馆拼搏学习变得如此的不重要。

如果是她忍不住边走边哭，那么她一定希望别人看不见，不过问，就当她是透明人。

于是门安琪吞下了安慰，不回头看，也不多问，就装作不知道，拉着人一路往校门口走。

最后她在决定去哪家店的时候犯了难，于是问道：“先打断一下，你想喝咖啡还是奶茶？”

“咖啡。”

“行。”门安琪点点头，继续拉着凌落落走，末了还补充一句，“行，你继续哭吧。”

这么一说，谁还哭得下去。

凌落落吸了吸鼻子，问门安琪：“有纸吗？”

巧了吗，这不是！

门安琪从书包里翻出一包纸。

凌落落问的时候本来没抱希望，结果真看到了印着小熊的手帕纸，惊讶得不行。

门安琪不自在地咳了咳：“上回叶柏舟找我要纸来着，结果我身上就带了一张用过的草稿纸，所以现在就习惯带手帕纸了。”

懂了。

凌落落把纸按在鼻子前，用力地擤了一把，门安琪都被她擤鼻涕的响声给震到了。

“你这是山洪爆发吧？”

“烦人呢，你怎么……”

就这么两句话，门安琪和凌落落四目相对，相视一笑，持续了好几天的隔阂，一瞬间没了。

到了咖啡店，门安琪一看门前竖的牌子，上面写着最低消费 80 块钱。

“自进入商品经济以来，人类到底造了什么孽，让店家觉得一个人随随便便就能消费 80 元以上。”门安琪喃喃自语。

凌落落刚才在路上用光了门安琪一包纸，现在滴水之恩当以涌泉相报，大方地说：“走，请你喝一喝这 80 块钱的咖啡。”

有人请的话，80 块钱就不觉得多了。

两人挨着窗坐下。

“你和叶柏舟已经在一起了。”

用的是肯定句，也是凌落落开口的第一句话。

“对。”门安琪点点头，大方承认。

“真好。”

凌落落言语间十分羡慕。

门安琪手摸着咖啡杯摸了半天，终于还是没有忍住，问出了自己的疑惑：“你最近是不是在生我的气？”

“我说不是，你信吗？”

门安琪摇摇头。

冬天的街景，人再多，也有一种萧瑟的感觉。

咖啡厅里倒还好，混着轻轻的谈话声，咖啡豆的香气，浓郁又缠绵。

凌落落断断续续地对门安琪解释为什么这几天她有些生气。

之所以说得断断续续，是因为她越说越心虚。

“其实要说生你气的话，也就气了那么一会儿……你怎么能把我告诉你的秘密说出去？但是后面冷静了之后，就觉得整件事情透着一种诡异感。我跟你上完厕所，然后去操场，我们俩一直在一起呢，你怎么跟白倩说我的秘密呢。我想来想去，也只可能是我们在厕所说话时，白倩正好在隔间听见了，于是趁机来挑拨。”

门安琪听凌落落分析得头头是道的，整个人更加蒙了：“那你都知道了，还不理我。”

凌落落脸一红：“我这不是不好意思吗，好歹是21世纪女大学生，谁能那么坦荡荡地直接道歉了。”

门安琪又陷入了新的困惑，问道：“那你都知道是白倩故意挑拨了，你还跟她在一起玩，你缺心眼儿啊？”

凌落落大喊冤枉，她解释自己不是跟白倩一起玩，纯粹是社团活动分到一组了而已。

门安琪这才满意，喝了一口咖啡。现在友情的问题也解决了，爱情友情双丰收，她觉得喝的不是咖啡，而是甘甜的美酒。

凌落落看着此时此刻嘴角带着笑的门安琪，再次感叹了一句：“终成眷属了呀，真好。”

按理说，她现在应该回凌落落一句祝福的。

“我刚刚脑子里转过几百句话，心想着怎么安慰你，但凡你喜欢的人是单身，没有女朋友，或者是没有未婚妻，我现在绝对第一个推着你去追爱，但是……”

门安琪话没说完，凌落落马上开口了：“我知道。”

凌落落不知道想起了什么，突然坐直身子，手松松地支撑着下巴，脸微微侧着，手微微蜷曲，展现出手臂的线条和下颌线。她问门安琪：“我这个样子，好看吗？”

门安琪诚实地点点头，答道：“好看。”

凌落落突然有些失落：“可惜我这是东施效颦。”

她去看过叶儒女朋友——现在是未婚妻的微博。

长得真好看，手细腿长，腰盈盈可握，皮肤白就算了，关键还透亮。那种浑然天成的美和气质，凌落落觉得自己一辈子也学不来，但还是学了。

凌落落来回翻看了好几遍叶儒未婚妻微博里的托腮照片，发现她不是真的托着腮帮子，实诚地把脸上的肉挤成一堆，而是松松地把手搭在脸侧，通过手部线条来修饰脸型。

凌落落跟个变态似的，每天对着镜子练托腮的模样，自拍里也都是托腮这一个姿势。

凌落落不仅学她的拍照姿势，还学她的穿衣打扮，和她穿同款衣服、同款鞋，戴同款项链，连朋友圈文案都是照着她的风格发的——不多说话，一句话概括总结，或者发几个 emoji 表情，看上去云淡风轻，举重若轻。

“不是说成为你自己吗？但我不想成为自己，我想成为她。”凌落落笑着模仿叶儒未婚妻说话的语气、声音，“有本书叫《橘子不是唯一的水果》，可是我喜欢的只有那一个。”

这话凌落落是笑着说的，但是每一个字落在门安琪的耳朵里，都充满了无限的心酸和难过。

“你特别好。”门安琪对凌落落说，她伸手握住了凌落落的手，温暖的体温传递给凌落落。

“你不成为她，也会有人喜欢你。相信我，现在说什么‘喜欢的只有那一个’，那是因为你现在只能看见那一个。等你变厉害一点，你就能看见更好的另一个。”

晚上门安琪和叶柏舟视频通话。

下午和凌落落的那场谈话太过投入，直到现在她的心情都还没有恢复过来。

叶柏舟看视频里的门安琪无精打采的，于是问道：“怎么了这是，八月秋风怒号，卷你屋上三重茅了？”

门安琪乐了。

叶柏舟现在这样睥睨挑眉，一脸“我倒要看看你能有啥大烦恼”的模样，瞬间驱散了她心头那一点失落。

“没怎么，青春的烦恼罢了。”

叶柏舟摇摇头，用带着宠溺的语气说：“那我给你变个魔术吧，用奇迹抹去你花季雨季里的多愁善感。”

“拉倒吧。”

门安琪以为叶柏舟说笑呢，结果他来真的，煞有介事地说手边的道具有限，就用平平无奇的一副扑克牌吧。

一沓扑克牌在他手中来回倒腾了一遍，他一边跟门安琪说今天谁谁挖坑的时候不小心掉洞里了，一边埋着头理牌。

门安琪笑眯眯地盯着屏幕，看叶柏舟那架势，生疏中带着慌张，慌张中又带着故作的一点镇定，真是太可爱了！

叶柏舟那边已经开始了，他像模像样地说：“我不看，你记好你现在选中的牌。”

门安琪心里叹了口气，她大概知道这所谓的“魔术”是怎么回事了，还是配合着说：“好，记住了。”

然后叶柏舟就在门安琪了然的目光中，把那张选定的牌放回牌堆里。门安琪看着叶柏舟微微突起来的小拇指，心里再次叹了一口气，这么简单的做标记的动作，还能让观众一眼看见，这魔术变得还没有她娴熟呢。

最后的结果，叶柏舟当然是把门安琪挑中的那一张红桃 7 给拎出来了。他还一脸兴奋：“看！神奇吧？！这是不是就是你刚才选的牌？”

门安琪第三次在心里叹气。

叶柏舟看门安琪一脸痛苦、憋着话的样子，好像明白了什么，问道：“你是不是知道这魔术是怎么变的？”

门安琪眼睛一亮，总算不用憋着了，疯狂地点头，正要张嘴说话，叶柏舟自顾自地开口了：“好的，你不知道，这是一个成功的魔术。”

门安琪视力挺好，就是没什么眼力见儿，现在听叶柏舟这么说，还以为是自己这边视频卡顿了，叶柏舟没看见她点头呢。

不抛弃，不放弃，门安琪兴奋地对摄像头大喊：“我真的知道这魔术怎么变的！”

叶柏舟都无奈了，说：“那你知道怎么把嘴闭上吗？”

在门安琪放肆的笑声里，叶柏舟挂掉了视频通话，嘴角慢慢扬起一个笑。

魏成连续忙了好几天，回来时看叶柏舟的心情不错。

“我教你的魔术有用吧？”

叶柏舟嗤笑一声：“你教的魔术太烂了，她一眼就看出破绽了。”

“不能吧？”魏成有些诧异，“你是我见过的学魔术最快的一个人，她还能看出破绽？”

魏成顿了顿，然后看着叶柏舟：“你故意放水了吧？”

叶柏舟不以为然地点头，椅子一滑，一边在键盘上敲字，一边漫不经心地回答：“小屁孩心情不好，哄哄她。”

他知道门安琪觉得他俩差距大，于是偶尔装下幼稚，故意让门安琪一眼看穿，好跟他能亲近一点。

回想自己这一路走来，又是故意吃辣掉眼泪骗同情，又是立迅速倒下的flag（目标），又是故意露出害羞模样让她嘲笑……说出来也是没面子，但好在效果不错，门安琪现在在他面前越来越放得开。

魏成是知道叶柏舟这个学弟什么样的，每次看叶柏舟这样，他都暗自觉得这人可怕，心想门安琪碰上这么个心思深沉的人也是可怜。

“你为什么喜欢门安琪啊？”魏成问叶柏舟，他好奇好久了，毕竟之前一直觉得叶柏舟应该看不上任何人，只会高傲地孤独终老。

“虚张声势，故作凶狠，一发怒就像只扑腾的小奶猫似的。”叶柏舟眯起眼睛，想起第一次见门安琪，她推着辆破烂电瓶车，自以为气壮山河地吼“看什么看，再看收钱”，当时他就对这人感兴趣了。

“多好玩。”叶柏舟看向魏成，眼睛里全是笑意。

魏成打了个寒噤，真肉麻，自己就不该多嘴问那一句。

“今年元旦的时候，你的宿舍楼会发生一件大事。”叶柏舟都要睡了，门安琪突然发来消息，神神秘秘的。

还能是什么大事，明年是新中国成立七十周年，学校肯定要搞活动，多半是大合唱，辅之以朗诵。

但是叶柏舟装作不知道，配合着惊讶地问：“哦？是什么呢？”

“大合唱！《我和我的祖国》！”

不需要打视频电话，叶柏舟也能想象到现在门安琪的样儿，肯定是眼睛瞪得老大，一脸得意。

他嘴角微微上翘，笑门安琪一副没见过世面的傻样儿。

“那你要去参加吗？”叶柏舟问门安琪。

“我参加什么啊，”门安琪不以为意，“我对祖国的爱不需要靠唱歌来表达。”

“你一句话让全国所有的庆祝节目变得毫无意义。”叶柏舟发了三个“竖大拇指”的表情。

话虽这么说，但真到了元旦那一天。

门安琪看着上千位武大师生在樱顶老斋舍合唱《我和我的祖国》时，一不小心还是热泪盈眶了。

她一边擦眼泪，一边给自己找面子，对着凌落落说：“我就是受不了这种场面，你能理解吧？现在我就是看着奔涌的黄河也能和你执手相看泪眼。”

凌落落嫌弃得不行：“你可拉倒吧，找你家叶柏舟执手去。”

这话倒提醒门安琪了，于是她拿起手机给远在河南的叶柏舟发信息：“你什么时候回来呀？”

刚问完，门安琪就后悔了。

她特别怕叶柏舟问一句“你想我了吗”之类的肉麻话。

幸亏叶柏舟没有这么做，门安琪问什么他就答了什么。

“时间不确定，估计还得有一周多吧。”

门安琪挺高兴，好歹日子有盼头了。

为了更有仪式感，她还专门去买了一个挂历挂在自己的衣柜门上，学着电视剧里的痴情女主那样，每天早上起来做的第一件事就是在日历上画一个小叉叉。

一周的时间难道还不能坚持下来吗？门安琪心想。

但她还真没坚持下来。

她就画了两天，从第三天开始就完全忘了这件事。

事后想想也不赖她，主要是第三天的时候，凌落落找她去爬山了。

门安琪前一天晚上忙着指导叶柏舟变新魔术，聊得太晚。隔天一大早，凌落落就拎着大包小包到了她宿舍，看她居然还睡得香甜，立马肾上腺激素飙升，差点儿当场犯下谋杀重罪。

“我生平最烦迟到的人，你倒好，我这要是不来，你今天是不是能直接睡过头给我爽约？”

门安琪都没来得及回答。

凌落落又把手一挥：“行了，我现在不想听你说话，赶紧去洗漱收拾东西，我就等你 15 分钟。”

15 分钟，醒瞌睡都没这么仓促。

这么紧急的时间，哪还顾得上画日历这种风花雪月的假把式，门安琪心想没事，我心里默念着倒计时呢。

一周后，叶柏舟出站时没见到门安琪来接，都气乐了。

之前门安琪问他什么时候回来，他还以为门安琪想他了，工作一结束就连夜赶回来，结果等来这个“空空如也”。

直到叶柏舟坐上出租车了，门安琪的电话才姗姗来迟。

她有些不好意思：“我睡过头了！你是不是已经回学校了？”

“没有。”叶柏舟故意臊她，“某个昨晚信誓旦旦说要来接我的人爽约了，我气得掉头回河南了。”

门安琪在电话那头嘿嘿地乐。

这个出租车司机大哥的话少，一路沉默寡言地把叶柏舟送回了学校。

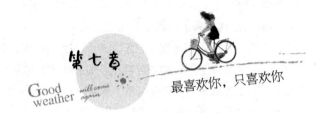

第七章

Good weather will come again

最喜欢你，只喜欢你

叶柏舟一下车，就看见一个圆滚滚的身影朝自己奔来了，伴随而来的是门安琪响亮清脆的声音。

“叶柏舟！我想死你啦！”

叶柏舟把飞奔过来的门安琪抱住，挂在身上转了个圈儿。

“好久不见，拜冯巩为师了？”

“去你的！”门安琪手撑着叶柏舟的肩膀。

因为被叶柏舟举着的缘故，她难得比他高了一点，门安琪惊奇地瞪大眼睛，张望四周：“哇，原来高一点，世界真的不一样。”

叶柏舟不满意了，说：“看我。”

门安琪听了这话，把目光调转回来，低头看着叶柏舟。她的短发垂下来，遮住半张脸，显得她一双眼睛更加亮，因为跑过来的缘故，脸蛋红扑扑的，鼻尖也有些红。

“欢迎回来。”门安琪小声说。

魏成之前说叶柏舟变态，一大把年纪还逗小姑娘玩。

叶柏舟当时还不以为然，心想门安琪可不是那种没攻击力的乖巧小孩，她被逼急了能与天地共焚。

但是现在他突然明白了魏成的话，门安琪确实还真挺可爱的。

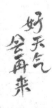

他想到这里突然觉得挺不好意思，把门安琪放到地上，故作正经地咳了咳：“你四级考了吗？”

“你这人怎么回事？我们久别重逢，一上来就问这么严峻的问题。”

叶柏舟心里大概有了数。

“没事，四年都能考呢，来年再战。”叶柏舟说完又觉得这样太过溺爱，于是补充了一句，“没有过的话，我给你补习。要那样你还过不了，门安琪，你在我这儿，智障的人设算是立住了。”

“我一盆漱口水给你灌胃里！你这人说话怎么这么不动听呢？”

门安琪现在觉得自己其实也没那么想念叶柏舟，她翻了个白眼，艰难地把身后背着的书包移到胸前，拉开拉链，在里面翻出条围巾，扔给叶柏舟。

“围着吧。”门安琪没好气地说，“看你脖子敞亮得跟长颈鹿似的。”

叶柏舟目光软了一下，难得温顺，乖乖听话地把那条红色围巾绕了脖子两圈。

紧接着门安琪就跟多啦A梦似的，又从书包里翻出来两个小面包和一个海苔肉松蛋糕，举到叶柏舟面前问道：“饿了没有？”

门安琪爱吃辣，叶柏舟不吃辣。

门安琪的包里从一开始装的全是麻辣小零食，现在变成会给叶柏舟备着小面包或者夹心饼干了。

叶柏舟其实不太喜欢吃甜的，但是他喜欢门安琪这一份花在他身上的心意。

“不饿。”叶柏舟把门安琪因为翻书包的动作而弄乱了一点的羽绒服衣领理好，声音温柔，无限深情，让人听着心里仿佛被软蓬蓬的羽毛扫过。

害羞的门安琪不由得耳根都红了，低着头说：“不饿也给我吃！大老远给你背过来的呢！”边说边把面包和蛋糕塞到叶柏舟怀里，扭头就走。

门安琪穿得圆滚滚的，走路的步伐那叫一个铿锵有力，她自认为气势十足，却不知道在叶柏舟眼里，她现在活像一只笨笨的小怪兽，他的小怪兽。

叶柏舟笑得眼睛都眯了起来。

“有你这么接人的吗？自己走得倒是快。”

叶柏舟几步就追上门安琪，伸手拉住门安琪的帽子，把人拽到自己跟前，再用手揽住。

“我发现你表达害羞的方式就是音量变大，扭头就走。”叶柏舟都不需要低头看，就能知道门安琪现在肯定面红耳赤。

“谁，谁害羞了？！”

说完大概三秒，门安琪也不见叶柏舟回应她，抬头一看，叶柏舟正笑呵呵地盯着她，眉毛微挑，一副好整以暇的样子。

行吧，刚刚说话声音确实变大了。

门安琪正在纠结现在该怎么办时，叶柏舟已经把羽绒服帽子给她扣上，隔着羽绒服帽子拍了拍她的脑袋，说道：“走吧，害羞的花姑娘。”

叶柏舟把之前门安琪对他说的话原封不动地还了回去。

快期末考试了，门安琪最近忙着复习。

叶柏舟一看这架势，索性直接护送着门安琪，陪她去了图书馆，走之前，留下一句“好好学习，学完再玩”。

门安琪挺不耐烦地挥挥手：“知道。养女儿呢你？”

“你要想叫我爸爸，我也没有意见。”叶柏舟本来都准备走了，突然看见旁边有人在排队接水，心想门安琪也得喝水呀，于是拿过门安琪的水杯去给她接水，途中遇见来还书的陈教授。

陈教授笑着跟他打招呼，说：“你不是不喜欢来图书馆吗？”

叶柏舟不喜欢来图书馆，是因为每次他一来图书馆学习，周围就没个安生——要么有人偷拍他，要么有人来搭讪、留字条、送饮料……他觉得很烦，索性平日里就在宿舍或者实验室待着。

这其中渊源太长，说起来太麻烦，叶柏舟正想着怎么开头，好在陈教授也不是真要让他回答这个问题，而是饶有兴致地看了一眼他手中的奶黄色保温杯，然后意味深长地看着他。

叶柏舟索性直接摊牌，举了举手中的杯子，说："女朋友的。"

到底还是有一些羞窘，叶柏舟说完就匆忙点头示意，大步离开。

陈教授看着叶柏舟落荒而逃的背影，感觉新奇极了。

这个叶柏舟从大一入学开始就一脸深沉冷静的样子，从没见到他露出这种少年神色。

叶柏舟回到门安琪的座位边时，她还举着手机在聊天。

他稍稍用了力，把水杯放在桌上，响声引起门安琪抬头。

她疑惑地看向叶柏舟："干什么呀？"

"学习的时候就专心学习。"

门安琪无奈地叹了口气，乖乖地把手机放下。

叶柏舟接着打击她："知道为什么你四级过不了吗？"

"成绩还没下来呢，你就知道我四级过不了了，有你这么咒我的吗？"

其实门安琪觉得自己四级考得还不错，但是现在成绩还没有下来，此时此刻就嘚瑟的话，如果到时候真没有过，就真没脸了。

叶柏舟一脸"懒得跟你扯"的表情，敷衍地说："行，行，祝你成功。"

叶柏舟亲自给她定了学习目标和任务，命令她没有完成就不能动手机，谁发消息来也不准管。

把门安琪安排好了，叶柏舟往图书馆外走，导师在这时候给他发微信。

"要不要搞一个欢迎会？庆祝你顺利归来。"

叶柏舟一想到那人多闹腾的场面就觉得头疼，便回复说："不用。"

"我们已经把地方定了，就是来通知你一声，"隔了两秒，导师又发来一句，"把你那小女朋友也带上。"

叶柏舟顿时知道自己回来后就不见踪影的同学、老师到底是打的什么算盘了。

想见的话说一声就行了，至于这么大费周章吗？

叶柏舟好笑地摇摇头，只好回道：“知道了。”

他接着就给门安琪发消息：“今天晚上吃大餐去。”

“好！”门安琪立马就回复了。

叶柏舟眼睛一眯。

“门安琪，你又在玩手机？”

对话框上“对方正在输入……”闪了几下，不闪了。

门安琪没回消息了。

“专心学，要是今天下午你学习任务没搞定，晚上就别去吃饭了。”

“你刚回来就虐待我？”

“门安琪，手机还被你握在手里是吧。”

啧，对象太聪明也挺烦，这下门安琪彻底不敢吭声了，把手机关机了放在书包里，开始专心看书。

叶柏舟又引诱着问了几句，门安琪都没有回复。

不错，这下应该是真的放下手机了。

叶柏舟满意地点点头。

大冬天玩手机手还挺冷，他把手机装进上衣兜里，深吸了一口冷气，还没呼出来，就看见白倩一瘸一拐地走了过去。

看见叶柏舟，白倩挺意外，面带桃花般地打招呼：“哎？学长你也在这里？”

“嗯。”

他不想多作纠缠，迈开步子就要走。

“学长拜拜。”白倩笑着挥手，“前几天下了雪，地好滑，我就不小心摔了一跤。学长你走路记得小心一点哦。”

一口一个“学长”，叫得叶柏舟浑身不自在。

“那我先走了，学长拜拜。”白倩说。

“行。”

叶柏舟点点头，扭身就走，结果没走两步，就听见后侧方传来惊呼。

他叹了口气，回头一看，果然是白倩。

她应该是本来就摔了一跤，一瘸一拐地下阶梯，没站稳，又摔了。

这回看起来可严重多了。

东西散了一地，她手捂着脚踝，痛得额头冒出冷汗。

白倩低着头，她没料到叶柏舟见她一瘸一拐的居然真的不关心。眼看他越走越远，她实在没办法了，情急之下，只好真的摔一下，却刚巧碰上阶梯，连着滑了三阶下去。

这一摔是真疼，钻心的疼。

她觉得鼻子都酸了，像是喝汽水呛到了，脑门儿冒着汗，这时候是真的害怕自己摔狠了。

叶柏舟见白倩现在低着头，鼻尖有些粉红，紧紧咬着唇忍痛的样子，看着有几分神似门安琪。

想到门安琪，叶柏舟心里软了一下，他走回去，边捡起白倩散了一地的资料、文件，边说：“我送你去校医院看看吧。”

好久没在学校里出现的叶柏舟，依旧那么帅。

一入学就因为长相精致甜美而引起轰动的白倩，依旧那么漂亮。

俊男搀着靓女，在残雪覆盖的道路上走着，虽然天空阴沉，树木萧瑟，但是没关系，人物本身就够亮眼。

朋友圈里这张照片一出来，立马就火了。

门安琪倒是不知道，她手机关机了，在认真学习，可来来往往路过的同学都瞄着她，还不时看看手机。

她立马就知道肯定又有大新闻了，而且这大新闻应该跟叶柏舟有关。

大家同为学生，但是叶柏舟怎么时时刻刻像个闪亮的灯球？

这下也学不进去了。

门安琪把手机从书包里拿出来，开机，凌落落的微信老早就发来了：“叶柏舟怎么回事？怎么跟白倩在一起？”

另外还有一张图片，门安琪点进去一看，瞬间心里就像打翻了醋坛子。

关键是她还不能明着吃醋，因为白倩确实脚扭伤了，从拍到的图片来看，红肿得老高，原本纤细雪白的脚踝像是个大红番薯。就这情况，要是叶柏舟真的甩手不管，也说不过去。

“他们现在应该还在校医院呢。”凌落落比门安琪还生气，“快快快，去盯着！”

“没事。”门安琪的声音听起来很沉稳，“待我前去查看一番。”

不查看还好，一查看门安琪差点儿当场心梗发作，气死在那儿。

如果白倩是单纯地扭伤了脚，叶柏舟来送，那也没什么。但是门安琪一过来，白倩就对她露出了一个挑衅的笑。

门安琪咬咬牙，想着这人还真挺狠，为了接近叶柏舟，对自己也下得了重手。

叶柏舟拿了药回来，看见门安琪也在，他本来挺不耐烦的心情立马好了，喜出望外地问道：“你怎么来了？”

“来看看我的同学啊。”门安琪一个字一个字地从牙缝里挤出话来，“大冬天露脚踝，肿成这样儿我可真是心疼。”

叶柏舟脚步一顿，他多精的一个人啊，立马知道门安琪到底为什么来了。

他不动声色地笑了笑，走过去，把药递给白倩：“你朋友在赶来的路上了，我和安琪还有事，先走了。”

风一阵一阵地吹来，吹在脸上像是被浸了冰水的毛巾擦了一遍又一遍。

叶柏舟之前忙着赶回学校，连熬了几个通宵，虽然眼睛通红，戴着眼镜，但还是早就看出门安琪脸上一直写着四个大字：闷闷不乐。

“反正时间也不早了，我们直接去寿司店吧。”

正值冬天，叶柏舟一推开寿司店的门，因室内外温差的原因，眼镜片立马就起雾了。

门安琪趁着叶柏舟现在看不清，用口型骂了他一句。

结果她忘了叶柏舟平日里不戴眼镜也能正常生活，现在门安琪被打了个措手不及，一脸狰狞的表情都没来得及收。

叶柏舟：“……”

门安琪：“……”

叶柏舟：“哦？对我意见很大啊。”

门安琪连忙摆手：“不是的，不是的。你听我解释，我就是……”

说到这儿，门安琪突然反应过来，今天本来应该由她兴师问罪啊？！

“我就骂了，怎么着吧！”门安琪双手叉腰，黑亮的瞳仁瞪着叶柏舟。

“吃醋了？”叶柏舟伸手去拍门安琪的头。

“没有。”门安琪别过头，不让叶柏舟碰她，看着脚下的日式木地板，装作不在意的样子，“乐于助人一向是你的行事风格嘛，之前那个说‘因为跟我没关系’的怕是另一个人。”

“我可是目睹白倩砸你车的人，我得多蠢才能对她有意思啊？”叶柏舟直接从源头上解决问题，弹了一下门安琪的额头，眼睛里带着显而易见的笑，“最喜欢你，只喜欢你。”

门安琪害羞地抿抿嘴。

叶柏舟这人可太烦了，不管她是什么心思都能一眼看透，然后立马解决，不留下任何会产生误会的伏笔。

“你这人真是——”门安琪满腔打翻了的醋，现在一瞬间消失了不说，还隐隐浮出一点甜，像是把醋罐子换成了蜂蜜罐，她垂下眼睛，有些词穷。

“真是肉麻透顶！！！”突然另一个声音从背后传来，吓得门安琪差点儿蹦起来。

“叶柏舟你可真是让人意想不到！”一个鼻梁上长了颗红痘痘的男生大声喊道，“你们刚才听见了吗？”

“听见了，听见了！”

“最喜欢你，只喜欢你。哇——哦——”

“我也最喜欢你，我也只喜欢你！”

…………

这都什么啊！

门安琪羞得整张脸跟烙铁似的，又烫又热。

“我没来得及跟你说，”叶柏舟看起来有些头疼，“他们闹着要搞欢迎会，点名让我带上你。”

“必须带啊！”那个红痘痘男生又开始怪叫，“不带的话，刚才那一幕我们有生之年怎么可能看见！”

“魏成！”叶柏舟瞪了红痘痘男生一眼。

“叫学长！”结果魏成一点也不紧张，声音比叶柏舟还大，“我比你大一级呢！”

叶柏舟：“……”

难得见叶柏舟吃瘪，门安琪对魏成的印象好得不得了。

然而，下一秒，魏成就实力逆风翻盘，成功地让门安琪不想见他了。

魏成趁着叶柏舟转身跟人讲话的空隙，拉过门安琪，贼兮兮地说：“奚怀洋也喜欢你呢。”

门安琪当场愣住。

“哎？他还没跟你说？”魏成惊讶得不行，“你大一刚入学，在填社团申请表的时候，他就开始喜欢你了。这小子，这么久了居然一直没告白，让叶柏舟捷足先登了。”

门安琪继续沉默。

“嗨，我以为你知道呢，还想问问你被两个男生追求的感觉如何，尤其那两个男生还是从小一块儿长大的兄弟。这么刺激的情节，上一次看到……”

魏成叽叽喳喳一直说个不停的嘴，突然闭上了。

门安琪侧过头一看，是叶柏舟。

他眉梢眼角全是警告的意思，但是对着魏成却是正常的语气，他开口问：“你吃什么啊？”

魏成明明比叶柏舟还大，偏偏被他严肃地看一眼，就不敢多吭声了：“都行，都行。”

门安琪敏锐地感觉到现在叶柏舟心情不太好，她把食指凑到叶柏舟掌心里挠了挠，然后手掌张开，在桌子下跟叶柏舟十指相扣。

门安琪不知道该说什么，只好沉默着。

魏成早就溜走了，跑去跟其他人围在一起不知道在看什么视频，时不时地发出惊叹声。

“你知道奚怀洋喜欢你吗？”叶柏舟问门安琪。

门安琪本来打算想个万全的办法，最好能立马安抚叶柏舟的情绪的，听到刚才他这句话，突然又觉得自己好像自作多情了。

叶柏舟盯着门安琪：“你现在要是撒谎，我能立马看出来。”

不知道从什么时候开始，门安琪感觉叶柏舟身上的攻击力和距离感都没了。可此刻的叶柏舟让门安琪感觉到，原来叶柏舟是故意披了那么久温顺的皮，导致她差点都忘了他其实骨子里还是那个无情冷血、喜欢隔岸观火的叶柏舟。

门安琪莫名其妙觉得有些委屈：“你在这儿审问谁呢？”

门安琪不高兴了，表情比叶柏舟更冷，扬着下巴，盯着叶柏舟。

叶柏舟愣了一下，便软下来，放轻声音，安抚道：“没审问。只是，这个问题比较重要，我想问得直接简单一点，希望得到真实的答案。”

叶柏舟握着门安琪的手用力一拉，两人抱在一起，他的声音从门安琪头顶闷闷地传来：“一点都没有审问的意思，抱歉。”

门安琪想起凌落落说的好歹都是21世纪的大学生了，谁能那么坦荡地直接就道歉了。

叶柏舟能啊！

叶柏舟能轻易地让她不开心，也能轻易让她立马开心。

门安琪伸手回抱住叶柏舟。

“大概知道，但不确定，因为跟他接触的时间也不多啊。这种事情要是误会了双方都挺尴尬。”她仔细地回想，“就那么几个瞬间，让我察觉到了一点，但也没来得及思考。我整个人根本就一直都在围着你转好不好？”

叶柏舟笑了一下，然后又摆正面孔，“那你要是和奚怀洋接触时间多一点了，你……”

“那种事情交给平行时空吧。”门安琪仰起头，看着叶柏舟，“这个时空里，是我和你接触时间多，我和你相互喜欢上了。”她挺直身子，够着叶柏舟的下巴，亲了一下。

“我只喜欢你啦。”门安琪继续说，“都没有最，这个世界上我喜欢的东西真的不多，谈不上那么多喜欢，最喜欢你，那也就是只喜欢你。”

叶柏舟心想这个时候一定得沉住气，不能笑，不然就不酷了。

但是笑意真的不是想忍就能忍住的，他笑得眼睛都弯了起来，像是枝丫上冒出了花。

他低下头，也亲了一下门安琪的额头，宠溺地说：“你现在怎么成不害羞的花姑娘了？”

“废话，还不是因为要哄你。你这人真是记仇，就这么说了你一次，现在天天逮着这话来堵我。”门安琪不理叶柏舟了。

可门安琪一转头，就愣住了，因为她看见叶柏舟那群同学全都石化似的坐在那儿，呆呆地望着他俩。

这还不是最糟的，关键是这群年轻学生身后，还站着两个头发花白的老师。

门安琪紧张了，然后她就直接掐叶柏舟，掐得他猝不及防。

“嘶——”叶柏舟倒吸了一口气。

“呵呵……”叶柏舟导师的眼神来回在叶柏舟和门安琪之间移动，笑得一声比一声意味深长。

这叶柏舟也就认了，关键是陈教授也跟着来干什么。

“我在图书馆就看你不寻常了，一听老许要来参加你的什么欢迎会，关键是还会带女朋友，这我能错过吗！我是真的来对了！哈哈……”陈教授笑得没有一点平日里文雅的学者的样儿了。

叶柏舟哭笑不得，再一看围观群众那一双双雪亮的大眼睛，叹了一口气，他觉得又好气又好笑，于是说道：“随便吃，我请客！”

“哇！”

“那我就不客气了！”

“我要吃鲑鱼子！”

"我要星鳗！"

"三文鱼有多少上多少好吗！"

…………

门安琪有些担忧地扯了扯叶柏舟的毛衣袖子："我们这样会不会太闹了？"

"没事。"周围人实在太闹腾，叶柏舟附在门安琪耳边说，"我把这个寿司店包了。"

魏成整个人就跟掉进花丛的蜜蜂一样，吃得叫一个畅快。

那么长一条星鳗，上面盖着米饭，横着铺在盘子上，魏成先吃掉头，再吃掉尾，然后再把中间连同米饭一口吃下去，"唔——"魏成发出满足的喟叹。

门安琪本来对寿司的兴趣不大，只端着碗蛤蜊汤在那儿慢慢地喝，现在看魏成这架势，突然也挺想吃。

她正在想着，叶柏舟递给她一块大虾刺身，说道："你应该喜欢吃这个。"

门安琪眼睛一亮，一口咬下去，有点淡淡的甜味，虾肉口感Q弹，像是在舌尖跳舞。

叶柏舟像受到鼓舞似的，又递给她一块烤金枪鱼寿司。

她又一口咬下去，米饭、金枪鱼、葱花、蛋黄酱和芥末的味道全部在舌尖绽开，相互碰撞。

门安琪不由得夸赞道："哇！好吃！"

"再试试这个，这炙烤过，吃起来脆脆的。"叶柏舟自己没吃多少，全忙着给门安琪安排各种口味的寿司了。

最后门安琪实在是吃不下去了，叶柏舟还挺遗憾："你不试试这家的茶碗煮吗？挺好吃的。"

"行吧。"

这么纵容叶柏舟投喂的后果就是出门的时候，门安琪连腰都直不起来了。

叶柏舟有条不紊地安排好师兄弟和老师们离开后，走到门安琪身边，就见她捂着肚子，虚弱地说："我从出生到现在，就没吃得这么撑过。”

叶柏舟也挺抱歉。

他今天晚上就是很高兴，迫切地想让门安琪试试他喜欢吃的东西，看到门安琪也觉得好吃，心里就涌起一股浓浓的满足感。

“你原谅他吧。”魏成也撑得直不起腰，佝偻着走到他俩身边，艰难地说，“我这学弟憋坏了，现在好不容易找到了喜欢的人，估计之后他喜欢的、感兴趣的都会跟你分享。”

“啧。”叶柏舟伸手拦下出租车，把魏成塞进去，“赶紧走吧你。”

出租车没走多远，又停了下来。

魏成伸出个脑袋，对着门安琪喊：“宝贝、达令、甜心，乖宝！门安琪你看着挑一个叫他！叶柏舟不满意你叫他名字！天天跟你打完电话都要生闷气！”

说完这话，魏成跟怕被鬼撵似的，火急火燎地缩回头，指挥着出租车司机赶紧走，心想着这就当回报叶柏舟今晚请的这顿寿司了。

魏成“厚颜无耻”说的这段话，让叶柏舟想笑又觉得没面子。

倒是门安琪挺意外，问道：“你不喜欢我叫你名字啊？”

叶柏舟思考了两秒，在面子和实际感受之间做了一下权衡，最后妥妥地选了后者。

“嗯。”他承认，“你对着一架基础入门款的无人机都能喊一句‘小宝贝儿’，对着我，却非得连着姓一起‘叶柏舟’仨字儿地叫，不知道的以为你在逮捕犯人呢。”

叶柏舟都这么说了，门安琪除了宠着还能怎么办，她清清嗓子，深情款款道：“柏舟。”

叶柏舟当场打了个冷战。

门安琪面无表情地看着叶柏舟：“你让我这么叫，我叫了你又这反应。我对你的怒火真是才下眉头，又上心头，迟早给你气死！”

叶柏舟捂着嘴笑，他在去河南这段时间总觉得少了点什么，原来是少了门安琪这张说不出好话的破嘴。

小腔小调平时听着烦，少了又还觉得有些寂寞。

“确实空了三倍不止，”叶柏舟伸手理了理门安琪的刘海，“你没在身边。”

这话题太跳跃了，门安琪一开始没反应过来，后来想起来了，这是叶柏舟临行前两人的对话。当时她在那儿瞎嘚瑟，说实验室没了她是不是感觉空了三倍不止。

“你这人怎么记性这么好？我随口说的一句话，你也能记着，还逮着机会活学活用。幸亏你不是作家，不然我妥妥告你抄袭。”

月亮高悬。

冬天的夜里很冷，月亮发着清冷的光，离人间也是太远了，真正落到人眉眼的光亮，比不上一盏路灯。

叶柏舟和门安琪手拉着手散步、消食。

晚风凝滞，树也休息了。

“你给我唱歌吧。”门安琪说。

叶柏舟满脸抗拒。

门安琪紧接着说：“你声音好好听，唱歌肯定也好听。”

“行。”叶柏舟一口答应。

寂静的街边小道上，叶柏舟给门安琪唱《小茉莉》——

我和她在海边奔跑

她说她要寻找小贝壳

月亮下的细语都睡着

我的茉莉也睡了

寄给她一份美梦

好让她不要忘记我

小茉莉 请不要把我忘记

…………

门安琪不知道叶柏舟为什么要唱这首歌，她也不知道为什么叶柏舟唱这首歌的时候要用那么复杂的眼神看着她。

“请不要把我忘记。”

她感觉他唱整首歌就为了突出这一句歌词。

当时送叶柏舟去河南的时候在出租车上听伍佰的歌，那么多句歌词他偏偏就唱那一句：心中是否有我未曾到过的地方啊。

门安琪心底有一种怪异的感觉，她有些慌，总觉得叶柏舟有事瞒着她。好几次她都试图开口问，但每次都被打岔了。

“你别跟我说你得癌症了，或者什么心脏要搭桥了，换心脏了，然后会有天使替你爱我……”

这次轮到叶柏舟困惑了：“你是从哪儿得来的灵感，觉得故事会这么发展？”他恨铁不成钢地看着门安琪，“但凡一个脑子没进挖掘机的正常人都不会想出这种情节。”

“快向韩剧，还有早期台湾偶像剧的编剧道歉！你居然说他们脑子进挖掘机。”门安琪摸摸肚子，没那么撑了。

“所以，你为什么突然唱这首歌啊？”门安琪从来不是可以轻易被转移注意力的人，她回到正题，追问叶柏舟。

叶柏舟目光看向远方，落在一个遥远的点上。

“因为……”叶柏舟顿了一下，说出一半的真话，“小时候住的楼房拐角那儿种了茉莉，特别香。我喜欢茉莉花的外形，也喜欢茉莉花的味道，连带着喜欢这首歌。”

门安琪了然。

“小时候我也老是闻见茉莉花的味儿，但不是种的茉莉花，是我爸喜欢喝茉莉花茶。他把茉莉花茶叫‘碧潭飘雪’，我妈说他装文化人。我特别喜欢看他俩斗嘴，那时候我们家最热闹。”门安琪头一次回忆起爸爸来没有难过，而是浓浓的怀念。

她觉得叶柏舟的手有些冷，于是把他的手揣进自己的羽绒服衣兜里。

“你怎么了？”

门安琪盯着叶柏舟，黑亮的瞳仁像是能看穿他。

她早就发现每次一提到她爸爸，叶柏舟就反应不正常。

叶柏舟眨了下眼，他确定现在是最好的讲述时机。

“其实……”

“叶柏舟！”

是奚怀洋。

两人回过头，看到奚怀洋跑了过来，他刚从仁和医院回来，风尘仆仆的。

“魏成跟我说，刚才吃饭的时候，你们因为我闹不愉快了。”奚怀洋气喘吁吁的，这么久不见，他头发长了一些，遮住一点眉毛，显得眼睛深邃不少。

“累死我了，好饿。”奚怀洋用胳膊肘推了一下叶柏舟的胸口，“快，请我吃饭。”

“凭什么？”叶柏舟今晚请大家吃饭已经当了一回冤大头了，尤其魏成那小子，吃饭跟饕餮似的。

“我好歹怀着一颗真诚喜欢门安琪的心，兢兢业业做了一把你们俩感情的催化剂。”奚怀洋说这话的时候轻松随意，看起来跟在开玩笑一样。他甚至对着门安琪眨了眨眼，攀过两人的肩膀，推着人往前走，“就问问你们俩，这一路没我的助攻加刺激，能这么快在一起吗？”

他拍了一下叶柏舟的背。

“不谢我就算了，还敢问‘凭什么’？”

这么晚了，没几家店还开着，三个人去了街角一家二十四小时营业的面馆，给奚怀洋点了碗牛肉拉面，看着他在那儿爽快吸溜。

“你们俩真的不吃吗？”奚怀洋喝了一口汤，总算挤出说话的空隙，“就坐我对面看着我吃多不好意思啊。”

叶柏舟挺嫌弃：“你是喝面，不是吃。”

嫌弃完好歹想起他是自己从小一起长大的兄弟，于是又问一句：“够吗，要不要再来一碗？”

奚怀洋一抹嘴，说道：“正有此意。”

他仗着自己累了，使唤叶柏舟去给他守着老板煮面。

“不要香菜，多加点醋和辣椒油，蒜少一点点，然后面不要煮得太软！”

要是放平时，叶柏舟早甩手不干了，但是今天晚上他只是给了奚怀洋一个“速战速决”的眼神。

奚怀洋一愣，然后笑了笑，原来叶柏舟早看出来他是想单独和门安琪说话了。

烦人。

最烦的就是叶柏舟那比常人快几倍的脑子。

“门安琪，你好啊。”

叶柏舟走了，奚怀洋独自面对门安琪，还挺紧张。隔着面桌，看着门安琪，奚怀洋有些拘束地打了招呼。

门安琪哭笑不得，只好回道：“你也好。”

奚怀洋垂下眼睛，盯着桌上的仿真木纹。

“你知道我……对你有意思吗？”

他犹豫了半天，选了个稍微不那么正式的表达方法。

那会儿叶柏舟也问了她这个问题——当然问法不一样，叶柏舟要直接多了。那会儿叶柏舟说这个问题很重要，当时门安琪还不懂为什么，现在突然明白了。

她知道为什么这个问题重要了。

原来如此。

门安琪笑了一下，她看着奚怀洋，眼神明亮坦荡，语气平静温和。

“大概知道，有点不确定，但也没想着要去确定。”

这是问题的关键。

“但也没想着要去确定。”

奚怀洋细细品味这句话，明白了门安琪从来没把心思放在自己身上过。

如果是叶柏舟露出一点点喜欢的苗头，她应该早就小鹿乱撞、心旌摇曳了，然后冷静下来会警醒自己叶柏舟不是她可以肖想的，只好故意装作没察觉到，好继续和叶柏舟正常相处……

这些都可以证明她在意叶柏舟，心里有叶柏舟。

奚怀洋想，自己于门安琪，就像是吹乱额发的风，把额发理正了，不过半秒就忘记了刚才有一阵风来过。

他笑了笑，笑得挺轻的，开口说话时的声调也轻：“你知道我最烦叶柏舟哪儿吗？”

“大多数聪明的学霸情商都不太行，心思全在自己的专业上，哪顾得上其他的事情。但叶柏舟不这样，他一个脑子顶八个用，知道别人在意的点是什么，知道从哪儿可以击垮别人，也知道从哪儿入手可以哄好别人，看起来冷心冷性是因为他真的懒得理，一旦他决定出手了就绝对高效率高回报。”

奚怀洋觉得自己这辈子犯的最大的一个错，就是低估了叶柏舟的脑子。他能看见门安琪的好，叶柏舟肯定更能。

不过现在说这些也没意义了。

奚怀洋耸耸肩，决定给自己一个体面的结局。

“希望你俩好，一直好。”奚怀洋对着门安琪笑，笑出八颗整齐洁白的牙齿。

“嗯！”门安琪也笑，心里松了一口气。

“然后……”奚怀洋左右看了看，神神秘秘地对门安琪勾手，门安琪把耳朵凑上去，“你一定要提防着点他，这人演技超好，为达目的不择手段。要是他在你面前突然乖巧温和不欠扁了，绝对……”

奚怀洋突然不说话了，眼睛看着门安琪身后，表情有些害怕。

门安琪回头，除了叶柏舟还有谁。

他现在就笑得乖巧温和不欠扁，不动声色地问：“绝对什么？”

“没什么，没什么。”奚怀洋连连摆手，摇头，身体往后靠，拉开和门安琪的距离，“哇！冬夜的一碗面！叶柏舟你让我温暖，让我心安！”

奚怀洋说他妈妈给他寄了自己家做的厚棉被，在他二姨那儿，让他去取。

“所以今天晚上我不回学校，你们走吧。”奚怀洋在滴滴打车软件上叫车，“路上小心啊。”

“行。”

叶柏舟揽着门安琪，目送奚怀洋离开，心里默默地叹了一声气。

“冬夜，黑而沉。说话呼出的白气，凝在一起又散开。其他季节如果有人叹气，一定不容易被察觉，但是在冬天的夜里，所有无奈、后悔、遗憾、惋惜的叹气，全都无所遁形，敞开于青天白日之下，供自己翻阅反思………”

出租车的电台里一个温柔的女声这么说道。

奚怀洋听出这是门安琪的声音，没想到她居然还是电台主持人。

他找滴滴司机要了电台节目名称，自己也在手机上搜来听。

来来回回听着这一段，突然觉得有些鼻酸。

一开始他还在纠结如果自己先告白，结果是不是不一样，现在看来，结果压根儿就不会变。门安琪从开始到现在，压根儿没对自己上心过。

二姨发微信来问他到哪儿了，奚怀洋吸吸鼻子，把快要落下来的眼泪眨了回去。

他叹了一声气。

白雾在空中凝结、悬置，四散开、消失不见。

“快了，快了！”然后他装作兴高采烈地回复，“我现在正马不停蹄朝您赶来呢！”

与此同时，叶柏舟把门安琪送回了宿舍，再次满怀歉意地把宿管阿姨叫醒。

阿姨没生气，还有些惊喜，看着帅帅的叶柏舟：“哎，这回你怎么不公主抱了？”

门安琪：“……”

“说归说，闹归闹，安全知识得记牢。”宿管阿姨一边开门把门安琪放进来，一边念叨，“你这也太不靠谱了……”

门安琪挺感动，笑着答应：“嗯！记住了！下一次绝对在熄灯前回来！”

室友们还没睡，门安琪蹑手蹑脚地进去，等来的却是几双八卦的眼睛。

周迪好奇得不行，问门安琪是怎么处理白倩的。

门安琪哭笑不得：“能怎么处理，她又不是肉菜。”

应付完室友，门安琪洗漱完躺在床上，回顾今天一天，她眼神慢慢沉了下来。

之前决定追上叶柏舟的步伐，书籍作为人类进步的阶梯，所以门安琪提升自己的第一件事就是买书。

书上说沟通对话的时候，如果对方目光突然飘远、好像落在一个遥远的点上时，说明对方要么是陷入了回忆，要么就是在逃避。

那会儿她问为什么唱《小茉莉》的时候，叶柏舟的目光飘远了。

应该是前者吧——陷入了回忆，因为他紧接着说的不就是回忆童年吗。

门安琪翻了个身。

不对。

不止是这样。

叶柏舟除了回忆，还在逃避。

那么他是在逃避什么呢？

门安琪闭上眼，缓慢地深呼吸。

应该是跟爸爸有关。

因为每次提到她爸爸，叶柏舟的表情都挺迟疑。

门安琪躺平身子，重新摆了一下枕头，让头颈和枕头相配。

算了。睡吧，迟早会知道的。

门安琪很想知道，为什么每次一提到她爸爸，叶柏舟就要迟疑，那天还用那么沉的调子唱《小茉莉》。

于是叶柏舟收到了来自门安琪的生日礼物——一盆茉莉花。

薄而嫩的叶子，簇拥着几个花苞，花苞洁白，缩在一起，像一粒一粒的珍珠。

门安琪笑得可乖巧："送你一盆茉莉花，健康长寿笑哈哈。"

叶柏舟完全没想到有生之年能收到一个这么朴实的礼物，倒是有些惊喜。

他眼睛里装着笑："谢谢。"然后把鼻子凑近花苞，什么味道也没有。

"现在不香。"门安琪笑他没有常识，"茉莉得开花了才会有香味。”

她突然不想逼问了。

假如真如奚怀洋所说，叶柏舟想要做什么事，绝对高效率高回报，这么久了如果他真下定决心要开口讲，绝对早就讲了。

这说明叶柏舟本人也在犹豫，或者说，是在害怕。

与其逼问叶柏舟，不如相信他，等着他，在未来的某一天，让他主动地把所有的真话都告诉自己。

现在这样也挺好，还是不要破坏气氛了。

叶柏舟还在摆弄茉莉花的叶子，有两片挨一起了，叶柏舟把它们分开，好让光合作用进行得更顺利一点。

“还有一个礼物。”门安琪递给他一个盒子。

叶柏舟拆开，是两个橡皮章——一个刻着叶柏舟的名字，一个刻着门安琪的。

门安琪送出手才觉得寒酸，连忙庆幸那会儿头脑一热买了盆盆栽，不然现在这孤零零的两个橡皮章，配上叶柏舟骨节分明的手，看着跟富家公子支援贫困山村建设似的。

门安琪有些难为情，之前想着去找兼职攒钱，结果恋爱真的太占时间了，又忙着看书提升自己，不知不觉间叶柏舟生日就到了。

“你也知道，我心有余而财力不足。”门安琪微微红着小脸，挺害臊，“只好自己做个手工礼物给你，虽然便宜，但……虽然这话听着很俗……但是，每次我拿刀在上面刻的时候，脑子里想的都是你，不搭理人的你、面无表情的你、戴着眼镜对比数据的你、拿着遥控器飞无人机的你、耍我得逞后奸笑的你……哎呀！太肉麻了！就这样吧！你知道我的意思就成！”

明明茉莉还没有开，但是门安琪就是觉得自己现在通体舒畅，空气里仿佛有一股沁人心脾的香味。

叶柏舟笑了，他把橡皮章收好，放进盒子里。

左手抱着茉莉花，右手拿着盒子，双手不空，但嘴还空着，他指挥门安琪：“来，抱一下。”

门安琪心里酸酸的，太多的甜和满足混在一起，居然成了患得患失的酸。

她伸手环住叶柏舟的腰，把头埋在他怀里。

“叶柏舟，我怎么就这么喜欢你。”门安琪的声音从他怀里传来，闷闷的。

喜欢到明知不切实际，但还是想着能够长长久久，一直一直在一起。永远没有误会、没有猜忌、没有分离，最后顺顺利利牵手到白头。

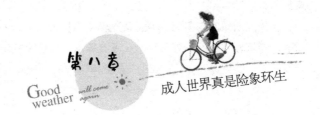

第八章

成人世界真是险象环生

Good weather will come again

“叶柏舟，我怎么就这么喜欢你。”门安琪有些怅然若失地说。

结果叶柏舟眉毛一拧，低着头，一脸不满地问：“不然？不喜欢我，你还想喜欢谁？”

门安琪笑了。

她看着道路两旁只有黑树干没有叶子也没有花的樱花树，喃喃道：“希望 2019 年的春天早点到，好想快点见到樱花。”

叶柏舟却一脸痛苦。

“每年樱花季，这里的人都好多。”他无可奈何，“睡觉都不安生。”

“有的人就为了这一树一树樱花考来武大的，结果还得走大老远才能看见；有的人住在樱花树旁，推窗就能碰到樱树花枝，居然还嫌睡不好觉。”门安琪怔怔的，“我算是知道我为什么不快乐了。庄子说得一点不错——不患寡而患不均。”

叶柏舟就算是个理科生，但这点文学常识还是有的。

“庄子一看就不关心这种事，这话是孟子说的吧？”

门安琪答道：“庄子看似逍遥，其实有一颗忧国忧民的心。”

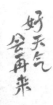

叶柏舟差点儿被唬住，但身为科研工作者到底还是严谨细致，

他要求查证一番。

于是放着好好的生日不过，叶柏舟左手捧盆栽，右手捧橡皮印章，门安琪双手捧着手机，手指灵活地输入问题，百度一下，他俩才知道这话是孔子说的。

叶柏舟："……"

门安琪："……"

叶柏舟镇定极了："我先把礼物放回宿舍。"

门安琪也装作镇定地点头："好的。"

背过身的同时，两人都红了脸。

今天是拉低大学生整体文化素养的一天。

叶柏舟更加臊，自己好歹是在读博士，上能查天文，下能知地理，结果败在了孔夫子身上。

估计是盼着春天快点来的缘故，接下来的日子一闪而过。

除了期末考试的时候，门安琪略有些暴躁，天天怒吼："我高中老师们巴不得二十四个小时凑跟前一起研究会考什么，结果大学这群老师，明明就是他们出的题，偏偏给我装啥也不知道！成人世界真是险象环生！"

叶柏舟笑得直不起腰，但好歹想着挽回一下面子，于是端起学霸的样子，尽心尽力每天监督门安琪学习，给她列时间表，合理规划学习任务，还给她买了个小闹钟，说学习期间禁止碰手机，看时间就用这个。

门安琪最后出考场的时候都觉得恍惚。

"考得怎么样？"叶柏舟早就等在考场外，见她走出来，便拿出保温杯倒了杯热牛奶给她。

"你做好心理准备。"门安琪表情有些肃穆。

叶柏舟也挺忐忑，考好考差无所谓，主要是怕门安琪受打击。

"什么？"叶柏舟紧张地看着她。

"我可能要拿国家奖学金了。"门安琪说。

叶柏舟一下就乐了。

他弹了一下门安琪的额头：“嘚瑟样儿。”

紧接着就是寒假。

整个假期里门安琪都过得分外开心，等到第二年开学时，新学期新气象，门安琪胖了整整11斤，叶柏舟说去火车站接她。

“不行！”

这一声铿锵有力的拒绝把叶柏舟都整蒙了。

直到他再三保证见到胖了11斤之后的门安琪不会笑她之后，叶柏舟才获得首肯。

门安琪与叶柏舟见面说的第一句话就转移注意力：“樱花什么时候才开啊？我看现在气温都挺高了。”

叶柏舟不上门安琪的当，左右上下看了半天，问道：“你11斤长哪儿了？明明没有胖啊。”

“这儿！”

门安琪悲愤得不行，侧过脸道：“你看，这儿！”

叶柏舟这才看见，她双下巴出来了。

“还好，你不笑的话，不怎么看得出来。”

门安琪觉得这话还不如不说，“不怎么看得出来”意思不就还是看得出来吗。

“好啦，好啦。”叶柏舟宽慰她，“挺可爱的啊。”

这是真话，叶柏舟现在怎么看门安琪怎么宝贝，尤其是她气鼓鼓的时候，双下巴就露出来，可爱得不行。

他没忍住，也没多想，伸出左手就挠了一下门安琪软乎乎的双下巴。

门安琪勃然大怒。

“我的尊严被践踏凌辱了！”她跳起来打叶柏舟。

“哈哈哈……”

叶柏舟笑得不行，单手压制住蹦跶得欢的门安琪，再手腕一拧，把门安琪环进怀里。

“我想死你啦。”

从小到大明明过了那么多寒假，这个寒假却格外漫长。他感觉做什么都没意思，现在看到门安琪鲜活的表情，感受她温暖的躯体，世界才总算重新有了色彩。

大庭广众，搂搂抱抱，门安琪还挺不好意思。

“好久不见，你也拜冯巩为师啦？”她说。

“去你的。”叶柏舟拿门安琪的话堵她。

盼望着，盼望着，春天和樱花总算迈着优雅的步伐来了。

“树木丛生，百草丰茂。鹰击长空，鱼翔浅底。好一派欣欣向荣的和谐春景！”门安琪两眼放光，声情并茂。

凌落落都要痛苦死了，她伸手捂住门安琪的嘴：“你快歇歇吧！”

她真的怀疑叶柏舟太溺爱门安琪。

之前门安琪内心再怎么二百五，好歹面上还是个酷酷的女孩，现在好了，二百五的天性彻底被叶柏舟挖掘出来，一天比一天彪，与日渐彪。

之前门安琪多“硬汉”啊，酒精直接倒在伤口上，疼得手抖也不吭一声，现在手指被 A4 纸划破点皮，也要去找叶柏舟哭诉一番。

叶柏舟也是好脾性，就乖乖在那儿哄她。

凌落落一个单身狗被伤得体无完肤。

“你怎么没跟叶柏舟一起来？”

“别提了。”门安琪一脸郁卒，“男人靠得住，蚂蚁会跳舞。他一大早就跟我说什么荧光遥感什么高光感分析，我也听不懂，反正意思就是他没空陪我。”

“哦，所以我就是叶柏舟的替代品啊？”凌落落冷漠地说。

“快别这么说。”门安琪虚伪地捂嘴笑，“你在我心里最重要。”

“哼！”

两人打打闹闹一路，正经樱花没看几朵，人头倒是看了不少。穿着汉服的小姐姐们、穿着 Lolita 装的小女孩们纷纷对着镜头摆出好看的姿势，还有一些是一家子一起出来的。

门安琪和凌落落各自为看见的每一个人编故事，从服装、表情、动作猜他们有怎样的身世和童年，想象他们的初恋和中学时光……你一言我一语还挺尽兴。

晚上叶柏舟给门安琪打电话，问她今天见到了武大的樱花，感觉如何。

“好像没怎么注意樱花？”门安琪这才意识到问题所在，“我都看人去了。”

叶柏舟在电话里轻笑一声，声音松散而慵懒，钩得门安琪好像发丝都翘了起来。

“就猜到会这样。”叶柏舟的语气无奈得不行，“下来吧。”

他让门安琪下楼。

“穿件厚外套，外面冷。”听着电话那边乒乒乓乓的动静，叶柏舟叮嘱门安琪。

门安琪含含糊糊地应了。

挂掉电话之后，她走到衣柜前，拿出了一件薄卫衣穿上。

下楼之后，叶柏舟一见门安琪的装束，当即就皱了皱眉。

“不是让你穿厚外套吗？”他问门安琪。

门安琪装作才想起的模样：“啊，我忘了。”

就在这时，凌落落的声音从上面传了下来。

“大傻瓜！你走之前把外套摸了三百遍结果还是忘拿了，我给你扔下来，你接住啊！”

…………

到底谁才是大傻瓜啊？

门安琪现在都不敢看叶柏舟的脸。

她红着耳朵，脸也发烫，只顾专心接凌落落扔下来的外套，然后低着头，牵住叶柏舟的手，径直往前走。

“我……”

“闭嘴！”门安琪回过头凶叶柏舟，“我没那么想！”

“啊？”

“天很冷，女主打个哆嗦，男主就把自己的外套脱下来给女主穿上，这种情节太肉麻了！我怎么可能痴迷！”

“不打自招，欲盖弥彰，此地无银三百两。”叶柏舟把外套给门安琪披上，“你刚才那段话真是把这几个词诠释得淋漓尽致。”

“这些词用在这里根本不对，它们的意思是说做坏事的意图被发现了。”门安琪叉着腰质问叶柏舟，“我这是做坏事吗？我有做坏事的意图吗！”

看来上次“不患寡而患不均”的事件给门安琪也留下了心理阴影，一直铆着劲儿想要证明自己有文化呢。

叶柏舟猜人心思是一把好手，立马就知道门安琪现在这么说话的用意是什么。

他如同哄小孩一样，敷衍地点头：“哇，你真是学识渊博。”

两人不知不觉已经到了樱花大道。

白天人山人海、拥挤嘈杂的地方，在夜里却格外安静，配上皎洁银白的月光，显得这里清幽极了。

“据说武大的樱花来源于日本首相赠了周总理1000棵樱花树，然后周总理又将其中一部分转赠给武大，加上之后武大自己研发栽培了一些樱花，最后成了如今这驰名全国的樱花盛景。”

叶柏舟挺骄傲地转头，他老早就查了樱花来历，就等着带门安琪来看的时候能云淡风轻地装范儿。

门安琪眼中果然在放光。

不过门安琪眼睛放光的原因是因为别的：“你知道吗？月光、樱花树、微风，现在就是日本动漫的真人现场啊！”

她凝神看着月光下的樱花。

大片大片的花海夺人眼球，薄薄的花瓣边缘，有一层淡白色的光，像穿着白纱裙的小精灵。

门安琪想起高中时班主任点评《红楼梦》——繁华红楼高厦，不过一场幻梦。

“开得这么威风凛凛，其实单看却都是很脆弱的纤细花瓣，樱花这么漂亮，却只能盛开短短七天。这么热烈灿烂、繁盛耀眼，但是从最开始，从樱花树有了第一个花苞开始，倒计时就已经开始。”

她有些惆怅地感叹。

叶柏舟明白门安琪这没头没尾的话是什么意思。

他看着门安琪，此刻她看起来有些无精打采。

想了想，叶柏舟说道：“可是换个角度想，也许正因为只有这 7 天的时间，所以它才要竭尽全力地盛放；正因为单片花瓣是如此单薄纤细弱小，所以才要汇集所有花瓣共同组成这一场壮丽的美景。”

他把门安琪被风吹乱的刘海理顺，拉着门安琪并排在路边坐下。

门安琪低着头，慢慢地回想叶柏舟刚才的话。

正因为孤独弱小，所以才要找同类；幻梦也许是最后的真相，可能最后所有的一切都是一场空，但起码现在还活着，还能感受东西，所以才要抛开尽头，认真珍惜当下……

叶柏舟说的应该就是这个意思吧？

门安琪似懂非懂地点头。

叶柏舟笑了笑，他只是希望门安琪能对自己的生活更感兴趣一点。

他深吸一口气，花的清香蹿进鼻尖，流进肺里，好像连整个身子也被净化了一样。

叶柏舟转头看门安琪，她安安静静想问题的模样太招人喜爱，叶柏舟没有忍住，又伸手挠了一下她软乎乎的双下巴，

“小屁孩。”他轻笑一声。

啧。

这人有完没完，怎么老是说她小呢？她已经成年了好吗？！

其实她还没有完全想明白叶柏舟说的话。

但也不想想了，她现在最想做的事就是转过头，气势汹汹地瞪叶柏舟一眼。

未曾料想，门安琪这么一转头，两人鼻尖直接撞在一起，短暂的接触，还没感受到温热，又迅速分开。

叶柏舟黑沉沉的眼睛，此时此刻看起来更深了一点。

他压低嗓子，问门安琪：“你看的日漫里，他们如果在月光里

的樱花树下接吻，会有什么样的结局？”

“会……会白头……到老吧。”

一向伶牙俐齿的门安琪居然结巴了。

“是吗？”

叶柏舟又开始低低地笑，像船桨在门安琪的心湖里划开一圈儿一圈儿的涟漪。

“那我们试试。”

扑通——扑通——

门安琪听见自己的心跳。

叶柏舟离自己越来越近，吹过脸颊的风也越来越烫。

她闭上眼睛，睫毛不停地颤抖。

叶柏舟放在身侧的手蜷了蜷，突然觉得嗓子有点干。

“干吗呢，干吗呢？大晚上不睡觉搁这儿干吗呢？”这一嘴标准的天津话，伴随着一道直直射过来的手电筒白光。

门安琪惊恐地睁开眼睛，叶柏舟反应迅速，把门安琪按进怀里，用手挡住射过来的刺眼手电筒光。

他微微抬头，对着巡逻的保安大哥无辜地笑了一下。

“我们约会呢。”

“你们就算是求婚也不能大晚上在这儿吓人，赶紧各自回宿舍睡觉去，年纪轻轻花样儿倒是不少。我这什么运气？大半夜出来巡逻还得把自己混成百年招牌狗不理，小年轻恩爱不断，我这一大把岁数居然还是孤独寂寞过得挺可怜，啥世道嘛这……”

“不患寡而患不均。”

“不患寡而患不均。”

叶柏舟和门安琪同时说出这句话，对视一眼，然后两人又不约而同地笑出来。

“醒了没？醒了没？快快！快！还有15分钟紧张的校选课就开始了！”

一大早门安琪就收到凌落落的微信。

“早醒了。”

话是这么说，但门安琪其实是睡眼迷蒙的。

她揉揉眼睛，回复凌落落：“为什么一定要选龙舟课呢，这是有什么讲究吗？龙舟课比较好过？可是会不会要下水呀？我不会游泳，万一到时候掉水里了怎么办？”

凌落落大清早面对十万个为什么的门安琪十分有耐心地又发了一长串解释：“帅哥多呀！龙舟队全是荷尔蒙炸裂的汉子！好不好过这种事情，在肌肉猛男面前，不！值！一！提！不会游泳怕什么，就最后两节课下水，平时都在教室的。而且关键是，上课真的有龙舟队员当助教！一对一教你划桨，你想想那画面！你就想一想！”

门安琪想了。

她认真想了。

想到了八块腹肌，想到了肱二头肌，想到了小臂肌……

门安琪迅速清醒。

她一个翻身坐起来，点进选课系统，不断刷新，静候选课通道开启。

宿舍里其他几个女生都是同样的想法。

大好周末，阳光温暖地铺在宿舍地板上，但是宿舍里却弥漫着一股紧张的气氛。

“来了，来了！”

一瞬间，鼠标点击声、键盘敲击声不绝于耳。

选上了！

门安琪松了一口气，身子往后一躺，居然有种虚脱感。

她发微信问凌落落：“你情况如何？”

“如愿以偿。”

两人开心得不行，尤其是凌落落。自从对叶儒死心之后，她审美大转变，迷上了肌肉壮汉，现在激动得不行，就期待着快上龙舟课，得以和龙舟队员进行一场青春罗曼史。

“快快快，马上就要上课了，我们赶紧走！”

“还有一个小时呢。”门安琪无奈极了，她看着拖着她仍健步如飞的凌落落，“我们去这么早干什么。”

“抢占第一排啊！近距离接触啊！抢占先机啊！近水楼台啊！”凌落落恨铁不成钢。

门安琪一想，是这个道理！

不需要凌落落拖着走了，她主动追上脚步。两人热情满满地来到了教室门口，耐心地等待那边下课，然后第一时间占了教室第一排正中间的位置，满怀期待地望着教室门口，期待着荷尔蒙炸裂的龙舟队员们登场。

老师来了。

龙舟队员们来了。

叶柏舟也来了。

“介绍一下，这是咱们龙舟队的特别指导——叶柏舟。”

门安琪惊呆了，自己是造了什么孽……

叶柏舟多了解门安琪，她会是上课抢第一排座位的人？

偏偏龙舟课这么积极要坐第一排？

还是正中间？

叶柏舟挑了挑眉，皮笑肉不笑地看了门安琪一眼。

门安琪立马后背挺直，直冒冷汗。

完了。

彻底完了。

这学期怕是不好过了。

门安琪悔不当初。

分组练习的时候，门安琪十分自觉地走到叶柏舟跟前，还没来得及说话，他身边一个皮肤黝黑的男生先开口了：“学长不管这个，他就上开头这一节课，你……”

话没说完，就被叶柏舟扬手打断了。

“没事。”

他脸上还是那个温和得瘆人的笑容，对着门安琪说：“来，我们单独训练。”

门安琪哭丧着一张脸回头找凌落落，想寻求点帮助，却见凌落落对着一位龙舟队员正笑得花枝招展，半个眼神都没留给她。

凌落落现在犹如落在花丛中的蝴蝶，飞得那叫一个眼花缭乱、应接不暇——

这个龙舟队员虽然皮肤黑了一点，但五官真的很端正。

这个人虽然五官一般，但是身材真的绝了。他手拿船桨时带动的手臂肌肉线条，让她沉醉不知归路了！

这个男的胸肌也太发达了吧！这是揣了两块木板在胸前吗？

哇……

世间男子千千万，果然不止叶儒这一款！

没一会儿，凌落落就要到了四位队员的微信。她兴奋地回头找门安琪，见门安琪在教室的最后一排，便屁颠屁颠地跑了过去。

凌落落还没走近，就喜形于色："你说得对！橘子不是唯一的水果，我那么痴迷叶儒果然还是因为见的世面太少！这里全是肌肉猛男，我徜徉了，我陶醉了！"

不等门安琪说话，她已经热心肠地调出刚才加的第三个男生的微信。

"喏，别说姐妹没想着你！这个！八块腹肌！你不是最迷腹肌吗？"凌落落把二维码凑到她面前，"来吧，扫他……"

话音没落，凌落落愣在了原地。

门安琪身边居然还坐着一个叶柏舟！

他居然也在！

门安琪一脸痛苦，不断地摆手。

但已经阻止不了了，叶柏舟脸上又开始挂着瘆人的笑容。

"扫谁？"他慢条斯理地问凌落落。

凌落落倒吸了一口气。

"谁，谁啊？对啊，刚才说什么来着？我记得好像是有人要找我，嗯，我去看看……"

凌落落一边念叨，一边利索地退场，只剩下门安琪独自面对一脸皮笑肉不笑的叶柏舟。

“喜欢腹肌啊？”叶柏舟问门安琪。

门安琪后背发毛。

行吧，该来的总会来的。

门安琪深吸一口气，决定坦白从宽。

她伸手拉住叶柏舟的衣角，低眉顺眼地说：“我错了。”

“哦？错哪儿了？”叶柏舟装得挺惊讶。

“我色迷心窍了。”门安琪继续低眉顺眼，诚恳地认错，“放着自己那么帅的男朋友不看，居然留恋肌肉猛男，不应该，我太不应该了！腹肌这种浮夸虚华的东西，跟你的才识学问比起来，它能比吗？不能！它配吗？它不配！”

这一串又做作又浮夸的自问自答让叶柏舟没忍住乐了。

叶柏舟原本是不来教课的，可这届龙舟队队长一拿到选课学生名单，就问他门安琪是不是他女朋友。叶柏舟接过选课名单，一看学院、学号、姓名，不是她还能是谁。再一看选课序号，居然还是前十五，紧挨着她的就是凌落落。这两人网速可以啊，龙舟课这么热门，抢到了不说，还抢得挺靠前。

然后一进教室，他第一眼看到的就是第一排正中的门安琪。

想到这儿，叶柏舟又开始笑，是被气的。

他抓着门安琪的手强行按在自己的腹肌上。

“你数数，有几块？”

…………

被白倩约在公园见面是门安琪没想到的事情。

不是没想过拒绝，但她更想搞清楚白倩到底是怎么回事，至今为止白倩的所作所为太像个精神不正常的患者了。

出门的时候，门安琪就意识到不太对，因为今天风特别大，夏天这么大的风，是意味着要下雨吗？

还是速战速决吧，早点应付完。

到了公园，白倩早就已经在长椅那儿坐着了。

见到门安琪过来，她笑着挥了挥手，还是那么好看。

其实想一想，白倩真是一个神奇的存在。

她皮肤特别好，班里人总是问她用的是什么护肤品，其实她用的就是大宝 SOD 蜜，但是实话说出来总觉得掉面儿。

“自然堂新出的那一套。”

周围同学传来艳羡的声音。

自然堂——小镇上最大的超市里最亮眼、占地面积最广的专柜，上面就是写的这三个字。

“你说你为了点什么呢？”门安琪问白倩。

“与其说是为了点什么，不如说是怕，怕别人看不起自己。我是中途转学过来的，陌生的同学、环境，特别怕别人觉得我是乡巴佬，于是下意识就开始吹嘘。结果这么吹着吹着，发现你们都特别好骗。我就真的进入了那种千金大小姐的人设里，女生们用羡慕的眼神看着我，男生们在别的女生面前调皮放肆，但是在我面前却不敢怎么样。”

白倩笑了笑。

“被羡慕的滋味，只要试过一回，就会上瘾，不知不觉，就沦陷进去了。为什么我后面那么对你，其实就是生气你说的那句‘贼喊捉贼’。”

白倩盯着门安琪，表情还挺委屈，像是在指责门安琪。

“今天早上风太大把你脑子刮薄了是吗？”门安琪拧眉看着白倩，“我说的难道不是事实吗？”

“就算是事实，但我后来跟你道歉了啊！”

“你也说了是‘后来’，难道我还能未卜先知你的苦衷和委屈吗？”

“就算是那样，但你也不该直接把事实说出来，你这样，我还怎么跟同学相处……”

“哎，我真是欠着你了？你做贼心虚、倒打一耙说我在菜市场买名牌的时候，怎么没想想我该怎么跟同学相处？”

“所以我不是说我道歉了吗？！”白倩句句被门安琪堵回来，终于没控制住语气，泄露了一点愤怒。

“所以我不是说让你把时间线捋清楚吗？你后道歉的，而我理解你、跟你关系变好也是在你道歉之后！之前我说‘贼喊捉贼’的时候，跟你不过是平时见面抬头打招呼的关系，你在那时候诬陷我，凭什么我要帮你打圆场？最后，别说你是后道歉解释，就算你先道歉先解释了，我依旧没有义务帮你圆谎，替你背黑锅。”

这串话又密又快，白倩插不上嘴，现在听门安琪说完，只觉得又理亏，又愤怒。

不对，是更加愤怒。

她最讨厌的就是门安琪这一点，门安琪明明什么都不如自己，偏偏总摆出这副样子，好像她们是平等的。

才不是。

才不是！

她终于绷不住，内心的阴暗话语脱口而出：“门安琪！世界上怎么有你这么讨厌的人？你怎么就处处跟我过不去！我觉得我哪儿都比你优秀、比你好、比你讨人喜欢，但怎么回回都是你压过我一头？初中时你还没吃够苦头吗？现在怎么还敢跟我作对？就因为你有了叶柏舟？你凭什么有他？明明是我更配他！”

“讨厌的人是你吧。”身后突然传来熟悉的声音。

是叶柏舟！

白倩回头，却看着他正一脸嫌恶地看着自己。

叶柏舟越过白倩，径直走到门安琪身边站定。

“也不知道是谁给你惯的这一身优越感，你还知道加个‘我觉得’，因为确实只有你这么觉得。”叶柏舟手揽着门安琪，“她用不着优秀、讨人喜欢，只要是她，我就喜欢。配不配？怎么着也比你配。”

能遇到门安琪和白倩，是因为魏成大清早的把叶柏舟叫了出去。

魏成把人叫出去了也不发一言，皱着眉头，像是要做出什么重大决定一样，带着叶柏舟，两人就这么从街头走到街尾，再转个弯儿，又继续一直走着。

叶柏舟倒也不催魏成。

他猜魏成应该是要说无人机的事儿——之前在考古组，魏成见叶柏舟操纵无人机高空飞行探测时，他眼睛就闪了光。

“我们坐坐吧，我要跟你说一件大事儿。”

魏成郑重其事地对叶柏舟说。

“行。”叶柏舟不置可否。

于是两人去了公园。

结果真让叶柏舟猜中了，魏成说的就是无人机物流的事情，说可以用无人机来送货，节省人力，速度也更加快。

“人工智能逐渐取代人工，无接触配送逐渐取代面对面直接接触配送，这是必然的事。”魏成看着脸上惯常看不出喜怒和想法的叶柏舟，想努力说服他，“你想想这些年的发展，外卖、网购、直播、快递、无人超市……这些其实都是起步阶段的无接触商业。我也不知道该怎么说，就是觉得，这是时代机遇，我们得抓住，拼一把。你敢吗？”

劣质的激将法。

叶柏舟笑了笑：“不用来激将我，我已经开始这么做了，之前去仁和医院就是送一批医疗无人机。”

魏成激动得瞪大眼睛。

“既然你也有这种想法，那我们干脆……行动起来？你负责产品内容，我负责拉投资。你对内我对外，我们就是中国的乔布斯和他那个合伙人。”

叶柏舟最烦在酒桌上为了拉投资跟人装孙子，他只想搞技术，于是两人一拍即合。

和魏成分开之后，叶柏舟深呼吸一口气。

他决定先在公园溜达一会儿，好平静此时此刻激动的心情。

结果走着走着，就看见了门安琪和白倩，顺带听完了两人的对话。

叶柏舟很久没有怒火上头了，他原以为白倩只不过是心机多了一点。

…………

啧。

不愿意多想她。

拉着门安琪走开后，叶柏舟扭头专心问责门安琪。

“你也是，不该老实的时候这么厚道。怎么什么人喊你出来，你都傻乎乎应约？”

“可别说了。”门安琪还挺郁闷，“我准备的八千字论文还没说呢，比你刚才讲的那一段儿精彩多了。”

叶柏舟开始乐。

“是吗？”他挑眉，揉了揉门安琪的短发，“说来听听？”

门安琪叹了口气。

“忘啦。刚才被你这么一护犊子，给我护蒙了。”

单枪匹马硬刚太多次，她都忘了被人护在身后是什么感觉。

门安琪手腕转了一下，和叶柏舟十指相扣。

她想，可能以后还有万种遭遇和委屈，但是她现在不怕了。

遇见叶柏舟之前，她每一天起床都只想这一天赶紧结束。可遇见叶柏舟之后，她却突然对生活有了好多的期待：想笑、想知道会发生什么、想见到他、想和他一起去吃街边的烧烤、想在下雨的时候一起漫步、想下雪的时候和他一起站在路灯下看雪花飘落……这些期待如此之多，一个又一个地冒出来，像一串没有尽头的糖葫芦。

“叶柏舟，你是光，串起我所有期待的那种光。”门安琪认认真真地说。

叶柏舟眨了眨眼睛。

不怕门安琪毒舌刻薄，就怕她突然嘴甜。只要门安琪放下一身刺，好好说话，她就是宇宙最甜的宝贝。

叶柏舟脸颊突然像染上一层粉红，转过头，故意不看门安琪。

他才不想承认自己因为这句“你是光”而心跳加速到爆表。

白倩不记得自己是怎么回的宿舍了。

她脑子里回放的全是叶柏舟看她时厌恶的眼神。

被叶柏舟讨厌了啊。

这是一种怎样的感受？

好累啊。

她想了很多，最多的还是嫉妒门安琪，嫉妒门安琪快乐、洒脱，好像没遭受什么磨难的样子。

她在宿舍阳台看见门安琪骑着电瓶车，嘴里叼着棒棒糖，快快乐乐地哼着歌，行驶过路口……然后她就像是被魔鬼控制住了似的，反应过来的时候，门安琪的电瓶车已经被她砸坏了。

门安琪明明没有钱，为什么可以这么快乐？

天天张口闭口自己的爸爸妈妈怎么怎么样，真的很烦。

怎么门安琪的爸妈就那么好，怎么自己的爸妈就知道互相埋怨和吵架，事后却又以“为了孩子，不然早离婚了”为借口，都把自己标榜成对家庭负责的那个人。

那么多男生喜欢白倩，但是白倩谁也不喜欢。

她除了钱，谁都不信。

她除了喜欢别人羡慕的眼光，什么也不喜欢。

白倩很讨厌门安琪，处处不如她，却比她过得好。

而且今天，叶柏舟说这一切只是她自以为的优越感。

游泳馆。

门安琪深吸一口气，再深吸一口气。

她在心里给自己打气：加油，稳住，不要紧张，水下有叶柏舟，没问题的。

跳下去，你要勇敢，你是来学游泳的，不是泡脚的。

…………

啊！不行！做不到！

就算叶柏舟是光，她也做不到！

“叶柏舟，我突然想起刚才凌落落好像让我陪她出去一趟，我先走了，你慢慢游。”

说完门安琪就想溜。

突然水下伸出一只手抓住门安琪的脚踝。

叶柏舟从水里冒出头，晃了晃脑袋，发梢上的水立马四散开。

“是你自己说要学游泳的，现在临阵脱逃算怎么回事？”

“我学游泳是怕到时候龙舟课下水，万一发生个什么意外掉水里了不知道怎么自救。但是现在想一想，凌落落说得有道理，到时候现场那么多助教和教练，说不定你也在，我还能溺水吗？这么一想，学游泳其实没有什么必要。我走了，再见。”

门安琪一边说，一边挣扎，想把自己的脚踝从叶柏舟的手里挣脱开。

本来叶柏舟还没把门安琪说要学游泳这事儿放心里，只当她是一时心血来潮。

但是现在他听见门安琪这么一番话，反而觉得学游泳实在是个很有必要的生存本领。虽然现在龙舟课有助教和教练，但万一以后她掉水里身边没有人了，那该怎么办？

嗯，果然应该学游泳。

叶柏舟坚定了想法，更不让门安琪走了。

他手使劲一拽，门安琪直接落了水。

她没下水之前看着满池子水，觉得晕得很；真进了水之后，却发现这一池子水并没有那么可怕——当然更有可能是因为叶柏舟一直托着她的缘故。

叶柏舟带着门安琪游了两圈。

门安琪高兴得不行：“小鱼儿原来这么快乐吗？我非鱼，但我知鱼之乐了！庄子诚不欺我！”

叶柏舟顿了一下：“这话不是庄子说的吧？”

“又来？？”门安琪瞪他，“这话不是庄子说的，还能是谁？”

“惠子说的。”叶柏舟眼睛里全是笑，偏偏又做出正经讨论的模样，“然后庄子回了一句：子非吾，安知吾不知鱼之乐。”

门安琪深呼吸，没法儿反驳：“好，我没文化，我知道了。现在我要怒火攻心了。”

叶柏舟再也忍不住，笑出了声来。

他眼睛弯弯的，浓密乌黑的眉毛，睫毛上都沾了水，像是小星星落在眼角眉梢，发着光。

叶柏舟笑着笑着突然不笑了。

他发现门安琪正傻乎乎地看着他，连眼睛都忘了眨。

他挑了挑眉，嘴角微微上扬，慢慢靠近门安琪。

上次因为天津籍保安大哥让门安琪逃了，这次可没人打扰。

距离越来越近，叶柏舟右手还是揽着门安琪，左手却不动声色地扣上她的后脖颈。

低头，他直接亲了下去。

水光潋滟，反射着游泳馆上方的灯，恒温系统维持着合适的温度。

叶柏舟在吻她。

门安琪眼睛瞪大了。

“张嘴。”

叶柏舟稍稍退开一步，低声说。

门安琪现在脑子一片空白，叶柏舟让干什么她就干什么。

她傻愣愣地张开嘴。

游泳池里的水逐渐平静。

差不多几分钟之后，平静的水面又再次被人掀起波澜。

叶柏舟把门安琪放到岸上，自己却依旧在水里，双手撑在门安琪身体两侧。

门安琪脸红彤彤的，还微微张着嘴，有些喘不上气，向来黑白分明的眼睛此刻却像是蒙了一层雾气。

叶柏舟没忍住，趁着现在门安琪还在愣神，又凑上去亲了一口。

“还学吗？”门安琪红着脸问叶柏舟。

“肯定的啊。亲的时候连换气都不会，当然得学。”

“我不是说这个！”门安琪捶了一下叶柏舟，“我说游泳！”

叶柏舟笑了，他伸手捉住门安琪的小拳头，放到嘴边吻了一下。

他笑起来时热热的呼吸打在她手背上，门安琪的手臂细细密密起了层鸡皮疙瘩，半边身子都像麻痹了一样。

“你干什么啊……”她颤着声音，有些不知所措。

现在这个样子的叶柏舟真是太可怕了，好像下一秒就会朝她扑过来。

叶柏舟把头埋在门安琪颈窝里，慢慢吸气，平复呼吸。

吓着她了，还得再等等。

总算平静了一些，叶柏舟睁开眼，直接映入眼帘的就是门安琪的胸。

他愣了，忘记刚才是直接埋在进门安琪颈窝里，现在睁眼看见的不是胸还能是什么。

门安琪心慌意乱了半天，结果就等来了叶柏舟的闷笑声。

“门安琪，你确定你发育了吗？”

“嗯？”门安琪莫名地眨眨眼。

接着就是“扑通”一声，叶柏舟被门安琪踹下水了。

叶柏舟从水里冒出头，看着门安琪愤怒离去的背影，笑得眼睛都弯了起来。

“去哪儿？”

“你管我去哪儿！”

“浴室在左边，”叶柏舟上岸，追上门安琪，“走吧！我们一起去洗。”

“谁要跟你一起洗！”

“一起过去洗，浴室是分开的。你天天脑子里想什么呢？”

“……”

“生气了？”

“……”

“哎哎，我错了，我错了，门安琪……”

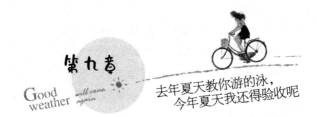

第九章

Good weather will come again

去年夏天教你游的泳，今年夏天我还得验收呢

夏天一晃而逝，转眼间半年就过去了。

2020 年也要到了。

“时间过得好快，总觉得 2020 年如同下个世纪的事情，但是居然真实地来了。”

过了年门安琪就 20 岁了。

门安琪有些惆怅，她靠在叶柏舟怀里，看着眼前光秃秃的枝干，觉得时间就像飘落的叶子，再也回不到树上。

那天晚上王菲跟着《你要跳舞吗》这首歌的节奏摇摆的视频上了热搜。

门安琪身为王菲的狂热粉，自然是要听这首歌，还单曲循环了三天。

整整三天。

给叶柏舟听得啊，他从来没这么害怕听一首歌。

耳朵嗡嗡的，全是那一句“你你你你你要跳舞吗”……

本以为三天过去怎么也该听腻了，结果第四天，门安琪还在听这首歌，还在那儿跟着“你你你你你”晃头。

叶柏舟实在受不了了：“怎么的，最近打算学相声？”

“啊？”

“相声经典——《结巴论》。”叶柏舟一本正经道，“按那里面的说法，你这属于开头结巴。”

门安琪：“……”

用结巴来形容，整首歌的美感瞬间没了。

而凌落落呢，则是不断地哀号。

她也觉得2020年像是下个世纪的年份，因此更加悲壮：“都下个世纪了，我居然还是单身！神啊！世上男子千千万，分我一个开开眼！”

跨年之后一周多就是期末考试，凌落落考完突然就消停了。

她也不说找男朋友，也不说干什么了，就安安静静地坐那儿读书。

门安琪看见的时候吓了一跳，说：“你干什么呢？临时抱佛脚也不是考完才抱呀。”

凌落落回过头：“我这是在为下学期的补考做准备。”她看起来十分自信坚定，“我从来没有这么确定过，这一次，我绝对会挂科，而且绝对不止一门。”

门安琪都心疼凌落落了，语重心长地劝说：“落落啊，要不你转系吧。咱不要强迫自己。”

凌落落摇摇头：“转系是不可能的，我的梦想就是成为一匹华尔街之狼，经济管理就是我人生的航向。”

门安琪不心疼了，她现在是头疼。

考完试，放假回家。

叶柏舟把门安琪送到机场。

“落地之后给我发微信说一声。”叶柏舟一边帮门安琪把行李箱放到前台转盘上称重，一边叮嘱。

“知道。”

“去年你也是这么说的。”叶柏舟不满。

后面过安检了，叶柏舟又提醒她说：“身份证、机票都装好，手机和充电宝一会儿要单独拿出来，你把它塞最底下干什么？天天说凌落落二百五，我看你跟她不分伯仲。”

“知道了，知道了！”门安琪把叶柏舟推出安检线。

真是，谁说叶柏舟高冷的？明明是个老妈子好不好！

门安琪捂着嘴偷乐。

上了飞机，在将手机关机前，门安琪给叶柏舟发了条消息：“刚才走得急忘记说再见了。总之，短暂的离别是为了更好的相遇，叶柏舟，我们来年再见！还有，这次我绝对不会胖 11 斤！”

“好。”

叶柏舟也意识到自己现在像个操心的老妈子，于是回复得很简短。

下了飞机。

门安琪想象中的应该是妈妈站在接客区，深情地与她凝望，然后她们俩在机场激动地拥抱，互诉相思之意。

结果现实是：别说深情凝望了，妈妈根本就没有来。

门安琪不可置信地给妈妈打电话。

“妈，我们半年不见了，难道你不想我吗？”

妈妈那边麻将声可响了。

“哎呀，乖，你回来啦？欢迎欢迎！碰！九条！妈妈这边牌运来咯，好忙的。你自己回家，冰箱里有饺子，想吃自己煮哈。”

蔫头耷脑地坐进滴滴车里边，门安琪给叶柏舟发消息：“我以为迎接我的会是热情的拥抱，没想到等来的却是冷清的大厅。”

叶柏舟丝毫不留情地回道：“我从河南回来的时候，心理感受恰如你此刻。”

门安琪无语。

叶柏舟的记性未免太好了一点！都这么久了，还惦记着那时候他从辛店遗址回来，她睡过头没去接的事。

“你知道有的事情就是命中注定。我那天早上设了 5 个闹钟，一个都没把我叫醒，这说明什么？”

“说明你觉大。”

“……”

门安琪一路和叶柏舟这么嘻嘻哈哈地闹回去，冲淡了不少没人接的孤独。

回到家，她第一件事就是洗手，然后打开冰箱，冰冻层的第一格里果然有一包饺子。

看样子是韭菜鸡蛋馅儿，她最爱吃的。

捏了捏硬度，起码得是昨天就包好了。

原来妈妈很期待她回来呀。

门安琪笑眯了眼。

高中朋友王晓晨早就盼着门安琪回来了，一直数着日子等着。

门安琪煮好饺子端出来，调好蘸料，把饺子放碗里蘸了一下，刚吃了第一口，王晓晨的微信语音就发来了。

“走走走，出去耍一圈儿噻。”

“阔以（可以），什么时候？”

“明天噻！明天上午九点，三圣花乡见。”

门安琪抗议：“都不给我一点休整的时间嗦！”

王晓晨早就不信门安琪所谓的“休整”了。

她一语道破天机：“嚯哟，你是去西天取经了，还是爬四姑娘山了？休整啥休整，要是让你休整几天，你后面不可能出得了门。搞快些，从武汉回来你未必还要倒个时差嗦？”

这一串熟悉的成都话。

门安琪确定自己真的回来了！

“好嘛，好嘛。”门安琪说，“我吃饭了哈，拜拜。”

第二天，门安琪早早地起床，洗漱。

微信聊天界面还停留在王晓晨说的“我们两个都不要化妆哈，直接素颜见对方”。

门安琪信她才有鬼。

正因为一大早王晓晨发来的这个消息，本来只打算涂个口红抹个防晒就出门的门安琪改变主意了，她要化妆，还要化全妆。

因为不出意外的话，王晓晨绝对也这样，说不定连内眼线都会画全乎！

到了约定的地点，门安琪先到，她去附近买了两杯COCO奶茶，大冷天的，门安琪点的热饮，结果等王晓晨来，热的都变凉了。

“你搞啥子，来这么晚。”远远地看见王晓晨来了，门安琪走上前去接。

“唉，今天三环堵惨了。”王晓晨接过奶茶，吸了一大口，“我喊的那个滴滴车司机都被我催烦了，后头直接把方向盘一拍：‘来来来，你来开！这是车又不是飞机，我还可以飞过去嗦？’”

门安琪能想象那个场景，笑得前俯后仰。

两人顺着花市往前走，冬天这里没什么花，都是些大小叶子的绿植，要么就是还在休眠期的花——看起来就像是一些土棍。

王晓晨果然化了全妆，内眼线化了不说，居然还贴了假睫毛。

“我幸好没听你的鬼话，”门安琪说，“还素颜见对方，你的素颜怕是有点犟。”

王晓晨哈哈大笑。

两人互相说对方是塑料姐妹，不知不觉逛完了，一人拎了盆喷雪花走。

选花的时候，门安琪蹲那儿选半天，选了个芽点多的，老板笑呵呵地看着她们说：“放心，都阔以保证开花，你看那个根，发得好好嘛。”

冬天的花市实在没什么可逛的，两人一看时间还早，索性又一起坐地铁去了春熙路。

春熙路不论何时人都多，她们吃完火锅决定去看电影，把盆栽寄存在前台，排队去检票。叶柏舟发微信过来问她在干什么，怎么没动静。

门安琪说准备跟高中朋友看电影。

“男的女的？”

门安琪好笑地翻了个白眼。

“大哥，我高中读文科班，你以为有什么男的值得我现在毕业了还念念不忘约出来玩？”

叶柏舟放心了，他发来一张图片，是她送的那盆茉莉花。

“又开花了，好香。”

现在电影院人特别多，王晓晨捧着一大桶爆米花，一边有一颗没一颗地吃着，一边在旁边看门安琪。

见门安琪不知道在跟谁聊天，笑得叫一个灿烂。

等门安琪聊完了，王晓晨一问，果然是谈恋爱了，而且还是个帅哥。

王晓晨看到叶柏舟照片时眼睛都直了：“你可以啊，一来就这么大一招！这人也太帅了，你确定吗？你该不会是下载了什么明星的图片来唬我吧？这简直是绝色！”

“可以了，可以了。”门安琪见王晓晨眼睛都要粘在她手机上了，连忙收起来，但又没忍住补充了一句，“真人更帅。”

“新冠肺炎”这个词闯入门安琪世界里的那一天，她记得是个晴朗的早晨。

一大早睡醒，微博上突然就闹得沸沸扬扬了。

白岩松和钟南山院士连线，钟南山院士说确定人传人。

门安琪还蒙着呢，叶柏舟就给她打了电话过来。

“前几天不放心，心想备着总比没有好，所以给你寄了两盒 N95 口罩，今天应该会到，你记得去取。”

前几天？

前几天就开始了吗？

门安琪本来刚睡醒就有点蒙，现在更是觉得茫然。

怎么睡了一觉，就感觉世界天翻地覆了呢，门安琪于是问道：“很严重吗？什么情况，我还没来得及点进微博详细看。”

“没事。”叶柏舟的声音听起来很沉静，“赫鲁伯说，科学是‘可解决的艺术’。相信科学，做好防护，应该问题不大。”

要挂电话的时候，叶柏舟又叮嘱门安琪趁现在赶紧去买足够的日用品和能久放的菜。

“有这么严重吗？”门安琪又问一遍，“我看新闻里说武汉是源头？搞什么啊？我们不就是从武汉回来的吗？”

“还没确定。”叶柏舟揉揉眉头，“源头是哪儿现在还没最终确定，可能是跟吃野味有关。严不严重看怎么应对了，你先不要管那么多，先去药店买口罩，买 N95 或者一次性医用口罩，能买多一点就多一点。然后戴着口罩去超市，把生活必需品什么的买好囤好，有备无患。”

想了想，他又补充道：“多买两块肥皂，酒精也备一点。”

门安琪迷迷糊糊地应了。

挂掉电话没一会儿，叶柏舟发来一条微信，上面把要做什么事情，以及先后顺序、注意事项写得明明白白。

微博上人心惶惶。

门安琪看着叶柏舟发来的这条消息，心里却无比安定。

妈妈还想着要去打麻将，门安琪不让她去。

“噢哟，哪儿就那么严重了？”妈妈不听门安琪的，“我非典都经历过的人，这个啥肺炎，虚啥子，再严重有非典严重嗦？”

“我管不了那么多，反正你不能出去。”门安琪死死地扒着门，“叶柏舟说了，不让出门儿。”

“哪个？”

门安琪这才发觉自己说漏了嘴。

“没，没谁。”

门妈妈一看这是有情况，打麻将哪儿有八卦女儿有意思。

她留下来了，开始细细盘问。

“长啥样儿？多高？家里干什么的？成绩怎么样？多大，跟你同一届还是比你大？我找算命的算了，你要找个大一岁或者大十一岁的，千万不能找比你小的，不然你们两个要闹翻天。有照片莫得，性格咋样……”

门安琪疯了。

“妈！”她打断妈妈一连串的发问，“人口普查都莫得你问得详细，你没参加居委会真的是屈才了。”

门妈妈笑了半天，她从茶几上拿起一个橘子开始剥。

“叫啥来着？”

门安琪抿抿嘴，有些不好意思，脸红彤彤的，说：“叶柏舟。”

门妈妈拿剥下的橘子皮去冰门安琪的脸，说道：“说个名字你脸红啥。”

她分了一半橘子给门安琪，门安琪手捧着姜茶，说不吃。

娘儿俩坐在沙发上。

“看看照片呗。”门妈妈用胳膊碰了一下门安琪。

下午的阳光从窗台洒进来，喷雪花还是光秃秃的几根枝丫，立在阳台看着跟枯枝似的。

对面也是居民楼，邻居审美成谜，好好的阳台非得搞个蓝色的遮雨棚，看着土得要命，各家各户都安了防盗栏，今天阳光好，各家的阳台栏杆上基本都晾着被子。

门安琪家里也不例外。

被子是米白色的，上面有门安琪喜欢的小向日葵——从来都是这样，阳台小，只够晒一床被子，家里从来都是趁着阳光最好的时候晒门安琪的。等门安琪的被子软乎蓬松了，门妈妈才换下开始晒自己的。

门安琪从来没怀疑过妈妈对自己的爱护。

她也从来没怀疑过假如妈妈知道自己和那么优秀、那么好的叶柏舟在一起，一定会高兴得不行，一定比王晓晨还兴奋，说不定还会拿起照片花痴。

门安琪都想好了，如果是妈妈想多看几眼叶柏舟照片的话，她就勉为其难地答应好了。

她脑子里甚至都想好了到时候如果叶柏舟和妈妈见面，妈妈太激动她要怎么让妈妈冷静下来。

可唯独没料到，一向追小鲜肉帅哥比她还厉害的妈妈，在看到叶柏舟照片的瞬间，就情绪失控地把她的手机摔在了地上。

“你跟谁在一起不好，偏偏跟他们家的人在一起？”

门安琪捡手机的手一愣。

他们家？

门安琪猛地站起来，脸色煞白。

“谁家？”她眼前一阵阵发黑，但出口的语气挺冷静。

“撞死你爸爸的那一家。”

打破客厅凝滞氛围的是一阵急促的敲门声。

门安琪回过神来，一时之间理不清脑子里四处乱窜的情绪到底是什么。她揉了揉脸，把手机捡起来，放到茶几上，然后去开门。

“你好，我们是小区物业的。”

一共三个人，每个人都戴着口罩和一次性手套，站得离门安琪有些远，问道：“家里有从武汉回来的人吗？”

门安琪愣了一下，正要回答，妈妈几步冲上来，把门安琪拽到自己身后，端起笑脸，问：“怎么了？”

“没事，别紧张，就是接到上级通知，问一问，调查统计一下。”

门安琪看着挡在自己面前的妈妈，突然就鼻酸，怎么感觉妈妈变矮了呢？

她右跨一步，站到妈妈身旁，答道：“我是从武汉回来的。”

物业三个人明显动作都停顿了一下。

他们齐刷刷后退两步，离门安琪更加远，连忙问：“什么时候回来的？回来多久了？最近量体温了没有？有没有胸闷喘不上气的情况？”

“十天前回来的，没量，目前感觉挺正常，没有胸闷喘不上气的情况。”

“你现在量量体温。”站中间的那个人从兜里掏出一支水银体温计，捏着这一端，小心谨慎地移到门安琪面前。等刚好足够门安琪接到的位置，他就停下了脚步。

“好。”

把体温计夹在胳肢窝里，门安琪自觉地往后退了几步，离物业的人远了一些。

那三个物业大叔，相互看了看，最后叹了声气：“小姑娘不好意思啊，我们也不是针对你……”

门安琪笑了笑，说：“没事的，我理解。”

等着体温计出结果的时间里，妈妈一直在旁边提心吊胆地看着，门安琪倒是在发呆。

她脑子现在像是塞了一团乱麻，一直想着爸爸和叶柏舟。

难怪她每次提到爸爸，叶柏舟的表情都会挺复杂。

如果这说明叶柏舟是知情的，就更糟了。

叶柏舟第一次跟她见面时，知道她是谁吗？

难道叶柏舟是出于愧疚或者补偿的心理，跟她在一起的吗？

…………

门安琪突然觉得自己喘不上来气。

她感觉像是站在炎炎夏日的太阳下，头上没有一点遮阴的东西，就这么暴晒着，胸口又燥又闷。

“好了吗？”

物业大叔的声音把门安琪的意识唤了回来。

“啊？哦，应该好了。”门安琪愣愣地从胳肢窝里把体温计拿出来。

妈妈先接过体温计想看看，看完她表情就呆住了。

物业大叔一看这架势不对，他们把口罩压得更严实，谨慎地走上前，接过体温计，看了一眼。

37.2℃。

“你，你，你先别动啊！”物业大叔们顿时慌了，“这个，我记得是多少度算发热来着，哦哦，37.3℃。你等等，你先冷静一会儿，我们在这儿等一会儿，一会儿再测。”

门安琪还是应了声：“好。”

门妈妈眼睛已经红了，她在客厅里来回地走，从阳台晃到厨房，再从厨房晃到阳台。

阳台已经没有阳光了，成都的冬天难得见太阳，妈妈错过这一回晒被子，下次指不定要等到什么时候了。

那妈妈整个冬天盖的被子不都会很潮吗？

“你跟谁在一起不好，偏偏跟他们家的人在一起！”

妈妈现在心里是什么感受？会不会觉得她很不懂事？

可叶柏舟……

都说叶柏舟心冷，但偏偏大一的时候帮她出了头，把无人机拍到的砸车视频放了出来

都说叶柏舟心硬，从小跟他一起长大的奚怀洋求他拿无人机拍个大全景都得花半年，但她想让叶柏舟做金秋艺术节模特，只提了一嘴他就应了。

这一切真的是因为补偿？因为愧疚？

…………

门安琪越想越心灰意冷。

偏偏体温不跟着逐渐变凉的心走，第二次再测体温，还是37.2℃。

物业大叔说她这情况有些危险，又问她最近去了哪儿，跟谁接触过，怎么回的成都。

“坐飞机回来的，回来之后，坐了滴滴专车。然后跟朋友去三圣花乡和春熙路逛了一圈。”

门安琪脑子里像是一团乱麻，决定暂时先什么也不想，乖乖配合回答完所有问题。

结束之后，送走物业大叔，妈妈关上门，一把抱住门安琪。

她感觉脖子热热的，还有些湿。

妈妈哭了。

门安琪早就觉得鼻酸，这时候也跟着哭了出来，她把妈妈推开，说：“我现在说不定已经染上新冠肺炎了，妈，你离我远点。”

门安琪上网查了一下新冠肺炎的症状，她没觉得嗓子里有痰，也没有咳嗽，但胸闷、呼吸困难是真的，然后体温是37.2℃，处于要发烧不发烧的边缘。最关键的是她是从武汉回来的，现在网上说武汉其实早在12月的时候就有这个苗头了。

门妈妈才不管那么多，她把碗重重地放在桌子上，把门安琪手

机抽走，不让门安琪继续看手机："哪就那么倒霉，那么多人，偏偏就我们家遭了？少看这些东西，越看心越慌，没病也吓出病了。"

门安琪无奈了："这是哪儿的道理？也不能就被蒙在鼓里啊。"

"本来就是！"门妈妈瞪了她一眼，"这个东西讲究运势的。每天你脑子里关注的事情会成为你的气场，天天肺炎肺炎，你的气场也就成了这个东西。那个叫啥子——病魔，病魔专挑你这种人下手。你不虚，不惦记这个东西，活得敞亮，病魔就被吓跑了。"

这话真是又迷信又不讲道理，但又没法儿反驳。

门安琪哭笑不得，她乖乖挑了一筷子番茄炒蛋吃。

"兑点汤，和着饭一起吃。"门妈妈给门安琪舀了一勺番茄炒蛋的汤，"我看冰箱里好多菜呢？你去买的？"

门安琪点点头。

"嗯，前两天买的，生活阳台上还有三袋土豆和包菜，米也买了两大袋。"

听到"前两天买的"这话，妈妈手顿了一下，接着说道："八十年不管家事的人，你这买得还挺及时。我麻将群的姐妹们说超市里都没什么菜卖的了，现在就着家里那点余粮吃，米都不敢多煮。"

门安琪笑了笑，眼神黯淡一瞬。

能不及时吗？那时候新冠肺炎才刚在网上被提起，大家都还在观望有多严重的时候，叶柏舟就打电话来告诉她该怎么做了。

门安琪扒了一口饭，慢吞吞地嚼。

"那我们最近就不要出门了。"门妈妈叹了一口气，想说什么，又把话吞下去，挑着话讲，"我看业主群里说楼下药店都没口罩卖了，昨天你廖阿姨花一百块钱买了三个一次性口罩。你快看看网上有没有，这时候就别管价格了。"

门安琪听到这儿，瘪瘪嘴，要哭了。

"有口罩的，前几天……有人给我们寄了口罩来，两大盒。消毒酒精也提前买了，估计明天会到。"

那个人还能是谁。

怎么又是叶柏舟！

门妈妈把筷子往桌上一摔：“这人好能耐嘛！就他啥都晓得是不是！”

门安琪没接话，筷子戳着碗里的饭。

“吃饭吃饭吃饭！”门妈妈愤怒地把筷子重新捡起来，母女俩沉默地吃完了这顿饭。

晚上等着看春晚的时候，门安琪给教过自己的老师们一一发了拜年短信，量了一下体温，37.4℃，这回门安琪彻底吓蒙了。

她立马收拾东西回了自己卧室，然后心慌意乱地翻手机通讯录，翻了好几圈，也没找到这时候能说话的人。

除了叶柏舟。

门安琪拉开书桌抽屉，里面放着一张白纸。

说是白纸，其实已经泛黄了，左上角有几个字——我的女儿安琪。

门安琪摩挲着信纸，这是她爸爸的遗物。

爸爸是想对她说什么呢？

人这一生不可避免会有后悔，只是后悔的程度不一样而已。

如果有人问门安琪这一辈子后悔的事情，她会说有太多太多了。比如初中把白倩当真心的好朋友，于是告诉她，自己随身装着日记；比如小时候嫌麻烦不好好刷牙，于是长了虫牙，后来去补牙遭了好多罪……最后悔的是爸爸走的时候没有好好告别。

这就算了，那会儿她居然还在跟爸爸冷战。

因为班里的李红去了市里新开的海洋馆，回来嘚瑟，门安琪看着不顺眼，就说她也让爸爸带她去。现在全班的人都等着她的海洋馆历险记呢，爸爸明明答应了她要去海洋馆的，可爸爸临时要出差，说不能去了。

门安琪连退学的心思都有了，她还怎么见人啊！

绝食是不可能的，她怕挨饿。

于是冷战正式拉开序幕。

爸爸走之前敲她的门，哄她：“乖，爸爸回来再带你去。”

门安琪丢了个枕头以回应。

谁要爸爸回来之后再去！她要爸爸这周就去！

门安琪摸着这封爸爸写了个开头的信。

妈妈说从她出生，门建国就打算写了，结果她长那么大了，信还是只写了个开头。

妈妈红着眼眶、嘴角却又带着笑，陷入了回忆，她慢慢地说："一开始是想写因为你出生，我遭了多少罪；然后又想写见到你之后他有多么激动；后来呢，又想写希望你成为一个善良、勇敢、活泼的女孩，结果一想，万一你就是内向怎么办，内向虽然会多吃一点苦头，但努努力也不差的；再后来，他又觉得想让你一定要好好学习，不管别人怎么说应试教育多蠢，但那是你的出路；可是到了后面他看着你考了17分的数学卷子，又想说没事，有的人就是不擅长学习；你10岁的时候，他下决心说怎么也该写了，再不写你该青春期了，该听不进他的话了；但是给你过完10岁生日，他在那儿坐了半天，我走过去一看，他半个字没写出来不说，还哭得上气不接下气……"

门安琪在信纸上落下一滴又一滴的泪。

从来都是这样，门建国对门安琪永远没有原则。

他觉得，是她让太阳升了起来；是她让橘子挂满了树；是她让灰蓝色的鲸鱼奔向了远方，他让门安琪觉得她自己特别好，好像她就是有那么好。

泪水落在纸上迅速漫开，像豆大的铜钱，像月亮，又像破洞。

门安琪把信纸合上。

她重新打开手机，页面还在通讯录。

不用翻好几圈，门安琪知道，除了叶柏舟，这时候没有其他能说话的人。

但不能是叶柏舟。

门安琪给王晓晨发了消息，说自己发烧了，让她注意一点。

王晓晨也蒙了，门安琪都做好被她狂风骤雨骂一顿甚至两人闹掰的准备了，结果王晓晨打来电话，虽然声音有些抖，却在安慰门安琪："没事，稳住。那么多人哪儿那么霉就遭了……莫慌。"

挂了电话，她不但没被安慰到，甚至开始眼前发黑，因为紧接着她就收到了手机短信通知：您1月14日乘坐的车牌号为川

A5×××× 的滴滴司机陈 ×× 女士已经确诊新冠肺炎。病毒潜伏期为……

门安琪脑子“嗡”的一声。

不管平日多冷静体面精致的人，在灾难面前却是没有理智可言的。

如果说之前还可以自我安慰说那么多人怎么可能就自己那么倒霉了，现在那点侥幸心理也彻底被击溃了。

她几乎是确定自己中招了。

门安琪深呼吸一口气，锁了门，接着用毛巾把门缝堵得严严实实。

虽然手在抖，也站不直身子，但她还是逼迫自己冷静，走到离卧室门最远的那堵墙边，靠着墙给妈妈发微信。

“妈，我之前坐的那辆滴滴车的司机确诊了，刚才我又量了一遍体温，已经 37.4℃了。这个不是儿戏，不是什么气场、运势能糊弄过去的了。我就先隔离着吧，等明天天亮了我去医院。今晚你先到二婶那儿去，刚才我给她打了电话，一会儿她应该能来接你。大过年的，我们家有菜有米有口罩，你拎点过去，他们肯定对你好。”

门妈妈在看到这条微信的瞬间，好像被猛地推到悬崖边上，身后是空荡荡的深渊，面前是人人闻风丧胆的病毒。病毒迈着坚定不移的步伐，一步一步朝她和她的女儿逼近，没有任何商量的余地，感受到的都是彻骨的冷。

门妈妈眼眶发热，但是一滴泪都落不下来，好像心口有火在烧。

她三步并作两步走到门安琪卧室前，去扭卧室门。门被反锁了，她拍门大声吼：“说的是什么话，我这时候怎么可能走！”

她正要继续说话，手机响了。

是门安琪二婶打来的。

“喂……”

门妈妈一个“喂”字没说完。

“哎哟，我的老天爷！琪娃子咋染上这个病了？！我之前就给你说过，喊她不要去武汉不要去武汉，一个女娃娃跑外地去干啥子，在成都就对了噻。你看嘛你看嘛！你快把她弄去医院，在屋头待两分钟你就也要遭。不说了，不说了，哎哟，我一想到刚才跟她通了电话我就慌得很，那个病毒不要随着电话一起传过来了哈，挂了哈！你们赶快走，去医院。”

门妈妈不急也不慌了，她面无表情地挂掉电话。

电话线能传播的哪儿是病毒啊，分明是蠢和愚昧。

这电话是在门安琪卧室门口打的，老小区了，门的隔音效果特别差，就算门安琪不是故意凝神听，也听得差不多了。

“你看，我哪儿也去不了。”门妈妈摊摊手，“我们娘俩儿再次相依为命了。”

就像那时候门建国去世了，明明平日过年聚在一起也有三桌人，但真遇上问题了环顾一周却寥寥无几。

“这不挺好的吗，别人过年都是一大家子热热闹闹。今年多好，全国人民跟我们一样，都得冷冷清清过年了。”

门安琪在卧室里笑着打趣。

门妈妈在门外也笑。

外面月亮也没有，为了通风，家里窗户都开着，深灰的遮光窗帘一下一下打在墙上，冷风一阵阵地吹在身上，凉进了心里。

门安琪记得那天晚上也是这样。

爸爸出差走了两周多，算好时间是晚上到家。

门被敲响，爸爸是被背回来的。

“老门喝多了！”同事一边说，一边把门建国往门妈妈身上送。

门妈妈下意识去接，却发现门建国身子凉得吓人。

“那……怎么回来这么晚？”门妈妈心坠了一下。

“路上车追尾了嘛，老门坐后排，这么一撞，直接掀座位下去了。”

门妈妈当场愣住。

她抖着手去探门建国鼻息，哪儿还有气。

然后就有了争执，到底是因为喝多了，酒精中毒死的，还是被追尾撞那一下死的。

门安琪妈妈打官司，告追尾那辆车车主，官司败了。

因为送门建国回来的那个同事被追尾车主收买了，做证说门建国在他身上时还有气，是门妈妈把人接过去之后，门建国才死的。

门安琪永远记得出了法庭，门妈妈把自己的手往花坛边沿上撞。

当同事把门建国往自己身上送的时候，她能机灵一点，警惕一点，不去接，不去碰，这场官司说不定会是不同的结局。

门安琪还记得爸爸被送到家的那天晚上也没有月亮，外面天黑得让人发晕。门安琪躲在深灰的遮光窗帘后面，看妈妈和同事争吵怎么“人没气儿”了，风从身后吹过来，凉得她像进了冰窟。

因为打官司要确定门建国的死因是车追尾还是酒精中毒，门建国的尸体在殡仪馆放了大半个月。

门安琪妈妈要恨的人太多了：那个同事，那个追尾的司机，那个趾高气扬拿着钱想私下解决的车主，那些说风凉话“不就是想多拿点赔偿”的亲戚……

可是她后来又发现，能恨的人太少了。

门建国的同事后来找到她，说他妈妈胰腺癌急需用钱，他对不住她，对不住门建国。门妈妈问同事那后来妈妈救活没有，同事惨然一笑：“沾上胰腺癌还能活吗？不过就是想争一把，不想看着生我养我的妈直接死罢了。”

那些亲戚关键时刻帮不上忙，但平日里凑一堆打打麻将打发日子，一些跑腿的小忙还是可以搭把手的。

于是门妈妈这么些年，为了支撑自己继续走，只好去恨追尾的车主。

可是叶柏舟是追尾车主的儿子。

自己女儿看起来又那么喜欢叶柏舟。

门妈妈盯着门安琪紧锁的门，不可避免地觉得悲凉。

活着实在太难，老天爷对她们娘俩儿实在过于残忍了些。

门妈妈盯着门安琪紧锁的门，心想如果最后这一切只是虚惊一场，那她就从此宽宥过往，衷心祝福她家安琪和那个叶柏舟。

叶柏舟给门安琪发了一天微信，没得到任何回应。

他想着这人可能又是老毛病犯了，关掉微信通知在那儿专心看剧，没看到消息，想着反正也没大事，所以没打电话讨人嫌。

结果刚才看了新闻，说有一名滴滴司机确诊，现在正联系 1 月 3 号到 18 号坐过她车的乘客。

叶柏舟定睛一看，车牌是川 A。

他眼皮一跳，一边想着应该没那么倒霉，一边手又很诚实地直接给门安琪打了电话。

一开始没人接，打第二遍才接通。

而且她声音听起来就没精神。

“你是才睡醒？”叶柏舟看了一眼时间，“春晚再无聊也不至于刚开始半小时你就睡了吧。”

“不是……”门安琪不知道该怎么说。

她手支在窗台上，手指抠着遮光窗帘，像是要把它抠出一个洞。

“先不说这个。你之前从机场回家坐的滴滴车车牌是多少？翻一下乘车记录，看看去。”

叶柏舟的声音听起来还是很冷静沉稳。

门安琪想起几天前他指挥自己去买菜买米买口罩的时候，也是这么冷静沉稳。他怕自己搞晕，还发了个文字版的过来，告诉自己先干什么再干什么。

要是他知道自己确诊了，还能这么沉稳吗？

“哦，你也看见那个新闻推送了啊。”门安琪眼睛看着黑沉沉的夜空，安静极了，一点没有过年的气氛，“不用翻，就是我坐的那辆滴滴车司机确诊了。”

叶柏舟本来挺悠闲地靠坐在躺椅上，身边还有个小表妹缠着他要讲故事。听到门安琪这个话，他当即坐直身子，表情严肃得吓哭了小表妹，大人们连忙来哄。

乱作一团。

叶柏舟却在一片混乱中听见了自己心跳迅速加快的声音。

他深呼吸一口气。

冷静。

稳住。

“那也不一定就中招了。”叶柏舟的眼睛死死盯着地板，说服自己冷静，“司机可能载你的时候还没感染新冠肺炎，是载了你之后的几天她才染上的呢？你可能刚好就错过那个时间段了呢？”

门安琪笑了。

“什么呀？前几天不是你跟我说不要存侥幸心理，要认真对待吗？我看你现在就挺侥幸。”

“先观察两天，暂时不要去医院。”叶柏舟手捏住椅背，脑子飞速转动，“现在全国上下乱成一团，医院里轻症的重症的混在一起，你现在去了反而容易交叉感染。”

他继续说着在家隔离应该要怎么做，最后还是怕门安琪记不住，于是道：“算了，一会儿我给你发个文字版的过来，我现在说了你也记不住。”

“嗯！”

门安琪心里软得一塌糊涂，她没兜住，哭了。

她不知道这是今天第几次哭了，但是她知道这是今天第一次因为安心、因为感动而哭。

叶柏舟还是那个叶柏舟。

不是追尾车主的儿子，不是造成这么多年她和妈妈痛苦的源泉，他就只是叶柏舟。

“叶柏舟。”

“嗯？”

“你认识我吗？”

“啊？你做梦呢？”

“在我们见面之前，在我不认识你的时候，你认识我吗？”

“……”

叶柏舟没有回答。

门安琪心里有了答案。

“认识。”叶柏舟说。

门安琪挂了电话，把窗帘拉上，灯也关掉，躺在床上，眼睛看着天花板，脑子里一幕一幕回放这一路和叶柏舟共同经历的所有。

还没回忆个名堂出来，叶柏舟又打来电话。

门安琪抿抿嘴。

她脑子里像有一团乱麻，现在情绪又很激动混乱，实在不确定现在是不是接电话的合理时机。

手机振了一会儿，没动静了。

门安琪松了一口气，转过身，头枕在手臂上。

手机又开始振。

…………

门安琪还是没接，想让自己先冷静一点，等能表达明白自己意思的时候再跟叶柏舟谈。

结果手机就这么振了半小时，叶柏舟就一直在打，执着得门安琪都想笑了。

这什么啊！还能不能让人伤感忧郁一会儿了？

“你干什么啊？”门安琪总算接起电话，无奈地说了一句。

叶柏舟怔了一下。

他以为门安琪会怒吼来着。

“不干什么。”

叶柏舟手搭在阳台栏杆上，眼睛看着无边夜色，怕门安琪又挂电话，先紧赶慢赶一句话总结：“不是愧疚，也不是想补偿。我不会因为那种东西而决定跟你在一起，不可能的。”

门安琪眨了眨眼。

不是愧疚啊。

她一直绷着的嘴角稍稍放松了一点，重新躺平身子，闭上了眼睛。

“怎么回事呢？详细说说。”

“知道你爸爸的事情是遇见你之前的两个月……”叶柏舟把整件事情原原本本地按着时间线讲完，顿了一下，继续说，“我爸什么手段什么为人，我心里还是有数的。知道不代表认同，这就是为什么我很早就从家里搬出去，也很早就不用家里钱的原因。虽然一早我就跟他划清界限，但是知道他当年对你们一家做的事后，我还是觉得……总之，一开始帮你确实是看在你爸爸的份儿上。但后来也不知道从什么时候开始就变了，慢慢地就发现自己喜欢你了。那时候不知道什么是喜欢，我还专门去书店研究了一下。”

门安琪开始乐。

“你在书店怎么研究？”

“去初恋青春书架区域研究的，看得我脑瓜子嗡嗡的。”叶柏舟回忆了一下。

门安琪彻底乐了，她一想到叶柏舟皱着眉在那儿看言情小说的样子就控制不住地想笑。

“哈哈哈……”

叶柏舟听见门安琪开始笑，紧绷了很久的心也稍稍放松了一点。

“《承认吧，你也喜欢我》里面说，喜欢就是‘心脏就像琴弦被拨动了一下，又一下’，我后来发现喜欢其实还意味着别的。比如喜欢吃的寿司想和你分享；你送的茉莉花开了，闻着它的香味时，心想要是你也在就好了；比如记住你说的每一句话，就算是废话也记住，因为废话往往是足够安稳的时候才能说出来；比如有时候会想要是现在能有个什么灾祸出现就好了，那样就可以向你证明就算是坎坷我也能陪你度过……”

叶柏舟停了一下。

他慢慢地说：“现在坎坷就出现了，门安琪，我会陪你一起度过的。”

烦死了这个人！

门安琪那会儿刚笑了，现在又开始哭，而且哭得鬓发湿了一大片。

她翻了个身，把脸埋在枕头里，开始委委屈屈地告状：“物业大叔问我从哪儿回来的，我说武汉，他们立马后退了三步。”

“太过分了。”叶柏舟没有原则地哄。

“我就正常坐个滴滴车，结果那个司机就确诊了。我招谁惹谁了？”

“现在倒霉一下，说明后头有大运气等着你呢。”叶柏舟继续轻声哄。

“我跟二婶打了个电话，她怀疑病毒会沿着电话线传染过去。”

“什么？世界上居然有这么蠢的人？”叶柏舟装腔作势地反问。

门安琪乐了。

叶柏舟转过身，背靠着阳台，反手撑着栏杆。

他恨不得现在飞到门安琪身边。

“怕吗？”他问门安琪。

“超级怕。但你要是每天给我打电话、一直陪着我的话，就不怕了。”

叶柏舟嘴角翘了翘。

“放寒假回家之前，你还说什么短暂的离别是为了更好的相遇，还说什么来年春天再见。”叶柏舟又开始一句一句地还原门安琪说的话，“现在恐怕没一两个月我们是见不着了。”

“要那么久啊？”门安琪大惊。

“感谢国家吧，封城了还好点，不然半年见不着都有可能。”叶柏舟叹了口气，“到时候说不定只能盼着夏天，高温把病毒逼退。”

门安琪眨眨眼。

她沉默了一下：“你说，我……能活到夏天吗？”

“说什么呢。”叶柏舟站直身子，想穿过手机去捏她的脸，弹她的额头，“去年夏天教你游的泳，今年夏天我还得验收呢。”

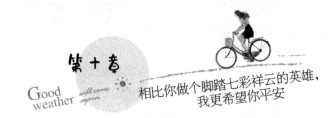

第十章

Good weather will come again

相比你做个脚踏七彩祥云的英雄，我更希望你平安

门安琪盖着被子睡了一觉，一大早被街道办的电话叫醒，是为了核实身份，主要就是确定她是从武汉回来的学生。

她正坐在床上发蒙，没一会儿派出所也来电话了。

“要配合社区和街道办的工作啊，不然要负法律责任的。”警察大叔的声音很疲惫，听起来像是熬了很久的夜。

“嗯！”门安琪点头。

挂掉电话之前，门安琪深呼吸一口气，对着手机大喊一声：“警察叔叔辛苦了！我保证配合工作！”

“嗯？啊好，哈哈哈，傻姑娘。”警察大叔笑着挂了电话。

门妈妈敲门，让门安琪量体温。

门安琪现在严重怀疑自己昨天觉得胸闷、喘不上气是心理作用。因为自从跟叶柏舟把话说开之后，她现在通体舒畅，感觉啥毛病也没有了。

“好！”

从抽屉里拿出体温计，夹在胳肢窝里，门安琪站窗口那儿看外边萧瑟冷清的景色，天空雾蒙蒙的，深不见底。

体温计发出“嘀嘀”声，门安琪拿出来一看。

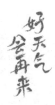

36.5℃。

门安琪飞奔到门边，疯狂地拍门，对门外的妈妈说："妈！妈！36.5℃！不发烧了！"

"我的天啊！吓死个人！"门妈妈拍拍胸脯，劫后余生似的，"快，再量一遍，确定一下。"

"嗯！"

再量一遍还是36.5℃，这下母女俩总算都放了心。门安琪打开房门走了出去，看见妈妈坐在沙发上偷偷地抹眼泪，眼睛肿得不行——昨晚估计一个人哭了很久吧？

门安琪心里泛起涟漪。

"你吓死我了！"门妈妈瞪了门安琪一眼，下巴指了指餐桌，"快吃饭，蒸了糖角和花卷，豆浆在厨房，还没打好。"

"好。"

豆浆机停止轰鸣，门安琪从碗柜里拿出碗倒豆浆的时候，想到刚才妈妈偷偷掉眼泪的样子，也觉得鼻酸。

平日里老是说这个世界糟糕透顶，活着还不如死了，但是真当死亡来临的时候，却发自肺腑地觉得还是活着更好。

幸好啊，只是虚惊一场。

母女俩总结了一下，昨天门安琪的体温之所以高了，可能是因为量体温之前，门安琪给自己灌了两杯热姜茶——妈妈大早上起来泡的，门安琪寻思不能白泡啊，于是全给喝了。

母女俩正哭笑不得呢。

门安琪接到表哥的电话，他应该是刚值完夜班回来。

"怎么的，听说你中招了？"

开头第一句话就是这个。

门安琪毫无形象地瘫倒在沙发上，手里剥着一个橘子，懒洋洋地说："没有，刚才量了一下体温正常了，也没有什么胸闷、气喘的情况。"

"这么神奇？睡一觉就好了？"表哥不放心。

“真的，我回忆了一下，那会儿有点发热应该是因为我量体温之前灌了两杯热姜茶，再加上昨天跟男朋友有点矛盾，一时之间心梗，气到了。”

两杯热姜茶。

被气到了。

…………

这什么破理由，害他担心了半天。

表哥静默了，最后化作无奈的一声叹气。

“行吧，知道你没事就行了，好好休息，按时吃饭睡觉，适当地在客厅里动弹一下，别瘫在沙发上剥橘子吃，增强免疫力是最好的抵抗方法……”

“莫非正直如人民警察，你在我家里安了摄像头？”瘫沙发就算了，怎么连她剥橘子都知道？！

“我还用那玩意儿？你从小什么德行，我又不是不知道。”

“嘁。”门安琪撇撇嘴，眼睛里却又是笑意，她不耐烦道，“知道了，知道了，你怎么比叶柏舟还啰唆。”

表哥问：“叶柏舟就是你男朋友啊？”

门安琪羞涩了，她转移话题：“哥，你看你长那么帅，每次上岗只要站那儿，热了有女孩给你送水，冷了有女孩送你暖宝宝，你怎么也不说找一个回来。”

门安琪又起身，剥开一个橘子。这个橘子好酸，她龇牙咧嘴了好一会儿才把这阵酸熬过去，好半天想起来，电话那头表哥居然没动静了。

“喂？哥？你还在吗？”

“废话，我难不成还死了啊。”表哥开口又是笑嘻嘻的不正经模样。

门安琪叹了口气。

她知道表哥心里有个白月光，特别白的白月光。

“哥啊，不是我说，在如今这个物欲横流的社会，你怎么还搞起了深情那一套。”门安琪深沉地说。

表哥翻了个白眼。

“让你少看点言情小说，说话怎么这么不中听。挂了！”

小区封锁了，谁也出不去。

业主群里有人说家里没菜了，蛋炒饭吃了三天，现在蛋也没有了。

“总不能连菜也不让人出去买吧？”

群主物业大叔无奈地说：“现在就算出去也买不着，菜市场哪有人啊？”

门安琪看了看，说家里没菜的人正好是自己楼下的邻居。没有考虑太久，她在微信里打了招呼，然后直接找了根绳子吊了一篮子菜放下去。

楼下邻居把篮子拽进屋里的时候，看见里面还放着一张小字条，上面字迹清秀整齐：今早量了体温，36.5℃，菜放心吃，然后是一个笑脸。

门安琪收到楼下邻居发来的微信：“感谢！真的！”

她笑着回复说：“没关系，都是邻居。”

窗外好像是太阳升起来了。门安琪扭头去看，冬天温和的阳光像蒸笼打开瞬间散出来的雾气，又湿又暖。

阳台上的喷雪花没有开花，但是也没有枯萎。

门安琪不敢怠慢，每天都伸手去摸土壤湿度。冬天的植物看起来最丑，也最娇贵，为了来年春天的盛放，冬天时必须得伺候好了。

手机振动，叶柏舟打来电话。

“今天情况怎么样？”叶柏舟问。

“不发烧了，整个人感觉很轻快。”

叶柏舟也挺高兴，但还是嘱咐道：“不要放松警惕，随时量体温，有什么异常情况立马跟我说。”

晚上七点半，叶柏舟又打电话来问体温。

“你怎么跟我们社区的物业大叔一样，隔两个小时就问体温。”

话虽如此，门安琪还是乖乖地报了体温："36.2℃，量了两遍。"

"行。你现在正隔离着的吧？"

"对，哪儿也不能去，中午听指挥加了好几个群，每天按时按点在群里报体温。"

"我也是。"叶柏舟叹了一声气，"奚怀洋那小子没能回来，他不是养了条蛇吗？他想着要是他走了，也没人敢接手，所以打算等除夕过年再回来，结果碰上武汉封城，这下彻底留里面了。"

"啊？那怎么办？他住哪儿？"

"他二姨一家在武汉。"

"哦，那还好。"门安琪拿牙签插盘子里的苹果吃，"不过，想想还是有点心酸，大家再怎么隔离行动不便，好歹是跟着家人一起的，就奚怀洋……"

叶柏舟撇撇嘴："你很关心他啊。"

"啊？"

"你怎么不关心关心我？"

门安琪眨眨眼："什么啊，不是你先说奚怀洋的吗？！我为了避嫌，现在跟他聊天的时间还停留在大半年前呢！"

"那不然你还想多聊一会儿？"叶柏舟反问。

"你这个人！怎么这么幼稚！"

门安琪翻白眼，苹果也不吃了，坐起来，手叉着腰，生龙活虎地指责他："天天醋吃得这么勤，上回，我就多长了个记性给校门口的流浪狗买了根火腿肠，你给念的啊。你怎么想的，跟一只狗比？你又不喜欢吃火腿肠！好歹也博士生了，怎么感觉像直接从幼儿园跳级去的呢！"

叶柏舟闷笑。

门安琪更生气："你还笑？！"

她气得不行，又开始翻旧账，说最开始的时候叶柏舟见她电动车被砸了也不阻止，事后问起来，居然还好意思说因为跟他没关系。

叶柏舟连连求饶，说多久的事了怎么还记着。

"我就是这样，昨日你损我翅膀，今天我念到你进天堂。"

门妈妈在厨房给土豆削皮，把客厅里门安琪的话听得一清二楚。

门安琪回来那么久，就数跟叶柏舟打电话的时候最精神，平时要么躺床上，要么躺沙发上，不是看电视，就是看手机，动一下都费劲，多说一个字都嫌麻烦，碰上叶柏舟了两嘴叭叭一开一合说得倒是挺利索……

门妈妈越想越气，自言自语道："真的是！什么臭毛病！"停下手中削土豆皮的动作，转身打开厨房门，却看见门安琪好端端地站在门口，看她的动作是正准备进厨房。

"哎？妈？"门安琪愣了愣，"厨房有什么需要我帮忙的吗？"

门妈妈一瞬间不愤怒了，不仅不愤怒了，好像心里还流着蜜。

"用你帮什么！出去看你的电视，来了反而碍我的事。"妈妈翻个白眼，笑着要关门。

却听见门安琪说："看吧，我就说了，我妈不让我帮她。"

门妈妈定睛一看，门安琪正打电话呢。

呵，合着是叶柏舟让她来帮忙才来问的啊。

门妈妈额角跳了跳。

"把电话挂咯！"门妈妈重新拉开厨房门，"给我进来洗菜！"

门妈妈问门安琪："有那么喜欢叶柏舟吗？"

天然气灶台上的锅里炖着鸡，咕噜咕噜地响着，鸡汤的味道随着热气升腾，缓慢而细密地飘到空中。

门安琪洗娃娃菜的手顿了一下。

"嗯。"她继续洗，"很喜欢，非常喜欢。"

"那我要是不让你们在一起，我是不是就成后妈了？"

门安琪乐了，她把娃娃菜往水池子一丢，扑过去抱住妈妈。

"才不是！你永远是我亲妈！"

门妈妈不耐烦地挥手："烦人劲儿，赶紧出去看你的电视、打你的电话。"

"好嘞！"门安琪说完就往外跑。

"等会儿。"门妈妈叫住门安琪，"我再看下他的照片。"

门安琪有些迟疑：“这回不会又给我把手机摔地上吧，我先说，摔坏了换新手机得你出钱哈。”

“赶快拿来！”

门妈妈仔细端详照片，里面是叶柏舟凝神认真看电脑的样子，电脑屏幕光微微打在他身上，寸头上一层浅浅的光。

“他戴眼镜啊？”门妈妈问。

门安琪说不戴，只是平时看电脑会戴，说是防蓝光。门妈妈一点也不稀罕，说道：“新闻里都说了，防蓝光眼镜一点不管用。”

门安琪抿着嘴偷乐。

隔了一会儿，门妈妈看完了，她把下巴往上抬了抬：“行了，收起来吧。”

“是不是特别帅！”

“也就一般般吧。”门妈妈骄矜地转头，拿起门安琪洗了一半就扔下的娃娃菜，“你试试冰箱里的酸奶，我跟网上学着做的，你尝尝好吃不。”

门安琪一边感叹妈妈果然是网上冲浪达人，一边哀号：“这么没日没夜吃下去，我真的会被喂胖的！”

奚怀洋在二姨家寂寞得不行，二姨的两个孩子都在国外，家里就二姨和二姨父，加上奚怀洋，每天三个人坐在沙发上大眼瞪小眼，连奚怀洋这种自来熟都觉得气氛沉闷。

他只能找叶柏舟聊天。

谁知道打开微信，居然看见叶柏舟发信息问他要凌落落的微信。

原来是要建个群，大家说一说话，不然门安琪每天在家里闷着太无聊了。

奚怀洋无语极了，骂他神经病。

叶柏舟冷静得不行：“那不然你来建群，反正你有所有人的微信。”

“我才不做你的创意执行官，自己弄！”

凌落落发现自己进了一个群，关键这是叶柏舟组的。

开启多人视频后，奚怀洋首先阴阳怪气地说：“我活这么久了，总算见着叶柏舟主动找我要别人微信了。”

凌落落不甘落后，也帮腔道：“那会儿就不该直接通过叶柏舟的验证，应该截个屏来着。”

叶柏舟：“啧。”

门安琪笑得不行：“哈哈哈……”

奚怀洋：“有事发愁不要慌！热心怀洋来帮忙！”

说完，他把叶柏舟找他要凌落落微信号的聊天界面截屏发出来。

结果所有人的关注点都错了。

门安琪和凌落落几乎是同时问奚怀洋：“你给叶柏舟备注的什么啊？”

叶柏舟：“你居然叫我‘液氮畜生’？”

奚怀洋连忙撤回。

叶柏舟：“你觉得现在撤回的意义何在？明明所有人都看见了。”

门安琪则好奇得不行，追问：“为什么叫‘液氮’啊？”

“因为叶柏舟这个人不是人，血是液氮做的。”

“啊？”

叶柏舟和奚怀洋交换一个眼神，这届文科生实在不太行。

结果两人忘了现在开着视频呢，他俩的眼神交流就是在现场直播。

门安琪怒了：“你们这眼神什么意思！”

叶柏舟连忙安抚：“没有没有，就是觉得你什么都不懂的样子真可爱。”

凌落落和奚怀洋异口同声地骂了一句脏话，然后非常同步地挂了视频。

最后还是只有门安琪和叶柏舟两人视频。

手机里突然安静下来，两人都沉默了一会儿。

“我给你讲故事吧。”叶柏舟没话找话。

“好。”

刚好手边有一本《庄子选集》，叶柏舟边拿起来，边说：“今天给你读《逍遥游》……”

“游”字还没说完，门安琪就连忙摆手。

“打住打住打住！”门安琪一脸痛苦，“我现在对庄子有点阴影。”

最后叶柏舟给门安琪读了《上帝掷骰子吗——物理量子力学史话》。

那一夜，门安琪睡得格外香甜。

当奚怀洋告诉叶柏舟他要去做志愿者的时候，叶柏舟以为他是在家待得无聊想找乐子，皱着眉说：“你疯了吗？奚叔和廖姨能同意？”

奚怀洋选择性只回答第一个问题：“认真的。我想了一下，我是学医的，现在正是我出场的时候。”

“你连实习经历都没有，只是医学生而已。你去了又能帮多少呢？”

奚怀洋摸摸脑袋。

“不知道，但我在支援武汉的名单里看见庄穆了。我偶像在的地方，必须有我的身影！”

叶柏舟眉头拧得更深，问道：“所以你只是追随庄穆的脚步，他干什么你干什么？”

“也不是。”

奚怀洋不知道怎么说，在名单上看见庄穆只是个契机，他一直觉得这种事情自己只要听国家指挥就行了。

他潜意识里一直觉得自己被国家保护着是理所当然的事情，2003年非典、2008年汶川大地震，所有的灾难都是这样——配合国家工作，安心待在家里看新闻，偶尔热泪盈眶一下，然后惊天动地的灾难就这么过去了。

但是，庄穆是自己认识的人，他没比自己大多少，却已经在主动保护国家了。

“这不是一个冲动的决定，我想了一晚上，也该轮到我站起来担责任了。”奚怀洋对叶柏舟说，“我去了可能也就是打打杂，对比真正的医生，我只能有一丁点的作用。但是万一因为我，能让多一个人活下来呢？万一因为我，治愈的数字能增加一点呢？反正我得去。”

叶柏舟没说话。

奚怀洋趁热打铁，继续说：“叶柏舟，这事你不能阻止我，你跟我爸妈说也阻止不了我。我现在就在武汉，封城了你们进不来。我已经决定了！我名都报了，现在就等通知了！”

谁都不能成为那一个力挽狂澜的超级英雄，我们只能怀着伟大的爱去做细微的事。

叶柏舟笑了。

他站在阳台接的电话，风从身后灌过来，像被一张张冰冷的布匹接二连三地拍在身上，手早就冻僵了，但是心里却慢慢燃起了一点光亮。

“谁阻止你了。”叶柏舟转过身，迎着风，眯了眯眼睛。

黑夜无边。

“只是你做事情一直是三分钟热度，尤其是你听听一开始你说的什么话，因为庄穆去了你就也想去。”叶柏舟举起手，对着夜空里窄窄的月亮，月亮被指缝分为三小块，“名都报了你还跟我说什么。”

手掌合拢，月亮被握在手中。

“去吧。”叶柏舟轻声说，“你爸妈那边我来说服。”

奚怀洋喜出望外，他爸妈从小就觉得叶柏舟比他靠谱，叶柏舟说一句话顶他说一小时，这也是为什么他要最先跟叶柏舟打电话的原因。

“好！”

叶柏舟想着该怎么帮奚怀洋去跟他爸妈说。

他爸妈之所以阻止，无非就是担心，那么要怎么消除担心呢……

叶柏舟正在思索呢，奚怀洋传来一封邮件。

什么东西搞这么正式？

他正要点开看，奚怀洋发来微信："有一说一，我现在身在武汉，确实情况有点严重。要是到时候有什么情况出现，你帮我把这邮件给我爸妈。"

叶柏舟气乐了。

"说得挺含蓄啊，还邮件，你直接说遗书，我也能听得懂。"他冷言冷语地讽刺。

刚才真是脑子被冷风吹傻了居然答应奚怀洋帮忙说服奚叔和廖姨。

叶柏舟现在想到"遗书"两字又开始后悔。

真的要让奚怀洋拿自己的命去赌吗？

"我知道你肯定在心里骂我傻，我也知道你看问题一直比我看得深。但是，我是学医的，我以后就是医生。现在这种时刻，就是医生战斗的时刻。再说了，我还有一点私心，不都说善有善报吗，我想着我现在这么英勇了，也算是给我爸妈积福了，嘿嘿。"

叶柏舟在屏幕这边，实在没忍住，翻了个白眼，医学生有时候真的迷信得不行。

"你这话是对得起希波克拉底还是对得起佛祖、菩萨？这封遗书我先帮你收着，等你回来自己删掉。"

奚怀洋笑了，他没有叶柏舟那么聪明，看不到那么远，于是只好按照自己的思路，做出自己认为正确的决定。

"叶柏舟！你真是我今生的知己！"

"哼！"

晚上叶柏舟对门安琪说了奚怀洋去做志愿者的事，门安琪当场惊叹："哇！这么厉害！"

叶柏舟一瞬间心里就不是滋味了。

"那我没去做志愿者，在你心里是不是就不厉害了？"

"我要你那么厉害干什么？"门安琪莫名其妙，"相比要你做个脚踏七彩祥云的英雄，我更希望你平安。"

前脚祝福叶柏舟平安的门安琪，后脚就遭遇地震了。

当时已经是凌晨，她睡得迷迷糊糊，突然感觉床在晃。

门安琪翻个身，打算继续睡，结果床还在晃，而且震感没有一丁点减弱。

她睁眼，开灯，床边落地灯正前后摇摆。

门安琪打了个哈欠，坐在原地等了三秒，才反应过来应该是地震了。

自 2008 年汶川大地震之后，门安琪就没感受过这么久、这么明显的震感。

她终于感到了一点点慌乱。

“地震了！地震了！妈！妈妈！地震了！”

她一边喊，一边拿起枕头边的平板、手机和充电器。她来不及穿鞋，跑到门边，一拉开门，就看到妈妈正好也已经跑出房间了。

两人来不及说话，训练有素地往卫生间跑，刚进卫生间就察觉震感消失了，不晃了。

门安琪松了一口气，定睛一看，妈妈背上居然还背着一个包。

“干啥，登山远行啊？”

“莫得常识的娃儿，这是我跟教育频道学的，一样一样按着指示准备的应急物品。”

门妈妈翻了个白眼，瞪门安琪，然后紧接着就开始猜地震级数。

“我跟你说，这一次绝对绝对，起码都有 5 级。”

“有那么凶？”

“你看嘛。”门妈妈胜券在握，“一会儿新闻就要报了。”

新闻一开始报出来是 5.8 级，门妈妈还挺失望，觉得自己居然没猜得很准，结果很快新闻就纠正了，说是 5.1 级。

“你看嘛！你看嘛！”门妈妈兴奋得不行，那架势跟冬天在成都见着雪一样，手一拍沙发，“我就说！5 级！你看嘛！”

楼下有喧哗声。

门安琪推开窗，楼下空地上果然聚了一小拨人。

门妈妈也趴在旁边看，还点评：“往外头跑的一般都是外地人，我们这些久经沙场的，8 级以下的地震都不得慌。”

也不知道刚才背着包的人是谁，门安琪有些哭笑不得。

“这日子可咋过，待家里有地震，往外走有新冠肺炎。”

母女俩正说着话呢，就听见楼下传来一声惊恐的怒喝：“我口罩忘戴了！你们赶快离我远些……”

这声怒吼太真心诚意了，门安琪扒着窗沿笑得不行。

“我给你丢一个口罩下来哇？”门安琪抻长脖子，对着楼下喊。

“算了！我回去了，回去了，谢了哈！”

门妈妈把应急包放在玄关，以备一会儿要是余震来了可以直接拎起来就跑。

“你先回去睡觉，不要关灯，打开门睡。”

“晓得了。”

门安琪打了个哈欠，懒洋洋地回到房间。

可真等到她躺在床上了，却发现心脏跳得特别快。

实不相瞒，纵使是经历过 5 · 12 汶川地震的她，刚才也真的有点慌了。

门安琪拿起枕头边的手机，这才看见叶柏舟在这么短的时间内居然打了 13 个电话过来。

“喂？”

“你终于接了！”叶柏舟松了一口气，“地震了？没事儿吧？”

“没事，没事！”门安琪连忙说，“你是不知道当年大地震的时候，我刚被我爸送到学校，午睡后还没完全清醒。第一节课是体育课，我坐操场边醒神，然后就觉得坐不稳，好像有人在推我似的，回头一看没人啊。紧接着就看见对面教学楼上所有人都往下跑，边跑边尖叫。操场上的人也在瞎跑，我啥也不知道，也跟着一边尖叫一边跑。我跟着跑了几步，停下来，觉得地还在动，当时哪儿知道地震这个东西，还以为我们学校地底下住了个怪兽，在那一天终于忍不住要钻出来了。我一边跑还一边看，到底谁身上带着奥特曼变身器，心想要是找着那个人了，赶紧踹一脚让他麻溜利索地变身……”门安琪说得眼睛放光，表情丰富得不行。

叶柏舟没绷住，乐了。

“怎么可能不知道地震，四川不是老地震吗？”

“真的！2008年以前四川很少地震，我感觉可能就是那次把板块什么之类的东西震松了，然后最近几年就时不时震一下。那之后，我们那儿所有建筑都开始注重防震指数，学校每学期定期做地震演练。”

门安琪一边跟叶柏舟说话，一边翻朋友圈。

不出她所料，朋友圈里果然都是统一的内容——

“地震了！”

“地震了！天啊！”

…………

她变笑边说：“哎，我给你发几个表情包。”

叶柏舟打开微信，看她发来的图。

图里一个人说：“想出去躲地震。”

另一个人从身后捂住他的嘴：“不，你没有口罩。”

叶柏舟哑然失笑：“什么鬼。”

“哈哈，我嘴角都要笑裂了。网上说成都人民最高兴的就是猜中地震级数，以前我没觉得，今天看我妈，发现还真的是这样。”门安琪兴致勃勃地跟叶柏舟说，“今晚上我妈说这次地震应该是5级……”

叶柏舟一边听门安琪在电话里头逗乐子，一边默默叹了一声气。

叶柏舟从新闻上看见“成都”“地震”“震感强”几个词时，托网络即时性的福，微博上立刻有人传房子塌了、路从中间断开的视频——其实这视频不知道真假，更何况，震中离门安琪家还是有一点距离的……叶柏舟在等待门安琪接电话的时间里，想了无数种可能，又一一把想到的种种可能击毙，最后那些可怕的可能性却又都死灰复燃，只因为叶柏舟心底那不确定的三个字——万一呢。

那么多理性推导，抵不过一个“万一呢”。

“你怎么了？”门安琪说了半天，没听见叶柏舟的回应。

“害不害怕？”叶柏舟轻声问。

门安琪瘪瘪嘴。

还真是这样，她所有的伪装在叶柏舟面前都没效。

手揪紧被子，身子往里面缩了缩，直到半张脸也埋了进去，她小声问："说实话会不会很丢脸？"

"有时候会，但在我面前，永远不会。"

门安琪把眼睛也盖住，声音听在叶柏舟耳朵里嗡嗡的。

"其实，有一点点……今天我们家的灯都晃成一个圈儿了，电视上放的那些玩偶兔子和熊也全都掉下来，把君子兰叶子砸断了一片……我妈把应急包都背出来了，说明她也吓着了。现在我们连灯都不敢关，开着门睡的，怕有余震。"

门安琪觉得自己现在这个样子，实在有点太弱了。

"2008 年的时候，我刚好在户外宽阔的地方，今年我在家中楼房里，到时候真怎么样了，跑下楼都来不及……"

门安琪又往被子里缩了几分，蜷得更紧更小。

弱就弱吧！

她自打遇见叶柏舟之后，干的傻事儿还少吗！

"你说，要是我下一秒就……就走了，你会、会怎么办啊？"门安琪问。

"马上找新女朋友，忘记你，好好地度过接下来的人生。"叶柏舟答。

"嘿？！"门安琪脚一蹬，一个鲤鱼打挺坐起来，"你再说一遍！"

叶柏舟没再说了。

门安琪听见手机里传来低低的笑声。

"是不是气死了？所以，加油努力，攥着劲儿让自己好好活着，到时候生龙活虎地和我见面，我任打任骂。"

门安琪重新躺下去。

她努力压抑着上扬的嘴角，但是笑意还是又从眼睛里流露了出来。

窗外月亮低垂，好像在偷听情人对话，星星羞得躲起来，只有柔风吹拂树梢。

哄着门安琪睡了觉，听着手机那头浅浅的呼吸声，叶柏舟闭上眼睛，心想门安琪果然被吓着了，以前她睡觉哪需要酝酿这么久。

突然，叶柏舟脑子回想起奚怀洋那一句“不都说善有善报吗，我想着我现在这么英勇了，也算是给我爸妈积积福了”。

这么不科学的说法，大半夜的，叶柏舟却开始仔细揣摩起来。

这一个寒假，门安琪过得实在闹心，随便坐的滴滴车的司机也能确诊；她又因为喝了两杯热姜茶而体温升高，误以为自己中招了差点被吓死；好不容易平息了以为能消停会儿，现在她所在的地方又地震了。

该不会真是因为自己平时“事不关己”太多次，于是被什么神明给处罚了吧？

可是要处罚也该罚他，关门安琪什么事？

2020年实在给了他太多惊吓，还记得元旦跨年的时候，他脑子里有好多愿望，希望自己和魏成合伙弄的无人机物流能顺利，希望不吃饭也不会饿，希望能赚更多钱，希望带门安琪出去玩一次……

但现在他只有一个愿望：希望门安琪一定要平安。

第二天醒来，奚怀洋收到叶柏舟的微信——

“你怎么当上志愿者的？要报名吗？在哪儿报？”

他问叶柏舟：“你干什么？终于决定爱这个世界和人类了是吗？”

叶柏舟嗤笑一声：“怎么可能。只是想做点好事，换门安琪平安而已。”

奚怀洋翻了个白眼。

“你这目的性太强，菩萨就算听见你的愿望也不会理的。”

“菩萨不就是指着人们的愿望存活吗？”叶柏舟很冷静。

“每个地方的政策都不一样。你要不去问问居委会或者物业？”

“行。”

等待物业回复的时间里，叶柏舟看见住同栋楼的邻居卫阑在业主群里问有没有能帮忙送药的，说现在所有小区和路都封着，家里老人年前做的手术，现在该用第二轮的药，却没有办法送到老人手里。

叶柏舟想了想，如果用无人机的话，这所有的问题都可以迎刃而解。

“送到哪个小区？”叶柏舟评论。

“枫亭御景！”

这不就是两条街之外的小区吗，在无人机航程内。

卫阑按照叶柏舟说的，在窗边等着，手里拿着装着药的袋子，正在打结，便看见远远一架小黑飞机嗡嗡嗡朝自己飞来。

无人机停在面前，传出了叶柏舟的声音：“底下有个挂钩，把袋子挂那儿就行。”

卫阑把袋子挂好，想了想，又多打了个结，说道：“挂好啦！”

无人机便掉换方向，气流把卫阑的刘海吹乱了。她没工夫理，看着远去的无人机，心里涌起一股暖流。

没一会儿，卫阑爸爸打来电话，说拿到药了。他又絮絮叨叨说了很多：“一开始还把我吓到了，生怕无人机的桨打到我，小伙子贴心地飞高了一点，这才顺利把药拿下来。不是我说，你系的结也太紧了……”

卫阑放下心来，她从冰箱里挑了一些菜，戴好口罩，根据业主群里的备注信息，找到了叶柏舟的家，敲门。

“谁？”

“刚才托你送药的人……”卫阑有些不好意思，“谢谢你啊。”

叶柏舟戴上口罩，开门。

“没什么。”

“不不，这肯定要谢的，我爸现在根本不能停药，一直想着怎么把药给送到他手里，我都愁好几天了，以前没觉得，心想离得近，现在发现路一封，管它近不近，出不了门怎么都没招……”

万万没想到，这邻居居然是个话痨，叶柏舟站在门后，听得一愣一愣的。

“总之吧，感谢！这是一些菜，送给你！”

“啊！不用。”叶柏舟摆手，“我家里有菜的……”

“有菜也就那几样，还没吃腻啊？换点我的，这是我的心意，你不收下我可过意不去，你救了我爸一条命呢……”

眼看面前这人又要说下去，叶柏舟连忙投降：“好好，我收下，谢谢。”

“这不就得了！”

卫阑笑了笑，口罩遮住半张脸，但眼睛弯弯的，里面带着真诚的感激。

关上门，叶柏舟把菜装进冰箱，有卷心菜、土豆，还有三朵西蓝花。

想了想，叶柏舟拿出手机，对着这些菜拍了张照片，发给门安琪。

“干什么？”门安琪回复很快。

“我帮邻居送药，她回赠的菜。”

“是不是一下子暖流涌进心海了？”门安琪问。

“还好吧。”

“嘁，还装呢。指不定现在笑成什么样儿了。”

叶柏舟觉得门安琪有些夸张了。

他按下锁屏键，手机屏幕里确实映出他微微上扬的嘴角。

送药本来只是举手之劳，没想到最后居然引起了社区的注意。

现在出门谁都不安全，用无人机要方便很多。

社区管理人员跟叶柏舟提出用无人机帮着开展一些工作，叶柏舟本着造福万家、多积一点德的想法，便答应了。

无人机喊话这个事更是无心之举，主要是叶柏舟在窗边看到还有老人和小孩聚在楼下的健身器材那儿玩，他住高层，喊话又听不见，情急之下灵机一动，就用了自己的无人机喊话。

没承想这么一个偶然的举动，居然被当地的公安局给知道了。

“哇，叶柏舟你厉害啊！”门安琪看着手机屏幕上叶柏舟发来的红色袖章，“无人机小分队！队长好！”

“我哪儿就是队长了。”

“整个小分队就你一人，你不是队长，你还队员啊？能不能有点志气！”

叶柏舟乐了：“有警察跟着的，哪能就我一个人单独行动了。”

公安局派了个大约四十来岁、留着胡子的人带着叶柏舟一起行动，听别人叫他“队长”，叶柏舟也就跟着这么叫。

“别，你叫我王叔就行。”

王叔说让叶柏舟先操纵无人机在城里逛一圈儿，看看有没有人群聚集。

叶柏舟心想应该不能，现在不是各个小区都封着的吗，谁还能出来？

结果刚出发，在护城河边就看见了一群老爷爷在那儿钓鱼，一个个距离挨得还很近，其中一个穿棕色夹克的老爷爷甚至连口罩都没戴。

叶柏舟用无人机喊话之后，才见那穿棕色夹克的爷爷从衣兜里慢慢悠悠掏出一个口罩，再慢慢悠悠戴上。

屏幕这头的叶柏舟看了哭笑不得。

王叔也无奈地摇头。

“卫阑那丫头跟我说是你利用无人机送的药。”王叔从兜里掏出烟，正要点燃，想起来现在正戴着口罩，于是又默默把烟收回去，手指无聊地摩挲着天台栏杆，“啥也不说了，感谢！”

原来送药那位老人也是王叔的爸爸。

“卫阑是我妹，准确来说是同父异母的妹妹，跟我年纪差太多了，一般情况下我都不好意思说我是她哥。”

王叔不太好意思地一笑，说卫阑比他细心，他天天忙着公安局这边的事，把药这回事儿都忘到了脑后。

“难怪，我说怎么就这么轻易地被警方给知道了。”叶柏舟恍然大悟。

“无数的医护人员奔赴前线，我们不懂那救人的专业知识，想着好歹要把后方给守护稳定好了。”王叔伸手又想摸烟，中途想起戴着口罩，又作罢，“无人机是个法子。”

“嗯。”叶柏舟点点头。

他玩无人机是兴趣，没想到现在这兴趣能在这次疫情中帮忙。

这感觉，出乎他意料的不错。

叶柏舟嘴角微微扬了扬。

门安琪晚上照例给叶柏舟打电话。

听见他声音，她觉得有些不对。

“你心情不好？不是吧！这才踏入仕途第一天，就被领导穿小鞋了？是不是带你的那位警察叔叔训你了？”

叶柏舟哭笑不得：“跟你说了少看一点小说、电视剧。没有，王叔挺好的。”

王叔，听着叫得挺亲昵，应该问题不大。

门安琪放下心来，她重新瘫倒在沙发上，电视里在放《海绵宝宝》，她已经无聊到开始看童年经典动画片了。

“那你声音这么低落，我以为谁欺负你了呢。”门安琪说。

“不是。只是今天借着无人机在辖区巡逻，看到了很多以前没注意的景象。”叶柏舟说，“今天操控着无人机飞过街头，看到药店门口排起了长队，靠近才看见原来那一家其貌不扬的药店是在免费发口罩。药店阿姨用镊子把口罩一个一个放进袋子里，扎好，发给大家，还听到她对着每一个人都说‘有颜色那一面是外边儿的，不要戴反了哦’，就特别耐心，没有一丁点不耐烦。然后我想起来王叔说他就五个口罩轮着用，想给他买几个。于是等人群散去之后，我通过无人机，问药店阿姨口罩还有没有剩的，想买点儿。结果药店阿姨手一挥，说有口罩，但是不卖，只送，每人限领一个。”

“啊？为什么啊？”门安琪不懂其中的逻辑，“有人买还不好吗？比白送要好多了吧？”

“对啊。我也以为自己说买是在为药店着想，结果药店阿姨这么说：‘小伙子，我不是针对你，主要是有人会一下子全部买完，然后高价又卖出去，最后那些没有口罩的人还是没有口罩。不如我这样一人一个发，都别买。’”

门安琪一下子愣住了。

“有个理论说，如果最后真到了末世，提前储备粮食也没用，因为到最后一定是谁的粮食储备多，谁最容易被抢被杀。”叶柏舟眼底泛起一片柔软，“所以我特别感动，这种情况在我们国家不仅没有出现，甚至出现了与这理论完全相反的做法。”

叶柏舟平时没注意，或者说是想当然了，今天借着无人机视角，全面地看了一圈：

每个小区的保安，天晴也好下雨也好，白昼也好黑夜也好，疫情也好，没有疫情也好，总是一直守在自己的岗位上；快递点的工作人员，戴着口罩，拿着消毒酒精喷洒快递；清洁工人也是一直都在上班的，不然这城市早就不知道会脏乱成什么样子；还有菜市场旁边卖衣服的刘姐，当她知道现在需要隔离轻症病人的地方的时候，二话没说就把自己的店铺腾出来了……

人类这种生物，有时虚伪、逐利、谎话连篇，可也会在每一次灾难来临时，又自发联手，用自己的力量，化作一束束星光，携手共渡难关。

不同于以往只在电视宣传里看到的，这一次，叶柏舟真实地感受到了平凡人的努力。正是这一点一滴的努力，这一颗颗维持城市正常运转的螺丝钉汇聚在一起，才共同筑成了抵抗病毒的钢铁之城。

“老是在网上看见一些坏消息，只关注到暴露出来的一些妖魔鬼怪，却忽略了所有不起眼的那些人默默作的贡献。”叶柏舟笑了笑，自嘲地说，“我之前好像过于自大和冷漠了一些。”

这是那么多人在拼命活着、又拼命守护的世界啊。

门安琪默然。

她从沙发上坐起来，有时候好像知道自己该干什么，但总是提不起兴趣，要么就是半途而废。好像被满腔的忧愁笼罩，一直就这么漫无目的、浑浑噩噩地度日，可今天听到叶柏舟这一番话，门安琪好像突然想明白了，她应该就是太闲了。

真正做事、真正忙起来的人，哪还有空去想如何看破人生——他们就在书写人生。

“叶柏舟，你把你每天见到的人和事讲给我听吧。”

“啊？”

“我好像想明白了一点自己的未来……反正就那一类的东西吧。”门安琪说，“我现在觉得胸口好像有一把火在烧一样，特别想干点儿什么，不想再这么每天瘫着过日子了。”

她想做个有价值的人，想做个能带给别人力量的人。

门妈妈提醒门安琪说今天晚上应该又是她表哥站岗。

“你提醒他多穿件衣服，这几天降温，别把自己搞感冒了，现在医院又不能去。”

门安琪应了，结果后来转头去看综艺节目了，等想起来打电话时，已经晚上十一点半了。

她想打电话，又想起来表哥站岗不能看手机，于是默默发了条短信过去：“我妈让你多穿点衣服——你记得这句话是我在你上班之前说的啊！别在我妈面前说漏嘴了！谢谢我同荣辱共患难的哥哥！感恩的心！”

发完消息，门安琪打着哈欠去睡觉。

可第二天醒来，却没收到表哥的回信。

她再也没收到表哥的回信。

表哥死了。

“深夜站岗，被车撞到，抢救无效身亡……”

简简单单一句话，但门安琪听了好几遍才听懂。

不可能啊。

表哥前几天不还在跟她打电话吗？

怎么就死了呢？

开玩笑的吧？

门安琪愣愣地回头，妈妈早就哭成了泪人。

晚上叶柏舟打电话来，照例问她今天过得怎么样。

门安琪语气如常：“就那样，反正我宅，这次疫情正好给了我一个宅家里就是作贡献的机会。”

叶柏舟笑了笑。

门安琪也笑，她像是在说什么笑话：“哎，我跟你讲，我表哥死了。”

阳台上的喷雪花在寒风中瑟瑟发抖。

黑夜看起来那么黑，好像所有星光加起来都点不亮这稠密到凝固的漆黑。

“叶柏舟，”门安琪像是刚反应过来一样，开始痛哭，“我好讨厌 2020 年，我想回到 2019 年。”

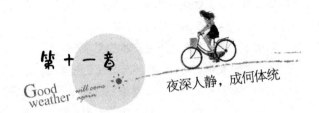

第十一章 夜深人静，成何体统

Good weather will come again

门安琪梦见表哥沈桐回来了。

他还是那个手指转着摩托车钥匙，吊儿郎当的样子。

跟往常一样，因为个子高，进她家厨房的时候要弯一下腰，他笑着跟门妈妈打招呼：“姑妈，我又来蹭饭咯。”

门妈妈头也不回：“快去沙发上坐着看电视，顺便把门安琪那懒猪从房间里叫出来！挺大个人了，天天就知道待屋子里看漫画，明知道你要来，也不出来打个招呼……”

沈桐笑得肚子疼，他最喜欢看姑妈恨铁不成钢地数落门安琪。

他手举起来敬了个标准的军礼：“得嘞！”

然后噌噌噌几步走到门安琪门口，先挺像模像样地敲了敲门。

“谁？”

“你哥！”

“哎呀！这不是我那同荣辱共患难的哥哥吗！”门安琪拉开门，笑得那叫一个灿烂和讨好，“快请进，快请进！”

沈桐知道每当门安琪开口说“同荣辱共患难的哥哥”时，就意味着他又得帮这个妹妹背黑锅了。

这下他门也不进了，就抱着手臂，站在门口，眼睛眯着：“说吧，又想让我帮你圆什么谎。”

门安琪嘿嘿一笑。

“我妈发现了我的 BL（耽美）漫画。”门安琪手试探性地去挽沈桐的手臂，“我就说，就说，那是你的……”

门安琪话音还没落，沈桐扭头就要走。

“哎哎，哥！哥！我不是亲哥胜似亲哥的哥！”门安琪一把抱住沈桐，苦苦哀求。

“我没你这样的妹妹！”沈桐不理门安琪，“你说说你这干的是人事儿吗？本来我不谈恋爱、不交女朋友就挺让家人怀疑的了，你倒好，直接给我把帽子扣上了！”

“这不正因为家人本来就怀疑吗……”门安琪小声嘟囔。

沈桐气得眼前发黑。

门安琪连忙安抚：“没事没事，我妈发现的那一本很清水，什么也没有。”

“她都能看见这一本了，能看不见别的本吗！她都以为这一本清水的是我的了，能不以为其他的也是我的吗？”

“哦，对哈……”门安琪恍然大悟，非但没能与沈桐共情，反而开心得眼睛都亮了，“哥，你真是我的人生明灯，不止解决了我这一本的问题，把我所有漫画的问题都解决了！济公都没您慷慨！”

沈桐恨不得把面前的门安琪捏碎。

那之后，沈桐花了半年的时间，向家人解释自己真的不是同性恋。但门安琪也没捞着什么好处，她存了三年的压岁钱通通上交给沈桐了。

“我的宝贝妹妹，哥哥教你，这就叫有失有得。”沈桐数着钱，笑得见牙不见眼。

画面一转，什么也没有，只有一个背影。

这个背影身材纤细修长，扎着一个丸子头，穿着利落的牛仔外套，脚踩马丁靴，说话时表情丰富，除了静若处子的时候，全是脱兔状态。

门安琪懂了，现在是沈桐的视角，这个就是沈桐心里的白月光。

门安琪跟随着沈桐的视角，看着他的白月光和另一个男生谈恋爱，然后吵架、分手。白月光在树下哭，沈桐想上去安慰，又怕显得自己目的性强，于是拦住路边一个同学，送去一包纸。白月光四处张望，沈桐躲在台阶后边，一边后悔自己躲了起来，一边又庆幸自己反应快。

他没想好怎么跟白月光见面，也没想好怎么自我介绍。

他希望一切能完美。

他希望白月光对自己一见钟情，就像自己对她一样。

…………

门安琪醒来的时候，外面已经天光大亮。

太阳明晃晃地挂在上空，阳光像剑一样，直直穿过窗帘缝隙，射进屋子里来。

她坐起来，揉了揉眼睛，像是被梦抓得太紧，现在久久回不过神。

门安琪打开电脑，桌面上干净整齐，都是些基础应用，只有一款游戏，图案花哨，所以格外显眼。

她不爱玩游戏，这是沈桐下的。

"哥，你自己又不是没电脑，怎么用我的登游戏。"

"我的电脑早就不属于我，而属于来我家玩的那些小孩了。"沈桐头也没回，"我要是敢在那上面玩游戏，我就得做好所有数据被删除的准备。"

门安琪翻了个身，手里的漫画已经看了几遍，她几乎都能背下来。

"你就不怕我失手给你删了？"

"拉倒吧，你平时哪有时间开电脑，天天就抱着你的漫画。"沈桐伸了个懒腰，走到门安琪身边，揉了揉她的短发，"帮哥个忙。"

"给钱。"

"给给给，要多少给多少。"沈桐把门安琪手里的漫画抢走，让她专心听自己说话，"明天临时帮人顶班，你帮我登录游戏，看看她上线没有。”

门安琪恍然大悟。

他表哥长得一副招桃花的样，却是个痴情主，心里只住了一个人。

“知道了，知道了。”门安琪摆摆手，把沈桐手里的漫画又夺了回来，“放心吧。”

门安琪又一次登上表哥的游戏账号。

恰好这时候叶柏舟打视频过来问她吃饭没。

“吃了，在登录游戏。”

“怎么了？”

“我昨晚做了个梦，梦见我哥了，还梦见他的白月光了。我寻思这可能是我哥在给我托梦，让我帮他圆了心愿。”

叶柏舟听得云里雾里。

“我也不知道怎么说，但我知道的关于她的联系方式，只有这一个，试一试吧。”

温妏觉得奇怪。

沈桐已经快一个星期没联系她了。

难道疫情中招了？

不可能啊，他所在的地方明明没有新增病例。

温妏抿抿嘴唇，她一直知道沈桐的微信号，只是一直没加。因为她不明白，为什么沈桐不主动来加她，明明已经托同学故意把自己微信号给他了。

明眼人都看得出来，沈桐喜欢她。

温妏也相信沈桐应该是喜欢自己的，可是她又不那么确定。

如果沈桐真的喜欢自己，为什么连送纸都要委托别人？

如果沈桐真的喜欢自己，为什么有自己的微信，却不加自己？

最后还是只有游戏这种脆弱的联系方式。

到了时间，温妏登上游戏。

出乎她的意料，“沈桐”居然也在线！

“今天去月光谷打怪吗？”她雀跃地在对话框里打字。

那边迟迟没有回复。

“你怎么了？”

“网卡了一下，走吧。”

温妏放下心来。

她是战士，沈桐是牧师，两人一个负责打，一个负责输血；一个近处攻击，一个远程保护，一直配合得天衣无缝。可是今天的“沈桐”不知道怎么回事，感觉操作特别生疏。

“别发呆啊！赶紧给我补血！”温妏急得不行。

这时，牧师这才回过神来似的，在他慢吞吞地把药剂递给自己时，得亏她动作够快躲开了boss，不然来不及拿着药剂，直接回到复活点。

得，今天看来牧师不在状态。

战士来不及追究原因，一把接过药剂，补充完能量，把瓶子一摔，直接拎起刀冲上去。现在这个boss只差一点就可以解决，她才不肯放过，拼了命也得把它仅剩的这点血耗完。

几个大招甩出来，boss哀号着，然后烟消云散，装备和武器掉落。

战士把自己能用的收进包里，看牧师傻愣地坐着，温妏于是问道：“你干吗呢？那个魔法药水你用得着啊！怎么不捡？”

就算觉得今天的“沈桐”特别反常，但总归是久别重逢的喜悦压过了怪异，月光谷没了boss，清幽雅静，温妏难得也静下来，跟着沈桐坐下。

月光谷里都是月光草，散发幽蓝的光，末梢近乎透明，月亮又大又圆，清风吹拂，不远处的湖上波光粼粼。

她想通了。

沈桐不是主动的人，那她主动好了。

沈桐不加她微信，她加好了。

只要沈桐不再像这样突然消失一个礼拜，她做什么都行。

“喂。”游戏中的温妏用胳膊蹭了一下“沈桐”，“一会儿下了游戏记得通过我的微信好友申请。”

沈桐突然转头看她，一脸的讶异。

温妏别开头笑，笑声清脆悦耳，像跳跃在月光草的皎洁月光。

“呆子，早知道你喜欢我了。”温妏转过头来，看着沈桐，眼底温柔，“左等你不告白，右等你还是不说，那我来好了。”

她伸手揽过沈桐的肩，很认真地说:“咱们先在游戏里结为伴侣，等疫情过去了，咱们就正式约会！我记得你挺喜欢我穿裙子的吧？等着！我今年春节特意控制着饮食，瘦了些，穿裙子更好看！到时候一出场，保准美翻你，哈哈……”

“……”

温妏有些不明白，她预想了一千种沈桐的反应，却没料到沈桐会是现在这样，就只是呆呆地看着自己。

要不是确定他的头像还是彩色的，她都要以为他下线了。

“你干吗啊？”温妏不好意思了，她别过头，“有这么惊喜吗？”

说完，她嘴角带上一抹笑：“我也知道今天这样……有些突然。实在是你一周没上游戏，然后我又联系不上你，我才猛地发现咱俩的联系原来这么少。”

温妏手钩住沈桐的白色牧师袍，轻轻拉了拉。

“幸好我反应快，及时吸取了教训，不然咱俩不知道要磨到什么时候去呢。”

“哎，你是不是喜欢我啊？”

“说句话啊？”

屏幕这头的门安琪终于忍不住哭了起来。

她想，要是现在登录游戏的人，真的是她哥沈桐该多好。

他现在该多高兴。

门安琪哭得上气不接下气，手抖得按不下键盘，她几乎用尽全身所有的力气，稳住身子，缓慢地打字。

“我哥很喜欢你，这么多年，他只喜欢你。”

“我哥死了。”

叶柏舟看着视频里的门安琪哭得那么伤心，自己也觉得惆怅。

不怕醒悟，只怕醒悟太晚。

不怕错过，只怕刚好错过。

幸好他没有迟疑，在确认喜欢之后就顺应自己的心，做了直截了当的决定。

因为疫情，各地都封路了。

温妏连来看沈桐最后一面的机会都没有。

从沈桐妹妹嘴里断断续续知道事情的全部之后，她形容不出自己的感受。

她喜欢沈桐。

沈桐喜欢她。

可是奇不奇怪，两个人偏偏就这么错过了。

沈桐到死都不知道温妏也喜欢他。

她喜欢沈桐那么久。

沈桐喜欢她那么久。

可是奇不奇怪，两个人就是谁也没开口。

沈桐到死都不知道她也喜欢他。

…………

不知道也好。

现在开始，她不能喜欢，只能想念了。

温妏想起高中的一节数学课，那是在一个夏天，老师在讲立体几何，她昏昏欲睡。老师拿着三角板画线的时候，一只黑白羽毛相间的鸟突然从窗户飞进来，在教室里绕了一圈，在全班同学的惊呼声中，又若无其事地飞了出去。

她想，沈桐就像是那只鸟，在她暗淡的生命里画下一笔亮眼的花纹。

出现过、扰乱过、惊艳过，然后飞走，最后留给她的只有想念。

之前还想着只要沈桐不再无缘无故消失一周，她做什么都行——现在沈桐真的消失了，不再回来，她什么也不能做了。

只能想念，想念那个看到她伤心递纸都要委托他人的沈桐。

晚上。

温妏梦见了一片樱花林。

她在树下哭，面前突然多出一包纸巾。

温妏抬头。

是沈桐。

他笑着，眼睛里饱含深情。

“谢谢……”温妏怔怔地说。

风起，樱花落，像是下起了粉白色的雪。

“温妏你好，我叫沈桐。我喜欢你很久了。”

…………

醒来时，她的枕头湿了一片。

奚怀洋那个时候想着做医疗志愿者完全是一腔热血。

尽管跟叶柏舟拍胸脯拍得那叫一个响，但说不怕那是在吹牛。

一种新的传染病，什么都还不确定，一切都只是在摸索中前进。

可是当他真的到了医院，什么都来不及想了，就感觉铺天盖地全是需要帮助的人。

算是有一点幸运，庄穆居然也被派到了同济医院光谷病区。

两人隔着护目镜看到对方时，都愣了一下。

这一次奚怀洋没有冲上去大喊偶像，而是沉稳地点点头，竖了个大拇指，然后拍拍自己的胸脯，示意自己保证会好好完成任务。

庄穆笑了，他也点点头。

“一起努力。”庄穆对奚怀洋说。

新冠肺炎的重症患者除了会出现呼吸衰竭和血氧浓度太低之外，还会引发身体其他部位的功能损伤，其中心脏损伤往往是造成死亡的很重要的一个原因。

各地援鄂的医护人员，大部分都是来自重症医学科、呼吸学科以及感染科的，心血管科的医生很少，因此庄穆从仁和医院带来的这一支主攻心血管的团队显得格外重要。

奚怀洋不舍昼夜地辅助庄穆对整个同济医院光谷病区八百多名住院患者进行了病例筛查。

早上开会的时候，庄穆交代："一定要问清楚患者平时吃的什么药，做什么样的治疗。要尽量保证他在治疗新冠肺炎时，旧的基础疾病不要复发。"

"好！"

"知道了。"

"三床病人情况怎么样？"庄穆问，"胃管、导尿管撤了吗？"

奚怀洋："都撤了。他现在的血压、心率包括电解质，这些指标都还行，现在最主要的问题是血栓，还有就是他老喊饿。"

庄穆："行。喊饿这个事，一定记住，千万不要给他吃太多。现在他全身上下各个器官还在恢复的过程中，当然也包括心脏，营养供给要有个度，不能他喊饿就给他吃，控制着点。"

"嗯。"

"好。"

大家匆匆记下要点，开始了新一天的战斗。

现在奚怀洋对自己的职业有了新的了解——其实医生就是在生死边缘拽着绳子的那个人，有时候能拽起来一个；有时候山穷水尽也拽不住，只能眼睁睁看着前一天还喘着气向医生求救的病人，第二天就没有了呼吸，掉入死亡深渊。

可也来不及感伤，这个病人没了，下一个病人又来了。

往往病床上的尸体还没搬走，又有新的病人预订了床位。

停不下来。

凌晨两点，回到旅馆时，奚怀洋整个人已经麻木了，手握紧拳也没感觉。

他打开手机，看到叶柏舟拨来了17个电话。

尽管现在回电话过去时间也太晚了，但奚怀洋也只有这点时间了。

他打回去，叶柏舟接得很快，这令奚怀洋惊讶了。

“你没睡？”

“在小区值岗。”叶柏舟打个哈欠，紧了紧脖子上的围巾。

奚怀洋更稀奇了。

“你小区什么时候用得着你去值岗了？”

“没在我小区，在翠谷玉泰。这里前段时间确诊了两例病例，现在人手不够，我来顶一会儿。”。

奚怀洋夸叶柏舟有责任感有担当。

叶柏舟有些害臊，啧了一声，不耐烦地说：“你烦不烦？”

闹过之后，叶柏舟问奚怀洋：“你弄完了？”

“嗯。怎么了？”

“门安琪的表哥走了。”叶柏舟声音有些低，“她这几天心情不好。”

奚怀洋瞪大眼睛：“叶柏舟你不是吧，我都累成这样了，你还想让我给门安琪表演节目逗乐子？”

叶柏舟翻了个白眼：“我真是好奇我在你心里到底是什么形象，我只是想让你开导一下门安琪。”

“不了。这不是说几句话就能解决的。就像我一开始决定做志愿者的时候，你觉得我是傻子，可现在你也在做了呀，而且看你做得还挺开心的吧？这当中的心路历程你能够一两句话，就让门安琪想明白吗？”

叶柏舟懂了。

今天天气一般，云层特别厚。

下午操控着无人机飞过疗养院的时候，看见一个老爷爷扒在墙头上，很危险，我正要开口，结果看见他手里拿着一枝花，很小心地把花放到墙里面的架子上。没一会儿，围墙里走出来一个老太太，蹒跚着，把花从架子上拿下来。你没看见，老奶奶脸上的笑，是那种好像得到了全世界最甜的糖的笑。

我在想，老爷爷和老奶奶年轻时肯定也吵过很多架，但是，他们还是携手走到了最后。

而且，一直到年老，他们还是那么浪漫，就算疫情原因出不了疗养院，也要翻墙为老伴送一枝漂亮的花。

门安琪，你要是老了，我也会翻墙送你一枝花。

今天上午有一点阳光，下午的时候就阴了。

在城里巡逻了一圈，收工往家走的途中，看见两位老奶奶坐在椅子上聊天。

两人的距离隔得特别远，口罩捂得严严实实。

说话都是扯着嗓门。

“今年还能不能活过去哟？”

“老骨头啦，能活着最好，活不了咱们今天就是最后一面，不得乐呵呵的吗？”

今天有一点小雨。

无人机飞起来，有一点困难。

王叔愁眉不展的，说：“这一场雨下得哟，看来今早喷的消毒水，算是白干了，等雨停了得补上。”

喷洒消毒水这件事不难，王叔却一直挺苦恼。

我问过原因才知道原来是人手不够。

每栋的电梯要喷消毒水，过道楼梯也要消毒，户外也要消毒……工作量太大了。

我想了想，可以用无人机来洒消毒水，而且无人机高空作业，还能全面一点，也能节省人手和时间。

我把这提议跟王叔一说他就同意了。

说做就做，雨一停，我就紧赶着试了一下。

无人机主要是在垃圾房、健身器材等空旷的地方进行高空消毒。

无人机飞过去的时候，我看小区里，有人打开窗户举着手机拍照。

无人机拉风，我知道。

但没想到无人机有一天能这么被需要——感觉还挺好的。

…………

这是叶柏舟的日常。

晚上和门安琪打视频电话的时候，他就把这些说给她听。

不知道过了多久，门安琪心里那团从疫情开始郁结，而后又因为表哥的死而变得更加浓烈的阴霾，终于好像淡了一点。

“可惜我妈哪儿也不让我去，她就让我在家里安生待着。”

门安琪有些垂头丧气。

“我妈好夸张，说我要是出门，就踏着她的尸体出去……你说我就是去做一个社区志愿者，根本就没有什么危险，结果我妈还是不乐意。”

叶柏舟笑了。

两人今天直接打的语音电话，即使没有视频，叶柏舟也能够想象到门安琪此时此刻懊恼的表情。

“以前日子过去了就过去了，但是现在因为想着晚上要给你讲我的每一天是怎么样的，于是留心观察，刻意记了这些日常，却发现这么记一下，好像日子更绵密、更厚了一些，你能明白我的意思吗？”叶柏舟皱着眉，不确定自己形容得对不对。

门安琪眼睛一亮。

“我知道我能做什么了！”

没错，虽然只能窝在家里，可是也不妨碍她成为一位忠实的记录者。

铭记也是一种力量，她要用文字记下现在这个特殊的时期。

挂了电话，门安琪登上自己的微博号，开始记录发生疫情以来的点点滴滴，题目是《蓉城疫情日记》。

第一天社区工作人员上门测体温的时候，得知我是武汉回来的，而且我又因为喝了热姜茶，体温升高，被误以为发烧了，大家都被吓得不轻。社区人员马上送来中药包，心理机构也打电话来安抚，物业大叔主动问我们要买什么菜和生活用品，他帮处在隔离中的我们带回来。

我把住对面楼的小婴儿也称作英雄。刚出生，本来是睁开眼睛好奇看世界的时候，结果现在响应政府号召天天只能待在家里，居家隔离这一点来说，比好多大人做得好多了。

表哥深夜站岗因车祸去世。疫情原因，葬礼从简。整个过程特别快，我缓了很久，最近慢慢明白，重要的是死前正在做什么。表哥死前是在工作，是在守护国家和人民，他应该挺欣慰的吧？我也为他骄傲，决定向他学习。

门安琪每天想起来一点就记一点。

出乎她的意料，居然越来越多的人参与评论和留言，大家一起讲述自己在疫情期间遇到的温暖小事，这些感动一直在延续。

最让门安琪印象深刻的是一位在高速路口执勤的疾控中心的小姐姐的留言——

那一天已经是深夜一点多了，我穿着防护服，在冬日的高速路口，一辆车子开过来，我便照例上去测体温。车里坐着的小女孩，睁开惺忪睡眼，看见我的时候，把手里的糖果大方地送给了我。

“姐姐辛苦了。”小女孩的声音奶声奶气。

我收到糖的一瞬间，立马就鼻酸了。

“当时觉得冬夜寒冷漫长，但是，有了这颗糖，也不是那么难挨了。”

因为这一场突发的疫情，让门安琪母女俩能长时间面对面相处，门安琪自从上大学之后，难得有这样的时间。

她们俩天天宅在家里，把赵本山的小品集来回看了四五遍，现在只要一个人说上半句，另一个人就能接下半句。

门安琪喜欢吃香菜，所以青椒鱼里头一直都放着一大把香菜。

可是这一回长时间相处，门安琪发现原来妈妈不喜欢吃香菜，每次不小心嚼到一根香菜就会赶紧吃一大筷子别的菜压压味儿。

门妈妈喜欢跟着网上各种厨艺教程学做东西，而且成功率极高，到目前为止，就没失手过。

门安琪每天吃得那叫一个痛快。早上醒来第一件事就是吃，吃完之后玩一会儿手机又该吃午饭了，吃完午饭，睡个午觉，起来又该吃晚饭了。吃完晚饭看会儿电视，妈妈又从冰箱里拿出自制酸奶……每天这么吃，门安琪现在假装看不见家里那个秤。

那天晚上，她和叶柏舟视频，叶柏舟一见她，第一句话就是："你换手机了？怎么感觉镜头里你的脸圆了一些呢？"

门安琪马上生气得挂掉视频，又委屈巴巴地凑到妈妈怀里。

"妈，你是不是把我当猪崽子在喂了？"

妈妈笑得不行："对啊，你就是我的小猪崽子。"

…………

走到阳台，最近天气稍稍有一点点回暖，可喷雪花还是一根萧瑟的枯枝。

门安琪捏了捏，嗯，还活着的。

她能感觉到枝干的养分和生机。

三月。

天气回暖，全国疫情基本得到控制，交通逐渐恢复，各地开始有组织地进行复工。

门安琪算了下时间，她跟叶柏舟已经整整两个月没见了。两个人每天跟网恋似的，什么都是在网上进行。

眼看开学还遥遥无期，凌落落每天提心吊胆的。

"可怎么办啊，我还得补考呢。"

都说幸福和不幸是比较出来的，门安琪就安慰凌落落："没事，你这么想，这届毕业生，连学位证照片都是网上采集，我猜可能毕业照都没有，到时候领了毕业证就得直接走。这么一想，你这补考跟他们比起来是不是就无足轻重了。"

别说，被门安琪这么一捋，凌落落还真觉得自己的补考不叫事儿。

她一瞬间畅快了，心安理得地在家里追剧。

门安琪有时候无聊了，给凌落落发消息。她以为自己回消息就够慢了，没想到还有个比她更慢的，得隔大半天才能得到回音。

她有一次实在忍无可忍，问凌落落："我们俩是隔着时差还是隔着太平洋，怎么我今天给你发消息，你第二天晚上才能回呢？"

凌落落说："没办法呀，我在追番，你也知道有的番追起来，真的停不下来。"

这话勾起了门安琪的兴趣。

她最近在家里待得实在有些无聊，赵本山小品都能够倒着背了。

"你在追什么呀？"

凌落落神神秘秘地说："我在追《网球王子》。"

门安琪没好气地说："大姐，2020 年了，你醒醒吧，这是 20 世纪的人才看的动漫。"

凌落落："你懂什么？有的东西常看常新，你别说，我通过这几天坚持不懈地追《网球王子》，在里面发现了很多至理名言。"

凌落落说完就发来好几张截屏的台词图片。

——要成就大事，就什么也别想。

——不管怎么样，只有一个人会赢，失败的人只能默默消失。

——只是光靠发脾气就会赢的话，谁都不用辛苦了。

…………

凌落落又继续说："你看看，这是不是字字句句直击肺腑？"

门安琪："是。但你现在这么激动有什么用，搞得好像你就真能由此咸鱼翻身似的。"

凌落落："我以为这一场疫情能让你变得仁慈一点，没有想到你说话依旧这么'动听'。"

她懒得理现在处于异地恋、每天百无聊赖的门安琪，便嫌弃地说："找你的叶柏舟去吧！"

不用门安琪去找，叶柏舟自己先给门安琪发来了一张图片。

门安琪打开之前看缩略图片是红彤彤一大块，还以为是什么血之类的东西，当即心脏漏跳了一拍。

她心惊肉跳地打开，发现原来是一面公安局送给叶柏舟的锦旗。

感谢他之前利用无人机巡逻小区、远程对话、高空喷洒消毒水等。

锦旗写着——

最帅的男孩：

社区的好同志，人民的好同志。

门安琪笑得直不起腰。

叶柏舟也觉得这件事好笑，不用想就知道肯定是队长的手笔，一瞬间又觉得很温暖，却又觉得挺没有必要。

“这个锦旗多有纪念意义呀！”门安琪一边擦眼角笑出来的泪，一边事不关己地宽慰叶柏舟。

“这么有纪念意义，要不然我送给你呀。”

门安琪疯狂地点头：“可以呀，现在快递能寄了吗？”

“用不着快递，我来成都找你。”

“真的假的？”

“骗你我能得到什么？”

“不知道，大概是你那变态的快乐吧。”门安琪冷静地说。

叶柏舟没想到门安琪能接这么一句，当场就乐了。

“别笑。”门安琪正儿八经的，“你真来成都还是逗我玩？”

“真的。成都不是已经在复课了吗，学生进校挨个儿监测体温不太方便，所以用热成像无人机对进校学生大范围地体温测量。”

门安琪听得云里雾里的。

她也懒得问清楚，反正叶柏舟厉害就行了。

但再厉害的叶柏舟，门安琪还是决定提前打预防针：“你来成都我当然举双手欢迎，但我必须跟你说明白，虽然我妈妈对我们俩的事不反对了，可这并不意味着她就支持。而且……我母上大人稍稍有一点幼稚，我怕她到时候给你甩脸子。”

叶柏舟无所畏惧。

“没事。我专门买了本《和丈母娘沟通交流的100个小技巧》。”叶柏舟势在必得，“相信我可以打动丈母娘的。”

门安琪嘟囔：“这才哪到哪，哪儿就是你丈母娘了。”

叶柏舟颔首笑，他看着门安琪，心想，快了。

“对了，你妈妈喜欢什么呀？”

“搓麻将，看赵本山小品。”

叶柏舟眉头皱得死紧。

他既不会打麻将，也没看过赵本山的小品，不由得叹了一声气，想起一开始恋爱的时候，因为门安琪喜欢听孟鹤堂、周九良的相声，所以他也每天晚上逼着自己听的痛苦经历。

“啊，所以现在我又要开始开启看赵本山老师的小品的征程了是吗？”

门安琪挺惊讶，问道：“你没有看过赵本山的小品吗？”

“很奇怪吗？”

“奇怪呀！我这个年纪没有看过很正常，你这个年纪怎么可能没有看过。”

说完门安琪就后悔了。

果然，叶柏舟听完这话就微微一笑。

他云淡风轻地反问门安琪：“我什么年纪？”

“龙精虎猛的年纪！时代的朝阳！青春的脉动！人民的好同志！社区的好同志！最帅的男孩！”门安琪连忙讨好。

尽管叶柏舟说不用，但门安琪还是决定去接他。

这一回她不用设5个闹钟了，直接让妈妈第二天叫她早起。

果然，第二天一大早，妈妈就来敲门叫门安琪起床了。

“快快快！都八点了，起床，起床！”

门安琪眼睛睁开一条缝，一看手机，明明才六点半。

呵，还当她是少不经事吗，她才不信妈妈叫起床时报的时间呢！

她翻了个身，打算赖个五分钟的床。

结果妈妈就开始拍门，她也早就识破门安琪所谓的五分钟了。

“赶紧起！不然我进来掀被子了啊。”

门安琪一激灵，直接坐了起来。

果然，这世界上没有比“母亲”更灵的闹钟了！

妈妈开门见她坐起来了，就走进房间，把窗帘拉开，窗户打开。

清晨的薄雾湿冷，绵绵地打进房间里，感觉一下子冷了三度。

“嘶——”门安琪裹紧被子，“干什么，好冷。”

“你不是要早起吗？是不是想起来呼吸新鲜空气好生锻炼一下？赶快来，赶快来，阳台我都收拾好咯。”

“不啊，”门安琪打了个哈欠，“我是去机场接叶柏舟。”

“唰——”

窗帘给拉上了。

“啪——”

门被关上了。

门安琪：“……”

她暗自觉得好笑，给叶柏舟发消息：“完了，我感觉我妈现在对你的印象分应该是－200分。”

叶柏舟淡然一笑，装作不以为意，云淡风轻地回复道：“没关系。”

上一秒仿佛还掌握局势的人，把手机一锁屏，就立马从书包里拿出《和丈母娘沟通交流的100个小技巧》这本书，他翻到做好标签的书页，再次细细品读起来。

门安琪发誓她真的是真心诚意想要做叶柏舟走出机场时见到的第一个人的。

但她也真是低估了成都人民解禁之后的工作热情。

她被堵在路上了。

成都冬天的太阳就好比那句诗：草色遥看近却无。感觉气温升高了，头顶像是有太阳，但是真抬头一看又灰蒙蒙的啥也没有。

好厚的云。

好灰的天。

好堵的路。

门安琪忍了又忍，到底没忍住，她开口问司机："为啥我们不走机场高速呢？"

"现在是堵在去机场高速的路上。"

原来如此。

门安琪哑口无言。

司机从后视镜里看了门安琪一眼："干啥子嘛，这么急，成都堵车也不是一天两天了，你第一天晓得嗦。"

"我以为现在疫情好歹还没完全结束，大家继续待在家里呢。"

"家雀子上天，你想得美哦。"司机哈哈大笑，"肯定要出来噻，待在屋头哪个给钱？咋过生活？"

想想也是。

门安琪叹了口气，现在急也没用，她索性平心静气地坐在座位上，给叶柏舟发消息，说明自己真的不是故意迟到，是堵车了，让他耐心等待，她即将到来。

点击发送之后，门安琪锁屏，把手机揣进兜里，眼睛看向窗外，心里默默祈祷能快点让路上停滞的车流动起来。

可不想再被叶柏舟念了——之前他从河南回来，自己睡过头没去接，直到现在他还提呢。

那小心眼儿。

门安琪摇了摇头，想起叶柏舟，眼底漫上笑意。

真的已经很久很久没有见到他了啊。

放寒假那会儿谁也没料到会出现现在这个情况，她还说了"很快来年春天再见"之类的话。

不过现在只要走过这一段拥堵的三环路，到了机场高速上，就能一路畅通，到达机场。

然后就能见到叶柏舟。

门安琪嘴角止不住地上扬。

她看向车窗外远处的天空，觉得一向灰蒙蒙的天空都开满了小花。

叶柏舟走出出口。

他看见面前有一个背影，乱糟糟的短发，注重保暖的穿衣风格，不是门安琪还能是谁。

想到门安琪说她要做他走出机场见到的第一个人，叶柏舟心里一甜。

他拉着行李，走上前。

几个月不见，他难得地，居然有一些紧张。

叶柏舟伸手捋了一把自己的头发，疫情期间出不了门，他的寸头长成了短发，也不知道门安琪喜不喜欢。

他拉着行李往前走，离那个背影近了一些，看得更清楚。

这个人说是要减肥，反倒圆润了不少嘛。

叶柏舟笑得十分宠溺，感觉圆圆的门安琪也很可爱呢。

他上前一步，离门安琪只有两步之遥的时候，深情款款地说："你胖了我也喜欢。"

女生回过头，瞪叶柏舟："你说哪个胖了？你再说一遍？不要以为你娃长得帅就可以乱说哈！"

叶柏舟愣在原地。

认错人了。

姗姗来迟的门安琪赶到机场出口时，叶柏舟一个人正站在行李箱旁边，埋头玩手机。

门安琪一下子就心疼了。

"跟你说我堵在路上了，怎么还傻乎乎地出来吹冷风呀？在里边多坐一会儿呀。"

叶柏舟茫然地问道："你什么时候跟我说你堵车了？"

门安琪边拿手机边说："我给你发消息了呀……"

话没说完，她便看见自己发的那条消息左侧有一个醒目的红色感叹号。

敢情那会儿在路上，信号不好，她根本没把消息发出去。

"对不起。"门安琪低下头，认真地道歉。

她想，如果自己到了一个陌生的城市，说好要来接自己的人，却一直没有来，该有多么恐慌。

叶柏舟看出门安琪心中所想，他也不安慰，也不告诉门安琪自己其实已经来成都很多回了。

他继续扮可怜，还把刚才自己不小心认错人的乌龙事件给门安琪讲了。

本意是想得到门安琪的安慰，结果这人好没有良心，捂着肚子，哈哈大笑到直不起腰，依旧还是那副生龙活虎的样子。

整个疫情期间，叶柏舟一直表现得都很冷静，十分稳重，现在见到门安琪活生生、好端端地站在他面前，他才猛地后怕。

疫情、疑似中招、没有中招、地震、表哥去世……

门安琪的这个寒假过得实在既漫长又胆战心惊。

他看似一直很沉稳地在指挥门安琪该干什么，其实心里早就像悬空的石头。

现在门安琪就在眼前，依旧生龙活虎。

他终于心安了，悬空的心落地了。

叶柏舟对着门安琪，张开双手。

门安琪笑着扑进他怀里。

人来人往的机场出口，他们久别重逢，也顾不得周围人的目光了。两人紧紧抱在一起，确定经此一“战”，双方都还好好的。

叶柏舟一个没控制住，鼻酸之后居然真的落泪了。

门安琪觉得抱得差不多了，打算松手。结果叶柏舟手掌用力，把门安琪往怀里按。

“不行。”他带着哭腔道。

门安琪眨眨眼。

哭了啊？

她又眨了眨眼。

叶柏舟居然哭了。

怎么办……

现在想很纯粹地安慰他，但是想看他哭起来是什么样子的邪念又压不住……

最后门安琪到底还是没止住自己的邪念，因为这可是叶柏舟！叶柏舟在哭！试问谁不想看这一幕！

她半安慰半哄骗地说：“没事啦，我们都还好好的呢。”她一边伸手轻轻拍叶柏舟的背，一边不动声色地想扭头看叶柏舟。

“你不会成功的。”叶柏舟即使在哭，也能轻易知道门安琪脑子在想什么。

“嘁。”

门安琪不动了，她乖乖站在那里任由叶柏舟抱。

但两人也没抱太久。

松开之后，叶柏舟和门安琪同时揉脖子。

身高差是硬伤，抱起来太费劲儿。

叶柏舟让门安琪见识到理科生到底有多恐怖。

之前得知门妈妈喜欢搓麻将，叶柏舟还苦恼他不会，现在他告诉门安琪，不会搓麻将没关系，会做程序就行——他居然亲自做了个 APP，已经试运行了一段时间，都有不少网友加入了。

“阿姨，您试试在这里面玩。”

门妈妈在之后的两个小时里，在线跟人打麻将，就没输过，赢得那叫一个心花怒放。

门安琪悄悄地对叶柏舟竖了个大拇指。

不仅如此，叶柏舟还充分发挥了一个优质学霸的基本素养，对于书本中学到的知识能立马活学活用。

《和丈母娘沟通交流的100个小技巧》里说，要适当地开启话题，而且必须得是两人都知道的共同话题。

吃饭的时候，叶柏舟就见缝插针开始对赵本山的小品进行讨论。

门安琪吃饭时一放松就习惯把脚踩到椅子上。这姿势特别不雅观，平时家里就门安琪和妈妈的时候，妈妈没管她，但是现在好歹叶柏舟也在场，门妈妈就瞪了门安琪一眼。

“没事。”门安琪心无旁骛地继续挑凉拌粉，刚好挑中一根长的，门安琪手伸直了也没能把粉条完全挑起来。

叶柏舟自然而然地去帮她夹，把粉条放进门安琪碗里后，门安琪也特自然地对叶柏舟笑。

两人的眼神互动看着像中间流淌着一条甜蜜的河。

根本容不下第三个人。

门妈妈不满地拿食指叩了叩桌子。

“没事，他知道我什么样儿。”门安琪看着妈妈，笑嘻嘻地解释。

叶柏舟也摆出三好学生的笑，一边卖乖一边帮门安琪开脱：“对啊，《卖车》里不是说了吗，两脚离地了，腿就没压力了，病毒就上不去了，聪敏的智商又占领高地了。”

这段赵本山的话他学得真是惟妙惟肖。

门安琪笑得筷子都拿不稳。

叶柏舟本以为这一段一定会讨得丈母娘的欢心，甚至都做好准备听门妈妈接下一句话了。

——毕竟据门安琪所说，门妈妈对赵本山老师所有的小品都倒背如流，每逢上句必接下句。

“我去厨房看看猪蹄炖得怎么样了。”门妈妈丢下这句话就离桌了。

叶柏舟挺茫然地问门安琪：“我说错话了？”

门安琪也挺茫然：“没有啊，你看我都乐成什么样儿了。”

两个年轻人在餐桌前战战兢兢地猜哪做错的同时，门妈妈靠坐在厨房料理台上，心情复杂。

实话讲，她一开始真是决定要给叶柏舟一个下马威的。

但是叶柏舟这个小伙子看着真的不错，对门安琪也是一种自然而然的爱护。

叶柏舟来之前，听门安琪说他本来是一个信奉科学的人，因为担心门安琪，居然想到了去做好事来给门安琪换福报这种迷信和荒谬的事情。他不止是说说而已，他真的这么去做了，还得了面锦旗。

门妈妈手指抠着料理台边缘，想到门建国。

如果门建国还活着，必定会对这个女婿非常满意。

不油嘴滑舌，有进取心，最重要的一点，足够疼爱门安琪。

最重要的一点，门安琪看起来好像只喜欢他一个人。

…………

所以呢？

门妈妈叹了一口气，但是好像就这么轻易表现出自己接受叶柏舟，也太便宜了他。

难啊！

现在餐桌上的两位倒是好兴致。

叶柏舟问门安琪自己是不是哪儿做错了，门安琪头皮都快抓破了，实在想不到。

本来就乱糟糟的短发，现在被门安琪这么狂躁地一通乱揉，像是起了静电，成了软蓬蓬的一团。

门安琪有些苦恼，皱着一张小脸：“怎么感觉你跟拿了女主剧本似的，现在面临着婆媳问题。”

叶柏舟其实没怎么听清门安琪在说什么。

他就是很想笑。

见门妈妈还没出来，他低头亲了一下门安琪。

蜻蜓点水。

但足够门安琪措手不及。

她惊得张大嘴，瞪大眼睛，小声骂道：“你这人！”

她刚才真心实意在为叶柏舟和妈妈而担心苦恼呢！

叶柏舟嘴角带着笑，看着门安琪的眼睛里像是装着一碗熬化了的糖。

见门安琪圆圆的样子，好乖好软好想捏。

“你好像狗啊。”叶柏舟无限温情地说。

“……”

门安琪心中所有旖旎一瞬间化为了脏话。

“你好像人啊。”门安琪翻了个白眼。

叶柏舟这才意识到自己刚才说了什么。

“我不是这个意思……”

叶柏舟越想越好笑，最后说了一半儿自己又开始乐。

门安琪不懂叶柏舟的笑点，只觉得现在捂肚子的叶柏舟笑得像个智障。

可叶柏舟还是笑，他连看见门安琪家里印着粉红小花的碗都想笑。

没有人知道，这是整个寒假以来，他笑得最多最开心的一天。

门妈妈不让叶柏舟留宿。

“我们家可没有多的卧室。”

门安琪急得不行，这么晚了，让叶柏舟出去也太不安全了。

她看着妈妈：“沙发可以睡人吧。”

“没有多的被子。”门妈妈恨铁不成钢地瞪门安琪。

门安琪还要说话，叶柏舟拉了一下她，转头笑着对门妈妈说：“我订了酒店的，今天实在打扰了。”

门妈妈哼了一声，傲娇地揣着手走了。

门安琪把叶柏舟送出单元门，叶柏舟不让她再送了。

“早点回去休息。”

“嗯。”

门安琪瘪瘪嘴，恋恋不舍。

她手揣在睡衣兜里，倒着往回走，眼睛看着叶柏舟。

“明儿见。”叶柏舟笑着挥手。

门安琪又瘪嘴：“行吧。”

说完她觉得不够，又补充一句：“到酒店以后给我发消息。”

“好。”

“不，你给我打视频吧。”

“好。”

“住酒店的时候记得不要乱碰东西，门把手、浴室什么的先用酒精消个毒，听说现在好多酒店里有针孔摄像头，你把……”

叶柏舟脸上的笑意越发深厚，他捏了捏门安琪的脸，一副喜欢得不能再喜欢的样子。

“知道啦。”

门安琪还是不放心，一边牵着叶柏舟的小拇指玩，一边继续叮嘱他注意事项。

两人黏糊的样子，被楼上默默观察的门妈妈看了个彻底，她气呼呼地拉上窗帘。

瞧门安琪那没出息的样儿！烦人！

没几秒，她又把窗帘拉开，往下面一看，两人居然还亲上了。

夜深人静！成何体统！

门妈妈给门安琪打电话：“赶紧带着人给我回来！烦人！”

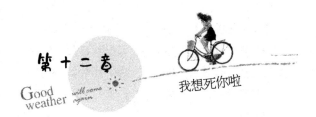

第十二章

Good weather will come again

我想死你啦

门妈妈把被子不客气地摔在沙发上时，瞪了眼叶柏舟：“你那几句学得一点儿也不像！”

叶柏舟愣了一下才明白门妈妈说的是他学小品《卖车》的事。

作为一个研究《和丈母娘沟通交流的100个小技巧》比《ERDAS IMAGINE遥感图像处理方法》还勤恳的人精学霸，他当即心领神会。

“肯定是没有阿姨您学得像的，有空还得劳烦阿姨指点呢。”叶柏舟跟门妈妈说话时比跟导师说话还恭敬。

“喊。”门妈妈语气不屑，嘴角却止不住地上扬，被哄得开心了又觉得该端起架子，“狗腿子，我可不喜欢这样的。”

说完门妈妈扭头高傲地离开了。

叶柏舟：“……”

他终于知道门安琪身上那股“我能做但你不能说”的傲娇别扭劲儿是从哪儿来的了。

他哭笑不得地睡下。

门安琪洗漱完了，嗒嗒嗒跑过来。

她的脸湿漉漉的，水珠在下巴上挂着，就先凑过来看叶柏舟睡觉环境如何。

“哎，我妈给你把沙发打开了，这样也好，睡着舒服一点。”门安琪夜里视力不太行，这么说完，才看见叶柏舟盖的被子，“我妈偏心！这被子是她高价买的羽绒被！平时不是我盖的吗？怎么你一来就给你了！”

叶柏舟顿了一下，眨眨眼，然后就开始笑。

门安琪还在那儿不满地说：“亏我以为你们俩水火不相容，刚才洗脸都在思索对策，结果……这个世界太疯狂！”

“耗子都给猫当伴娘。”叶柏舟下意识地接了这句话。

两人同时愣住。

“还是少看点赵本山老师的小品吧。”门安琪憨笑，“好歹也是校园男神，张口闭口都是小品选段，多不好。”

叶柏舟又在笑了。

他不知道该怎么形容现在的感觉，胸口好胀好满，所有明快的情绪一股脑往外冒，像是繁花簇拥着提前盛开在这一片春光无限中。

“门安琪，”叶柏舟的额头和门安琪的额头相抵，声音带着笑，沉沉的，尾音又上扬，像是一把浸了酒的古琴，“我怎么这么喜欢你。”

“嘿嘿。”门安琪傻乐，憨憨的，“这不是应该的吗，除了我还有谁值得你喜欢？”

“也是。”叶柏舟也傻乐。

他们俩在客厅里坐着说悄悄话，其实也没什么营养含量，大多是无意义的废话来回说。

夜深了，但谁也不肯先去睡。

“明天我醒了，你该不会就不见了吧？”门安琪问叶柏舟。

“不会的，”叶柏舟弹一下门安琪的额头，“你今晚都问了四遍这个问题了。”

门安琪又开始傻乐了。

早上阳光明媚。

门安琪昨晚睡得晚，现在自然起不来。

倒是叶柏舟，七点就起了，把沙发收拾好，正在叠被子。门妈妈醒了，出来看见叶柏舟，有些意外。

“起这么早？”

“嗯。”叶柏舟笑了笑，“生物钟，习惯了。”

他帮着门妈妈和面，两人对站在桌前，一个擀面皮，一个包饺子。

画面看着倒也和谐。

门安琪是被凌落落的电话吵醒的，她迷迷糊糊接起来就听凌落落大声说：“今天要上网课你记得吗？”

门安琪立马清醒，她还真忘了。

赶紧进了直播教室，老师已经在说开场白，都是关于疫情突发情况，学校灵活地安排了网上授课……

门安琪打个哈欠，这才听了半分钟，又犯困了。

“我听见有同学打哈欠了。虽然这是门选修课……”

门安琪一听，这不就是在说自己吗？她连忙闭嘴，乖乖躺被窝里接受教育的洗礼。

这时候突然听见“嘶——噗——”的动静，在困意缭绕的安静“教室”里，显得如此响彻云霄。

“……”

门安琪手机疯狂地振动，全是凌落落发来的消息。

“你听见我拉屎了吗？”

门安琪这才反应过来刚才那动静是什么。

“我去！我拉屎忘记关麦了！啊——”

门安琪瞬间笑得手机都拿不稳，抖着手发了半个屏幕的“哈哈哈哈”过去。

凌落落崩溃得不行。

“别笑了！你听见了吗？快告诉我！”

“你放了那么响一个屁，我能听不见吗？而且全班都听见了，江老师讲课都停顿了！现在说话还在结巴呢，你说说你，哈哈，你太牛了，哈哈哈！”

凌落落连发了六个【猛虎落泪】的表情包过来。

“今生我怕是没脸见人了。”凌落落发语音哭号着，“四郎，嬛嬛怕是不能陪您左右了！”

这人最近因为疫情在家，追了不少的剧，每天动不动就给门安琪表演一段。

好在门安琪反应快，立马接上:“嬛儿！别走！再陪朕说说话！”

“四郎！”

“嬛嬛！”

“门安琪！吃饭！要给你端到面前来嗦！”

两人的深情表演被门妈妈打断。

门安琪出去吃饭了，因此没看见电脑屏幕“通告栏”那一栏写着——

课上两位表演《甄嬛传》的同学，下课后私聊我。

可怜门安琪本来和妈妈、叶柏舟共享丰盛早餐，其乐融融。

叶柏舟接了个电话，挂断时表情像是在憋笑。

门安琪挺好奇地问道：“怎么了？”

“你上课做什么了？江老师让你下课后去找他，结果你也没去。”叶柏舟憋笑憋得痛苦，“他把电话打我这儿来了，让我教育教育你。”

门安琪一脑袋问号，突然感觉后背一凉。

转头一看，果然是妈妈在盯着自己！

“门安琪你干什么了！老师都留堂批评你了，你得犯多大的错！”

“我没有！”门安琪连忙哀号，拼命给叶柏舟使眼色，让他救她。

“把你乱眨的眼睛给我闭上！别以为现在有小叶给你撑腰，我就不敢收拾你咯，一天天的越来越不像话……”

听完妈妈一顿训，门安琪坐在沙发上，双眼无光。

叶柏舟这人太可怕了，上个网课的时间，叶柏舟在门妈妈那里已经从横竖看不顺眼的家伙变成亲昵的“小叶”了。

而她呢，从独得妈妈宠爱，变成现在这副凄惨模样。

羽绒被给叶柏舟盖了。

水果也给叶柏舟摆上了。

饺子也把多的那一份给叶柏舟了。

还专门给叶柏舟调了蘸料，因为叶柏舟喜欢吃蘸饺胜过汤饺。

…………

天大地大，竟没有一个她的容身之处。

叶柏舟帮门妈妈收拾好碗筷，走了过来，坐在门安琪身边。

“表演《甄嬛传》怎么也不知道关麦？”叶柏舟来教育门安琪了。

门安琪悠悠地抬头，看着叶柏舟。

“你怎知我心中的委屈和苦痛？”

啧。

叶柏舟无语扶额，一听这莫名其妙的句式就是刚跟凌落落说完话，被传染上戏瘾了。

“跟你说了要学学凌落落的好，别学她的彪。她本来挺尿，跟着你立马来劲儿了。”

门安琪失落地摇摇头。

谁也无法安抚此时此刻悲伤的她。

“斗地主吗？”叶柏舟突然问门安琪。

“斗！”门安琪眼睛一亮，“斗！来来来！”

小屁孩。

望着门安琪兴高采烈地飞奔着去拿牌的背影，叶柏舟无奈地摇摇头。

确实是小屁孩，智商完全不够。

叶柏舟从没有打过这么累的牌。

门安琪一身憨劲儿，有炸就扔，丝毫不管自己之后剩下的牌该怎么出。

叶柏舟存心给她让牌，她只剩一张了，叶柏舟拆牌给身为地主的她递了张小三。

但凡门安琪有点智商应该也不至于把小三小四留在最后。

结果门安琪眼泪汪汪地看着他。

"过。"她绝望地摇了摇头。

过什么，小三都要不起，还能要啥。

带不动，完全带不动。

叶柏舟叹一口气，教门安琪："最后一轮牌权没在你手里，你就剩一张，结果给自己剩张三，你说你怎么想的呢。我问你，那张三你要怎么打出去？"

门安琪受教了。

第二把给自己剩了张四。

叶柏舟："……"

他突然觉得太阳穴胀疼。

门妈妈赢得眼睛冒绿光，连连感谢门安琪。

"幸好我没把你生得多聪明，小叶给你让牌让得我都想喊犯规了，就这样你还能输。哈哈哈，可咋整，要不晚上我们吃鱼吧，给你补补脑子。"

门安琪觉得自己受辱了。

这一把发愤图强，重新做人。

她憋着劲儿，有小王和三个二都不轻举妄动。叶柏舟做地主，她一路小心翼翼，不再像之前那样只顾自己嘚瑟出完连子、姊妹对、飞机，不管之后剩下的散牌怎么出手。

总算熬到了最后一把，门安琪手里剩了个 8 和小王。

她先出了 8，然后门妈妈用 2 管住。

门安琪跟中彩票一样，高兴地大喊："王！小王！我赢了！"

叶柏舟把蹦起来的门安琪按回去，慢条斯理地甩出大王："牌权没在你那儿呢。我先出大王，你把你那小王收回去。"

没关系，我不信你没有单牌，只要你出单牌，我这个小王就能赢。

门安琪算盘打得极好，却没料到叶柏舟还真的没有单牌。

他一个四连对，然后一个飞机，就这么把牌出完了。

门安琪又输了。

她都输呆滞了。

叶柏舟有些不忍，摸摸门安琪的头："乖。"

门妈妈也摸了摸门安琪的头："乖。但是再伤心吃完晚饭你还是得洗碗哦。"

下午叶柏舟要去做他的事了。

门安琪想跟着一起去，门妈妈要睡午觉，懒洋洋地挥手："晚上回来前估摸时间跟我说一声，我好开始做饭。"

"好。"叶柏舟应下。

现在坐公共交通工具还是有些危险，为了方便一点，所以两人就近去了家4S店，叶柏舟问门安琪会不会开车，门安琪高中毕业那年学了车，想也没想便说："会。"

"来，送你辆车。"

门安琪脚步一顿，不可置信地看向叶柏舟，一脸震惊："什么？在你心中我竟然是这样的人？"

叶柏舟憋着笑，牵过门安琪的手："我们的爱不是可以用物质来衡量的。只要你高兴，别说车——"

他指了指对面那栋楼："楼都给你买下来。"

门安琪把手从叶柏舟手里抽回来，做作地捂住胸口，痛苦地摇头："不！我不能要！"

"真的吗？"

"当然是假的啦！"门安琪手直直指向前方，"走！我富裕的男朋友！我们资本主义一把！"

叶柏舟再也忍不住，哈哈大笑。

他可太喜欢门安琪了。

叶柏舟开着车，门安琪忙着往曲库里导歌，没注意路。等她忙活完抬头，才发现上了一座熟悉的桥，过了桥就是她的初中了。

门安琪看着面前这座灰色建筑，一时间愣住了。

"嗯？这就是你这次弄那个什么无人机体温检测的学校？"她扭头问叶柏舟。

叶柏舟点点头。

他把口罩给门安琪戴上，自己也戴上一个。两人下车，还没走到校门，校长和一众学校领导已经在那儿等着了。

“感谢感谢，这次你真的帮我们大忙了。今年中考可马虎不得，再过一段时间初三学生该返校了，我正愁量体温这事呢……”

叶柏舟和校长握手，谦和地说：“没事的。”

他看了一下还处在发呆状态的门安琪，伸手揽过她的肩，提醒她回神儿，同时向校长介绍道：“这是我女朋友，她就是从这里毕业的。”

校长长长地“哦”了一声，又意味深长地说：“原来如此！”

门安琪挤出个笑容。

校长还是老样子，戴着一副掉了漆的银框眼镜，后脑勺有些秃，所以喜欢把头发往后梳，遮住秃的地方。

“校长好啊。”她礼貌地打招呼。

“你好，你好。你是哪一届毕业的？哪个班的？班主任是谁啊？毕业了也可以随时回母校来看看嘛！”

门安琪垂下目光，避开所有问题，小声说：“我都忘啦！”

她摇了摇叶柏舟的胳膊，问道：“我们什么时候走啊？”

门安琪一点也不想回到这里。

升国旗的地方有白倩在上面主持“五四”青年节的身影；操场有她跑步跑了一半儿鞋底子掉了站在原地不知所措，既羞辱又尴尬的回忆；单杠那儿有白倩坐在上头对所有人绘声绘色地讲她鞋底掉了这件事的声音；篮球场上有门安琪心动过几天的学长的身影，也有白倩拿着门安琪的日记本给学长念日记的回忆；教室里更不必说，有小组讨论学习唯独门安琪被晾在一边，于是她只好装镇定地趴着假装睡觉的桌子；黑板凹槽里的粉笔灰进过她的笔袋；辛苦画好的黑板报被人一夜之间全部擦干净……

这里不是学校，这里是白倩在的地方，这里是曾经的门安琪最怕的地方。

她每天早上告别妈妈，背上书包往这里走的每一步，都沉重得像灌了水泥。

“我去车上等你。”门安琪丢下这句话就走了。

难怪叶柏舟要说给她买辆车，估计是早就料到了现在这个场景，提前给她找了个可以躲的地方。

可是叶柏舟为什么要带她来这里呢？

门安琪把车内音乐开到最大。

门妈妈在家里其实并没有睡着。

她回想着今早和叶柏舟包饺子的时候，问他为什么会突然来成都。

叶柏舟：“有个跟学校合作的项目。”

听他这么回答，她反倒放心了，就怕是专门为了门安琪而来，那样显得太隆重，她总觉得不踏实。

“哪个学校啊？”门妈妈把馅儿放在饺子皮上，利索地收口。

叶柏舟说完之后，门妈妈手下没控制好力度，饺子皮居然裂开了。

“那刚好就是门安琪的初中。”门妈妈苦笑一声，“你们俩还真是有缘。”

门妈妈说门安琪初中的时候很排斥上学，但为了不让她担心，一直都没说。她那时候也忙着养活娘儿俩，每天做三份工，根本没注意到门安琪不知道从什么时候起性格变得那么静了。

“她小时候淘得哦，那真是能把一栋楼掀翻的那种淘。这附近谁不知道她的名字，亏得她爸爸脾气好，每次门安琪犯错了，他都挨家挨户去道歉。

“仔细想想，其实也不是完全没察觉到，但都简单地归于她为她爸爸难过了。难过谁不会，关键是得继续活着，活下去。”门妈妈又开始苦笑，“那段时间真的是忙到眼黑，睡觉都梦见钱，每天都在算生活费……实话说，我那时候还庆幸，幸好门安琪不惹祸了，安静待着了。

“后来我在她书包里看见一个被撕碎了的日记本。”

叶柏舟越听越心惊。

“我心想着，永远躲着不去碰，说明还是在意。她现在每次路过初中，还绕着路走。门安琪跟你在一起的时候最放松，看得出来她也很依赖你。你要是能让她彻底地把这段阴影放下，你们俩在一起，我不反对，我还会支持。”

门妈妈是这么说的。

现在她翻了个身，其实也挺忐忑。

她提这个要求其实也算是在难为叶柏舟，她支持或者反对都不是必要的，他们两个已经在一起了，而且感情还挺好。

她从枕头下摸出手机，问叶柏舟：“怎么样了现在？”

叶柏舟过了一会儿才回消息。

“阿姨您放心。”

他只回了五个字。

门安琪都在车里睡着了，车窗突然被人叩响。

“你弄完了？”门安琪迷迷瞪瞪地睁开眼。

叶柏舟应了一声，他把车门打开，双臂张开，门安琪自然地钻进他怀里。

他手一使劲，把门安琪像抱小孩一样抱起来。

门安琪还处在刚睡醒愣神儿的状态，手环住叶柏舟的脖子，头趴在他肩上打小盹儿。

“乖，带我参观一下你的学校好不好？”叶柏舟轻声问门安琪。

“不好。”门安琪眼睛都不睁，“你在里面待了那么久，又不是没看见学校长什么样儿。”

“待那么久都是在谈事情，没有逛。”叶柏舟颠了颠门安琪，又问了一遍，“好不好？”

“行吧。”

叶柏舟侧头亲了一下门安琪的脸，说：“我保证什么也不问。”

门安琪哼一声：“问了也不跟你说。”

她动动腿，要自己下来走了。

叶柏舟把她放到地上，门安琪牵着他，走进校门。

“以前这儿是面镜子，校长说这是为了正仪表，检查自己是不是戴校牌了。但是他每次在校门口就把没戴校牌的人给逮住了，这镜子在校园内，谁还能越过校门照镜子检查啊？

“这儿是食堂，但大部分学生没在里面吃过，我们都是在那边小卖部买面包或者零食。听说小卖部老板娘一天能赚五千块。所以我人生中第一个梦想就是成为小卖部老板娘。

“这张乒乓球桌，我在上面补过作业。轮到我值日的时候，我就把卷子藏在校服里，趁着来倒垃圾的空当，趴在这里抄作业。”

…………

不知不觉，门安琪就带着叶柏舟把整座学校都逛了一遍。

她惊奇地发现一直被她当作地狱的地方，其实藏有不少美好的回忆。

坐在回家的车上，门安琪总算明白了叶柏舟的苦心，他又是一如既往拐着弯儿地安慰她或者保护她。

也只有叶柏舟能这样，叶柏舟不仅知道她的别扭，还知道怎么化解她的别扭。

如果今天叶柏舟是直接说“应该走出来了”或者“所有时光都是有好有坏”之类的话，她能当场扭头就走。

门安琪转头看着叶柏舟的侧脸，伸手摸了摸他的鬓角。

“叶柏舟，谢谢你。”

前面是个分岔路口，回家应该右转。

“往左拐吧。”门安琪说。

叶柏舟看了一眼门安琪，表情不像是逗乐子，于是照做了。

“你猜这是去哪儿？”

“到你的心上？”叶柏舟下意识地接了一句。

“……”

土味情话这种东西除了硌硬人，还能有啥用！

门安琪痛不欲生：“我求求你了，我妈刷抖音的时候，你别听。”

叶柏舟也很无奈：“我又不聋。”

“那你别记住啊！”

“我听过就忘不了了，你以为我想记住啊？”

“算了算了，这一段儿就过去了。”门安琪揉揉手臂上的鸡皮疙瘩，重新回归一开始的话题，“这是去看我爸的路。”

叶柏舟踩了个急刹车，手指在方向盘上敲了得有十几下。

他看着前方不远处的小山，难怪越走越偏。

“你确定吗？”叶柏舟问门安琪。

“确定。”门安琪答得很快。

“那好。”

他踩下油门，两人重新上路。

叶柏舟停下车，门安琪拍了拍他的手背，问道：“我上去跟我爸说会儿话，你要一起去吗？”

他难得又犹豫了一下，手摩挲着方向盘，不确定地问：“我可以去吗？”

门安琪认认真真地想了想，说：“我觉得我爸应该很想见到你。”

叶柏舟点点头。

墓园果然是在小山上，水泥阶梯从山脚一直铺到山上。

成都老是下雨，水泥阶梯上时不时有个小水洼，映着上方灰蒙蒙的天空。

他跟着门安琪一起上山，进入墓园之前买了两束黄白色的菊花，迎着倒春寒的凉风，两人把花摆在门安琪爸爸的墓前。

“来得匆忙，临时决定的，没有带什么东西，只能送你两束没啥用、但还挺好看的花啦。”

门安琪一边念叨，一边坐到爸爸的墓旁，伸手拂开墓碑上土黄色的枯叶子，又拿出纸，把墓碑擦了擦。

“跟你介绍一下，站在你面前的是我男朋友。”门安琪对着叶柏舟笑，“他叫叶柏舟，盘亮条顺会来事儿，也只有他能降得住我，还不让我反感——破你纪录了嘿，老爸。”

有时候门建国管门安琪，她还挺烦的。

叶柏舟听门安琪这么介绍自己，乐了。

“叔叔您好。”他对着墓碑鞠了个躬。

门安琪摆摆手：“好了，一会儿你再来跟他聊吧，我先跟我爸说会儿悄悄话。”

天暗沉，风也凉，墓园这种地方，是阳光也照不暖的。

叶柏舟手揣着兜，看着这些坟冢，心里思绪万千。

他们生前应该也读书、考试，有过心动的人，可能也都有错过了几趟车、在公共场合丢过脸、有害怕得不行也要勇往直前或知难而退的时候。他们是不是也曾为了活着而奔波，有过子女、家人，还跟他们吵过架、怄过气，是否在死前又都和好如初？

现在活着的人，以后也会死去，只有路边的石头、天上的月亮一直安静伫立。

叶柏舟回头，门安琪还在跟她爸爸聊天。

她的声音模模糊糊听不清楚，但语气亲昵熟稔，一看就经常来。

“爸，谢谢啊，还算给力，我跟我妈都挺好，没什么大病，顶多就是偶尔感冒一下。今年新冠肺炎好严重……这是一个过得很沉重的春节。不过多亏了你的保佑，我和我妈挺过来了。”

门安琪坐得有些累了，她把头靠向墓碑，看着不远处叶柏舟的身影，微笑浮上嘴角：“我现在特别开心。”门安琪顿了一下，语速更加慢，“但是不能因为你看我现在好过了就懒得来梦里找我了呀，我还是很想你的，有时间来梦里见见我吧。”

…………

“好啦！差不多就是这些，在那边好好照顾自己，我跟妈妈会好好的！”

门安琪站起来，伸了个懒腰。

“爸，我走了啊。让叶柏舟来看看你，但是他话不是很多。要是一会儿他站半天说不出一句话，你别介意。”

今天风有些冷，但不刺骨，隐隐约约还能闻见花香。

其实门安琪一开始没想让叶柏舟知道这个地方，怕他觉得愧疚。叶柏舟把她带去曾经的地狱，直面它，她竟然不知不觉就放下了心结；她要让叶柏舟和门建国直接对话，这样也许他心中的愧疚，就也放下了。

叶柏舟站在门建国墓碑面前。

如门安琪所料，他没什么话说，但是心里却想了很多很多。

黄昏，当所有的云彩汇聚到同一侧天边的时候，叶柏舟把所有想说的话，汇聚成两个字：“谢谢。”

门建国给门安琪留下那么多美好的回忆，让她即使是难过得要命时，也能有“爸爸”这个念想和依靠；他给了门安琪足够的爱，所以即使面对别人的不喜欢，她也不会彻底怀疑自己、贬低自己。

风从远处吹来，草坪上散落着的一些小落叶也被吹起来。

叶柏舟对着门建国的墓碑，恭恭敬敬地鞠了一躬。

2020 年 4 月 8 日武汉解封，奚怀洋也顺利结束了他的医疗志愿者服务。

庄穆临走前，拍了拍奚怀洋的肩，经此一役，两人熟悉了不少。

“下次来长沙玩告诉我，有机会一起吃个饭。”庄穆说。

奚怀洋的眼睛开始冒星星，拼命地点头：“好呀好呀好呀！”

“哦对了，你昨天跟我说的做医生不好找女朋友的事，”庄穆推了推眼镜，“因人而异吧。”

“哎？”奚怀洋没反应过来，“我上次去仁和医院，他们都说你没女朋友啊。”

“我没有女朋友，但我有老婆啊。”庄穆一向端正严肃的脸难得带上笑，还笑得有点坏。

奚怀洋眨了眨眼，有点蒙了。

“你，加油。”庄穆又拍了一下奚怀洋的肩，就跟着随行团队上了专机。

飞机都飞远了，奚怀洋还站在那儿。

什么世道。

现在帅哥都流行“英年”早婚吗？

那怎么他连个女朋友都没有？

奚怀洋摇摇头，郁闷地往回走。

不过，幸好，门安琪还在读大学，叶柏舟他们两个人短时间里还不会结婚。

奚怀洋松一口气，还好还好，压力没有那么大了。

叶柏舟收到奚怀洋消息说让他把那封邮件删掉时，叶柏舟还在睡觉，迷迷糊糊的。

“什么邮件？”

奚怀洋一听这话都快急了。

“就是我去做志愿者之前发给你的那封遗书呀。”

叶柏舟恍然大悟，半睁开眼，从邮箱里找出那封邮件，发给奚怀洋。

“你自己删。”

奚怀洋打开邮件，重新读了一遍——

爸爸妈妈：

过去的这么多年，我让你们操了不少心，我也就不说“以后再也不让你们担心了”这种绝对不可能实现的话了，只希望你们平平安安，希望我们都能挺过去。

天冷了呢，爸就不要瞎臭美，不要不乐意穿保暖内衣，嫌那是老年人才穿的衣服。

妈去跳广场舞的时候也要注意，不要太拼，上一次就为了转个身把腰给扭骨裂了，给我吓一跳。

吃饭的话，爸你记得多吃一点绿叶蔬菜，老是吃肉也不行。

妈你该减肥啦，不然心脏的负担太大。说到心脏，不要熬夜呀，你们俩都不要熬夜，有时候看你们熬夜比年轻人还严重，天天捧着手机刷抖音……我们有的身体器官是一天二十四个小时都不能休息的，比如心脏，只有在睡觉的时候它才能够稍稍跳得慢一些——算是短暂的休息，所以一天8个小时的睡眠一定不能少。

少刷抖音，我知道你们刷抖音是为了了解年轻人的生活、跟上时代，但是仔细想想，也不是非得要跟着时代的步伐才行，过好自己的小日子也挺好。

爸，你给妈剥虾的时候，记得要连虾线一起去掉；妈养的花长蚜虫了，你拿手呼噜掉就行，一大把年纪了，就别还粘着一手蚜虫去吓唬妈了。【摊手】不是我说，你俩也太幼稚了！

还有小的时候，爸问我喜欢爸爸还是喜欢妈妈，我当时正为了什么事情跟爸生气，就赌气说，喜欢妈妈，最讨厌爸爸。

我记得当时爸的神情黯淡了特别久，我特别后悔说出那句话，但是又不知道该怎么收回。

今天看起来像是一个好的机会，爸妈，我爱你们一样多，希望你们健康，希望你们长寿，希望你们化险为夷，希望你们坐地铁能有人让座，希望你们排队的时候不会被插队。

希望你们遇见的都是好人。

我从小到大都让你们不停担心，不停操心，好像因为有你们，所以我永远都不用长大。这一次疫情我想了很多，自我感觉好像成熟了不少。

决定去做志愿者，就算因此感染上新冠肺炎，没治好去世了，我也不后悔。

死亡并不让我恐惧，如果我是为了这个国家，为了这里的人民而死去，我觉得也挺值得的。

最重要的是，想让你们记住，你们的儿子是一个有责任担当的人。

天啊，我觉得到时候你们收到这封信，肯定哭得不行。

我自己都感动哭了，我怎么这么棒！以后你们记得逢人就夸我！（也别夸得太过，容易招人烦。）

差不多就这些吧。

不要难过！

奚怀洋还记得当时写这封遗书的时候，自己边写边哭，感觉自己写的每一个字都带着悲壮雄浑的气氛。

现在形势转好，他顺利归来，再看这封遗书，从末尾开始，一字一句删掉它们。

他删得特别慢，在这个过程里，他回忆起了很多很多，一幕一幕的画面闪过。

终于页面变为一片空白，好像从未写过这么一封信。

他点击彻底删除。

奚怀洋站起身来，走到窗边，伸了一个懒腰。

他养的小黑蛇，还一动不动地趴在笼子里。他隔着玻璃，说："天气已经暖和了，你也该醒了吧？"

回到家以后，奚怀洋和爸妈深情拥抱。

父母看着他，千言万语最终化作一句话："你什么时候找个女朋友结婚啊？"

奚怀洋想走了。

"你看你，这次是你运气好，回来了。要是你真的就没回来，只剩我们两个老家伙，可怎么办啊？我看你就是一个人惯了，做什么都不管不顾的，要是有个老婆或者小孩了，你做事也不会这么莽撞……"

妈妈的念叨从客厅到了卧室，又跟着奚怀洋到了客厅。

奚怀洋崩溃了。

"叶柏舟也没结婚，你们怎么老盯着我呢？"

"谁说叶柏舟没结婚，人家戒指都买好了！不然我能这么急吗？你说说你……"

后面的话奚怀洋已经听不清了。

他脑子嗡嗡的。

武汉已经解封了，但学校还是没有通知具体什么时间开学，于是凌落落继续安心地窝在家里。

她看中了一款胶片相机，一看价格，立马就明白了金钱之于人类生活的重要性。

她在微信上对门安琪哭诉。

“这也太贵了，为什么胶片相机的价格差距这么大呀？我看有的一两百块就能搞定，这个怎么就要四千多呢？跟一个单反的价格差不多了。我感觉我吃土都买不起。”

门安琪看了一眼价格，深表赞同。

“我也觉得，我卖血都买不起。”

凌落落顿了一下。

“你犯规！你为什么不跟我一起吃土？”

“可能是因为我自己不喜欢吃土吧。【可爱】【可爱】”

“哼。【微笑】【微笑】【微笑】”

骂完门安琪，凌落落重振精神。

“不行！我要站起来！我要好好安排我的生活！明天我 8 点就起床！起来之后打完卡绝对不钻回被窝继续睡觉，我要站起来奋斗！只有奋斗才能够有钱，有了钱我才能买喜欢的东西！”

门安琪翻了个白眼，她都懒得理凌落落这些隔三岔五来的雄心壮志。

门妈妈一开始特别稀罕门安琪在家里，把她看得跟个宝贝似的。

结果这都过了四个多月了，门安琪还在家里。

门妈妈确实有些烦了。

尤其叶柏舟来了一趟，人家懂事能干、进退有度，关键还能早起吃上早饭，对比门安琪，她真的就是个废物。

“茶几上那么多果皮、瓜子壳，你看不见吗？你就不能吃完直接丢垃圾桶吗？你为什么一定要堆在茶几上呢？

“穿着外套就不要往床上坐了……也不要往沙发上坐！这都是干净的，你去换了家居服再来坐。

“晚上三四点手机屏幕还亮着，第二天早上 10 点了还起不来！你看看你这生活习惯！

“你眼睛怎么就看不着活儿呢？那么多脏衣服，你把衣服丢进洗衣机，摁几个按钮洗一下，晾一下，你做不到？非得放着让我去洗，我是你妈还是你的保姆？”

…………

如此种种，数不胜数。

门安琪不敢吭声，只敢偷偷在微信上向叶柏舟诉说自己活得艰难，顺道打听什么时候开学。

叶柏舟挺意外：“你什么时候这么热爱学习了？”

“我可盼着赶紧开学了，我在家里再多待几个月的话，我妈能跟我断绝母女关系了。”

叶柏舟耐心地等门安琪哭诉完，然后转移她的注意力。

“最近有一个超级月亮，到时候我们一起看吧。”

门安琪眼睛一亮，从床上坐起来，问道：“你要来成都找我吗？”

“想什么呢？到时候我们身居两地，但是对着同一片天空，看着同一个月亮，不也挺浪漫的吗？”

“行吧。”

门安琪重新躺下。

超级月亮果然很“超级”。

比平时大，比平时亮，真跟个白玉盘似的嵌在夜空中。

门安琪站在阳台上，看着这一轮月亮，看了几眼便觉得索然无味了。

月亮是很美，但总觉得应该两个人一起看。

她低下头，看着她买的那盆喷雪花，算是明白这个为什么叫喷雪花了，一直都是枯枝状态，后来突然有一天就长满了绿芽，然后白色的小花立马开满了枝条。

手指伸进土里感受土壤湿度，有点干了，门安琪接了盆水，把它浇透。

月光下的喷雪花，洁白、娇小、细嫩、轻盈，边缘好像镀着一层朦胧的光。

门安琪想起去年的这个时候，她跟叶柏舟看的那一场月光下的樱花。

有点想叶柏舟了。

这时叶柏舟正好打电话来了，门安琪接起来就问：“你也在看月亮吗？”

“嗯。”叶柏舟声音里带着笑，不知道是不是信号不好的原因，门安琪听着好像有风声。

她问叶柏舟：“你是在哪儿看的月亮呀？”

叶柏舟顿了一下。

门安琪好像突然想到了什么，她屏住呼吸。

“在你家楼下看的呀。”

预感成真了！

接着是乒乒乓乓一串响。

门妈妈骂门安琪大半夜不睡觉在干什么，门安琪来不及解释，连外套都来不及穿，就噔噔噔跑下楼。

一打开单元门，面前站着一个高高大大的男生。

不是叶柏舟还能是谁？

“叶柏舟！”

门安琪飞扑进叶柏舟怀里。

叶柏舟抱起她在空中转了两圈。

转完之后他也舍不得放下，直接托着她的腿抵到墙边儿，看着她，眼睛黑沉沉，深邃得像一片海洋，有月光有海浪，清冷又汹涌。

“我想死你啦。”门安琪小声开口。

叶柏舟笑了下。

“好久不见，最近又拜冯巩为师了？”

两人一起笑出来。

月亮好美。

月色温柔。

叶柏舟地看着门安琪。

“除了你，我想不到还要和谁共度一生。乖，我们结婚好不好？”

他好像从来都没说过“我爱你”，顶多是半开玩笑地来一句“我怎么这么喜欢你”。

正儿八经的情话他说不出口，也不擅长表达自己。

好在，门安琪都懂。

好比现在，明明他没说什么浪漫的话，但门安琪眼眶里已经蓄满了泪。

没有嫌这一切突如其来，也没有觉得他是心血来潮。

她胡乱地点头说：“好！”

叶柏舟在门安琪额头上轻轻地印下一个吻。

与此同时，门安琪无名指上多了份冰凉的触感。

月亮像硬币、像此刻门安琪装着泪水的圆眼睛、像他戴在她无名指上的戒指，光辉照着兜兜转转总算相遇的他们俩，终于要成为眷属的恋人。

叶柏舟爱门安琪，他说不出来“我爱你”三个字，但是他知道，如果沙尘暴来了，他会把他的毯子分给门安琪一半。他们一起躲在毯子下面，手拉着手，一起等风暴过去，等好天气再来。

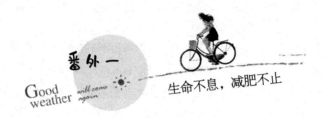

番外一 生命不息，减肥不止

Good weather will come again

本台消息：门安琪又决定减肥了。

疫情过后回了学校，她跟妈妈、叶柏舟商量好，决定转专业，从播音系转到了新闻系。

“想用笔尖记录时代，以新闻人的点滴真心，写出有传播力的报道，守护祖国大好河山！”门安琪说得慷慨激昂。

妈妈听得脑子嗡嗡的，她说她不懂这些，让门安琪去问问叶柏舟。

门安琪问了。

叶柏舟考虑了一晚上，她能突然有这想法，肯定是因为这次疫情的原因，想到之前的观鸟视频、艺术节等活动里她写的手稿，门安琪确实擅长写稿子。

“你决定好了，那就去做吧。”叶柏舟给出答案。

说干就干。

转专业得考试，这不是件容易的事，门安琪好久没这么紧张过了，就跟第二次高考似的。

叶柏舟怕她营养跟不上，天天准时准点投喂。

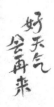

于是，最后的结局就是，门安琪转专业成功了，与此同时，她

也胖了。

于是，她决定减肥，又一次决定减肥。

她在此刻，以一种庄严宣誓的严肃态度，认认真真地对叶柏舟宣布：

“我真的真的真的，要减肥了！”

叶柏舟早习以为常了，门安琪的减肥持续时间至多一周半，差不多每隔一周又要重新决定开始减肥。

“好的。”

“不是，你严肃一点！”门安琪不满意叶柏舟的态度，叶柏舟现在正坐在电脑前看什么东西，满篇英文和图表，她也看不懂。

她从叶柏舟手臂下钻到他怀里，坐在叶柏舟腿上，手揪住叶柏舟的衣领：“我这回真的真的要减肥，不是持续一周的那种，我要一直坚持下去。”

她眼睛亮闪闪的：“不久之后，我将不再是我，你看到的将是另一个崭新的门安琪！”

叶柏舟哭笑不得，把门安琪揪住他衣领的手拂开。

“你哪回不是这么说的？”叶柏舟捏了捏门安琪软乎乎的脸蛋，真诚地说，“可是你真的不用减啊，现在这样刚好。”

门安琪面无表情。

“刚好被你捏是吗？”

她别开脸，气鼓鼓地说：“我觉得我脸就是被你捏大的。”

越想越气，门安琪要从叶柏舟怀里挣出去，被叶柏舟一把按住，他忍着笑逗她。

“那你胸怎么没变大？”

奚怀洋接到叶柏舟电话，问有没有认识的靠谱一点的开锁师傅。

“要开锁师傅干什么？”

叶柏舟手扶住额头，一脸懊恼地说：“被门安琪锁在卧室外边了。”

奚怀洋笑了整整 47 秒。

47 秒啊。

都够宁泽涛游自由泳 100 米了。

叶柏舟没什么表情地挂了电话。

求人不如求己，叶柏舟整了整衣领，在卫生间对着镜子摆弄了半天，最后端着一副英俊冷酷面容，步伐稳健地走到卧室门口，扑通一声跪下。

门安琪正在卧室里偷吃小饼干，被门外的动静吓了一跳。

她隔着门喊叶柏舟。

叶柏舟很冷静地回道：“在。”

叶柏舟冷静极了：“老婆，我错了，我真的错了。”

原来刚才扑通一声是这动静。

这下轮到门安琪忍笑。

她假模假样地咳了咳，故意端着架子问：“哦？”

“你现在应该在吃小饼干吧？那东西吃多了上火，床头柜第二个抽屉里面有两盒牛奶，喝了再睡觉，乖。”

叶柏舟实在很狡猾。

门安琪反应过来的时候，她已经心软地把叶柏舟放进卧室了。

叶柏舟一进卧室就不装了，利索熟练地把门安琪压在身下，一边亲，手一边往下探到了腰。他捏着门安琪的腰，有些软软的肉，手感太好，他实在没忍住，又捏了一下。

门安琪当即就炸了。

“不就有一点肉吗！你有必要这么强调吗！”

叶柏舟再次被赶出了卧室。

他顿了顿，思考故技重施还有没有效果。

正在思考呢，门开了。

叶柏舟还没来得及喜出望外，一个枕头和一张薄毛毯就砸在他喜出望外的脸上。

…………

看来今晚必须得睡书房了。

明天必须得配一把卧室的备用钥匙了。

与此同时，门安琪正儿八经地开始了减肥。

减肥最重要的就是少吃！持续性地少吃！

少吃算什么！

她直接不吃！

门安琪雄心壮志：不就是不吃吗！轻轻松松！管住嘴！一切都很简单！

临近傍晚的时候，凌落落问门安琪去不去吃火锅。

门安琪说："减肥呢，不去。"

凌落落受不了，发语音骂她："你瘦成这个样子还减肥？你让我怎么活？"

"你比我高啊……"

"高五厘米，胖二十斤！你是不是专门来侮辱我的？"凌落落飙出一长串话，"你这个人真的太虚伪了！做个人吧！给别人一点活路吧！我看网友说得一点不错，成天嚷嚷减肥的多半是个瘦子！我一直以为我身边没这种人，万万没想到啊，门安琪你啊你，我算是把你看透了。"

门安琪实在顶不住凌落落这一段声情并茂的"控诉"。

她称了下体重，发现自己只是没吃早饭和午饭，已经瘦了两斤半了。

不错，看来减肥很容易啊，轻轻松松，没问题！

那吃个火锅应该也没什么！

门安琪："好！走！火锅走起！"

吃完回来。

门安琪摸了摸胀鼓鼓的肚皮，思考现在要不要再称一下体重。

现在肯定重啊，刚吃完。

于是门安琪耐心地等了两个多小时没那么撑了，还特意去上了个厕所。

回来之后，她小心翼翼地站上体重秤。

"……"

为什么不仅连之前减的两斤半长回来了，还重了一斤半？

为什么？

这秤是不是坏了？

吃个火锅就长了四斤？

我吃了四斤的东西下去？

门安琪把体重秤翻过来，重新装了一遍电池。

她再次小心翼翼地站上去。

“……”

这次不仅没少，还又重了四两。

去你的火锅吧！

门安琪愤怒地把体重秤踢进床下，然后绝望地平躺在床上。

为什么？

为什么我是四川人？

为什么我骨子里流淌着火锅的血液？

为什么我没有流淌生菜、菠菜、西蓝花、紫甘蓝、全麦面包等不长胖食物的血液？

我为什么要受不住诱惑去吃火锅？

火锅有什么好的？

不就是辣汤烫菜吗？

有什么值得我心心念念的？

…………

叶柏舟整理完了实验数据，打着哈欠从书房回到卧室，却看见本该已经熟睡的门安琪正端端正正地坐在床中间，一双黑眼睛直勾勾地盯着他。

门安琪开口时，语气悲怆：“叶柏舟，你监督我，我再想吃火锅，你就把我按洗漱池里浇水。”

叶柏舟被吓到了。

没听说减肥减到自虐的。

“为什么？”

“我必须得清醒清醒了！你知道女人美丽的三要素吗？”

叶柏舟听得一愣一愣的。

“什么？”

“瘦，简洁，自信。”门安琪一脸痛苦，“我除了满腔自信，啥也没有。”

叶柏舟乐了，他走上前，把痛苦的门安琪揽进怀里，亲了一口，安慰道：“你还有我啊。”

“哼。”门安琪不吃这一套，“你这种怎么吃都不胖的人现在最好不要惹我，我这个人思想觉悟不太高，很容易因嫉妒而丢失理智。”

之后的两天，门安琪彻底地开始了“绝食”之旅。

别人吃饭，她看着。

别人喝奶茶，她看着。

她就这么静静看着，微笑地看着，仿佛天地静止。

别人能吃东西有什么可羡慕的。

吃着很快乐是不是？

呵，都是脂肪！吃下去的全是卡路里！全是肉！

呵，我就冷眼看你们吃。

呵，胖死你们。

画风一转——

妈妈啊！胖死我吧！我真的想吃椒盐鸡腿、铁板牛肉、水煮剁椒鱼、焖烧火锅面啊！

闻着这么香一看就很好吃，尝一口果然很好吃，甚至比想象更好吃的食物！做出来不就是为了让人吃吗！

厨师辛辛苦苦做出来的美食，怎么能就此辜负？

吃三口，我就吃三口，三口之后我就停下！

吃到数不清第几口了，没关系！农民伯伯种菜种粮食那么辛苦，我又怎么能浪费！谁知盘中餐，粒粒皆辛苦！

不吃完不是人啊！

吃完回家之后。

冷静下来了，门安琪开始以头撞墙。

为什么？

为什么？

为什么要吃？

吃就算了，为什么要把自己吃撑？

门安琪，你引以为傲的自制力呢？

门安琪，你这个女人真是在玩火自焚。

…………

叶柏舟洗完澡，擦着头发出来，看见门安琪在那儿撞墙。

他心下了然。

“又后悔吃多了？”

门安琪可怜巴巴地点头。

叶柏舟嘴角微微翘起来，无奈得不行，把擦头发的毛巾搭在椅背上，走过去，拉着门安琪进浴室，一边给她挤牙膏，一边语重心长地安慰她：“吃都吃了，那干脆有骨气一点，就是吃了，怎么着吧！”他把牙刷塞进门安琪嘴里，“拿出这种气势来！”

门安琪无精打采地刷牙，不信叶柏舟这一套，白了他一眼：“对啊，就是吃了，然后就是胖了。”

她瘪瘪嘴，快哭了。

“叶柏舟，我觉得这就是我这一辈子的缩影。永远都在奋发向上，永远都在中途放弃，永远都在事后后悔。”

“减个肥你还扯上哲学了。”叶柏舟弹了一下门安琪的额头，“才哪儿到哪儿你就一辈子缩影了。”

他抱着手臂站在门安琪身后，从镜子里看门安琪，眼睛里全是温柔的宠溺。

“真的不用减。”他又说了一遍。

门安琪回过头，脸上是白色的洗面奶泡泡，有点可怜地看着他：“你老是这么惯着我，三年前我买的牛仔裤，现在已经穿不上了。”

叶柏舟：“你也不想想之前你多瘦，看着像个小竹竿儿，风一吹就能断。现在这样刚好。”

门安琪终于知道了，她减肥最大的阻碍，不是凌落落，不是各种美食，不是她几乎为零的自制力，而是叶柏舟。

叶柏舟这个人太没原则了，她什么样子他都喜欢，比门安琪自己还能接受自己。

睡前，门安琪窝在叶柏舟怀里，头枕着他的胳膊，两只手收在胸前，拨弄着叶柏舟柔软的睡衣领子。

叶柏舟的呼吸浅浅地打在门安琪额头上，像是蝴蝶扇动翅膀带来的气流。

“睡不着？”叶柏舟低头亲了一下门安琪的额头。

“没有。”门安琪嘴角悄悄地翘起来。

她抻长脖子，主动去够叶柏舟的嘴角。

门安琪笑得憨憨的，看着叶柏舟，像是在看着世界上最亮的星星，最好看的花朵，最顺滑的清风，最静谧的清晨。

她说：“叶柏舟，你是不是喜欢死我了？”

疑问句，陈述句语气。

答案早就在两人脑海中固定。

但是叶柏舟还是顺从地点点头，摸了摸门安琪的头，他用珍重得不得了的语气说：“嗯，特别喜欢，喜欢死了。”

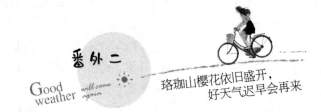

番外二

Good weather will come again

珞珈山樱花依旧盛开，好天气迟早会再来

按人类的说法，我是一只红狐，但这不代表我全身都是红色的哦，在我的尾巴上，有一撮白毛。

其实一开始我很苗条的，你如果去看人类早期拍的有关于我的视频，就会知道那时候的我腿很细很长，才不是现在这样肥嘟嘟的呢。

我很喜欢人类。

他们虽然也有四条腿，但是只用后两条腿走路，前两条腿，他们拿来捧着方块木片一样的东西对着我不知道干啥。

后来我听人类叫这个木片一样的东西为“手机”。

我本来有些害怕这个叫“手机”的东西，因为它们有时候会发出刺眼的亮光。

我看一眼，就得晕好一会儿。可是也有人拿着手机对准我时，手机没有发出刺眼亮光，我喜欢那种人。

大多数时候，我只需要在公路边的山坡上走几圈，然后就会有一大堆人围过来，有人会给我喂吃的。

我才不会乱吃呢。

哎？这个闻着好香。

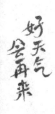

那舔一口好了。

“哇！它吃了！它吃火腿肠了！”

我摇摇头，人类真是喜欢大惊小怪的生物。

不过，不得不说，这个叫“火腿肠”的东西真好吃。

但是眼前这个拿着火腿肠的人看起来又兴奋又有些害怕。

是怕我咬他吗？

才不会呢！

我们狐狸最可爱有灵性了！

说到这儿，我想起来了，人类居然把我们狐狸归为犬科！才不是！

我跟脏兮兮的、爱汪汪乱叫、一有吃的就摇尾巴的狗才不一样呢！

哼！

这么一想，眼前这个喂我火腿肠的人看起来也不顺眼了。

我打算高傲地离开。

但是火腿肠又很好吃。

幸亏我们狐狸天生聪明，我灵机一动，再次咬火腿肠时用了点力，一口把人类手里的火腿肠全叼走了。

带上了好吃的，我开开心心地回到山上。

身后的人类又开始拿着手机拍我离开的背影。

我摇了摇尾巴。

呵，就让你们看看本大爷矫健的背影吧！

天气好的时候，来看我的人很多，来给我送吃的人也很多。

我都吃不下啦，他们还是给我。

幸亏我们狐狸天生聪明，我才不会硬吃，把自己吃撑，我把吃不下的食物都藏起来。

天气不好的时候，就没什么人来看我啦，他们都呆在自己的家里，和自己的家人在一起。

每当那个时候，我都会有点孤独。

不止是因为没人给我送吃的——我都说了我会贮藏的啦！其实我喜欢人类，喜欢他们热闹地说笑，喜欢他们沿着珞珈山路跑步，喜欢他们四处合影。

樱花落满地，要是没有人类熙攘而来，看着总有些寂寞。

我的祖先有些为了修行成仙，成千上万年地待着，哪儿也不去。

我问那是在干什么，上了年纪的桉树爷爷跟我说那是飞升成仙的必经之路——忍受孤独。

“可我讨厌孤独。”我扭过头，不想面对这个话题。

我喜欢热闹，喜欢人类。

但是今年不知道怎么回事，天气都回暖很久了。

按理说已经到了人类所说的好天气，可还是没有什么人来看我。

我在山坡边跑来跑去，在公路上溜达了一圈又一圈，没有一个人。

太阳挂在空中，本该很温暖，可是我总觉得凉飕飕的。

人类世界到底发生了什么啊？

再有几天，樱花都该开了。

往年这时候早就热闹起来了。

樱花已经盛开了。

可还是没有人。

樱花落满地，没有人类熙攘而来，看着总有些寂寞。

我讨厌死那样了。

不行，我得下山去看看，看看人类世界到底怎么了。

珞珈山下面就是人类所说的武大，我喜欢这座学校，这座学校的人都很好，他们会专门来投喂我，会阻止一些不懂礼貌的游客吓我。

他们叫我“珞珞”，说我是珞珈山的守护精灵。

我才没有那么厉害呢。

但这话我倒也确实很爱听啦。

这么漫无目的地想着，我不知不觉就到了武大。

平日里盛满笑声的校园，现在却静悄悄的。

一片寂静。

樱花只有七天的盛开时间，所以在这有限的时间里，它们铆足劲儿拼命绽放。

我走在樱花树下，都快要看不见天空。

粉色的花海，风吹来时，花瓣轻飘飘落地，像是粉色的雪。

好漂亮啊。

可是这一片惊心动魄的漂亮，除了我，没谁看见。

我灵巧地跳到樱花树下，用尖尖的鼻子接起一片正在下落的樱花。

我问它："你有没有觉得孤独？"

它不回答我。

我说："幸亏你今天遇见的是我，要是你遇见的是桉树爷爷，他准给气死了。"

想了想，我怕樱花对桉树爷爷有误会，又解释道："不过他不是针对你啦，他老了，总希望有谁陪他说话的。"

薄薄的樱花瓣微微颤动。

"你总算回应我了。"我把这片樱花瓣小心翼翼地放回地上。

我知道，不久之后，这片樱花瓣就不再是粉白色，而是慢慢变黄变黑，最后化作泥土。

想到这里我有一些难过。

这没什么奇怪的吧？看到漂漂亮亮的东西，总希望它也能有一个美好的结局。

不过，对着这些算是已经宣告死亡的樱花花瓣露出感伤面孔是一件不礼貌的事情。

“好好睡吧，总有一天我们会再见的。”我对它晃了晃尾巴。

我的尾巴上有一撮白毛，桉树爷爷说这是樱花的印记。

我用这块樱花的印记对樱花说再见。

天啊！

本大爷怎么这么浪漫！

可是这么浪漫的我，也没人看见。

我撇撇嘴，又开始失落。

人类世界到底怎么了，为什么他们好像一夜之间都消失了呢？

我储藏的粮食都吃完啦，本来算好时间，分配好了，刚好够撑到今年好天气时人类出门给我喂食的。

好饿。

我觉得我都瘦了。

真不懂为什么那么多人类女孩会叫嚷着减肥好难。

我慢吞吞地在武大校园里逛着。

轻风吹拂，无数的樱花应声而落。

阳光好像穿透了花瓣，让花瓣变得透亮，让落地的阳光变得柔和。

世界仿佛笼罩着一层纱，我在轻薄的纱里行走，呼吸之间全是樱花的清香。

这么美。

本不该只有我一只狐欣赏。

樱花落满地，要是没有人类熙攘而来，看着总有些寂寞。

本以为下山了就能见到人类，结果满载失望而归。

回到山上，我想起空荡荡的武大校园，又想起那满地要腐烂的樱花。

好难过。

这种难过就像有一回，我不小心把头裹进了一个被人类丢弃的塑料袋里，窒息将我包围，喘不上气。

我跑到桉树爷爷身边。

“人类今年到底怎么了呀？”

桉树爷爷叹了一口气。

他说：“人类和大自然本来应该和谐共处，但是呢，有一些人总想着要征服大自然，于是现在就受到了惩罚。”

这话听起来太深奥，我不太明白。

桉树爷爷没再多说，而是笑了笑，然后抖落了三片桉树叶子。

我看着树叶落在地上，想起了那瓣樱花。

我又问桉树爷爷：“今天下山我看到好漂亮的樱花，但是它们都会凋落，落进土里，最后腐烂。我希望它们能一直美美地挂在树上。或者实在不行，掉落下来也行，起码不要腐烂呀。”

桉树爷爷说我这只狐幼稚、不切实际。

“花瓣肯定是要落的，但它并不是完全腐烂了。一半的花瓣掉进土里腐烂，成了来年新花瓣的肥料；还有一半的花瓣落进了你的眼睛里，永远留在了你的心里。”

桉树爷爷说：“就像人类正在经历的这一次灾难，要把它的一半化作力量前行，一半永远铭记于心。”

天上零星有几朵云。

它们优哉游哉地在天空中飘来飘去。

风姐姐在山下逛了一圈回来了，她围着我们讲了一些趣事，然后又蹿到云上面，去和云捉迷藏。

这里一片静谧美好。

我却在这个时候，无比思念人类。

我想人类如果也能是这一片和谐风景的一部分就好了。

桉树爷爷看穿了我的想法。

他笑了，又抖落几片叶子。

“没关系的，要相信人类，他们虽然有的时候很贪婪，有的时候也很虚伪，但他们始终是在向前走的，珞珈山的樱花依旧在盛开，好天气迟早会再来。”

这世界迟早会重新热闹起来。

我等着。

（全文完）

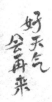

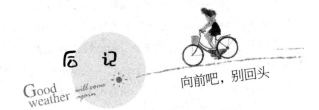

后记

Good weather will come again

向前吧，别回头

我们家的家教严格。

长辈说话的时候不能插嘴，更不能顶嘴。

长辈没在饭桌前坐下，我们就得站着；长辈没伸手夹菜，我们就不能碰筷子，更别提先吃。

长辈坐上席，如果长辈不在，那个位置空着也不能坐人。

见着长辈，不管心情好不好，首先摆出笑脸，喊人，说吉祥话。

敬酒的时候酒杯不许高过长辈的杯沿，必须站着，走到跟前，垂首恭敬。

逢年过节必须给教过自己的所有老师发短信问候，家乡特产、礼品更是一个不落，回回都要送。

有一回学校开家长会，我妈从教室里出来，看见我在办公室问老师题目。回家途中，我妈骂了我一路，因为我站得太随便，在她看来，我还居高临下地看着老师。

我争辩："老师坐着，我站着，我怎么看他都是'居高临下'啊。"

我妈："你弯个腰能死？没礼貌、没家教。"

我以为全天下人都跟我们家一样的，结果后来发现还真不是。

我这些礼貌和家教在别人看来很容易被认作虚伪和讨好。

包括后来我的朋友，有时候都觉得我这个人太假了，明明心情不好，偏偏要装作啥事儿没有；明明很介意，但从来不明说。

仔细想想，我朋友说的我倒也理解。

但我的成长环境就这样啊，我就是这么被教育的。我们家人丁兴旺，爸妈两边的亲戚加起来能有三位数。

每回小孩们聚在一起，就是互相比拼家教礼貌的时候，我爸妈对我那么好，我肯定不想扫他们面儿，让他们在众多亲戚面前抬不起头，所以从小到大都来不及寻思自己到底乐不乐意，首先就忙着不挑事儿、装乖装听话懂事了。

我每次生气了最先找自己毛病，很容易心软原谅别人，但对自己犯下的错却长时间耿耿于怀，对别人的事情不表态不站队，尽量不得罪人。

这些说好听点儿叫“严于律己、明哲保身”，说难听点儿就是“㞞”。

有时候我看着日落的时候，会想如果我是另一种性格会怎么样？

应该是直接、鲜明、激烈的，生气了就明说，有刺儿就敢于把刺儿露出来。

有一个叔叔见我的第一面就说我适合当公务员，因为他觉得我会打太极，笑呵呵的会说话，敬酒不怯场还能口若悬河。

我真是……

这是我听过的骂我骂得最狠的一段话了。

因为其实我一点也不擅长那种东西啊。他看我圆滑不怯场，其实我手心里全是汗。

我在那儿举着杯子口若悬河，其实是使了全身的力气在对抗我的慌乱。

太累了。

镇定和笑都是练出来的。

都是习惯了。

那么我真实的自我意识呢？

唯一能确定的就是：我一点也不喜欢那个所谓的会做人、外向的自己。

我希望有一天，我能真实地做一个开朗活泼的人，而不是做一个因为大家对我的印象是开朗活泼，于是我就算难过不想笑也得开朗活泼的人。

早在几年前，我每年的生日和新年愿望就是“成为自己喜欢的人”。

这本书里的门安琪就是我喜欢的那种人——

真实、坦荡、不退缩、不软弱、不圣母、有力量。

她就是一个爽朗洒脱、有泪不轻弹的聪明机灵小天使，就是一朵明亮的霸王花。

关于叶柏舟，我只有一个想法——

我要和叶柏舟谈恋爱！

我真的太喜欢叶柏舟了！

爆喜欢！

他知道自己想要什么，知道自己的选择是什么，重要的是：他选了，然后就去做；决定了，就不再东张西望。

他认定女主了，就告白。

女主打算逃避，对他说：“你把这话收回去吧，我说真的。”

然后叶柏舟回了一句：“我不。我也说真的。”

我写下这段话的时候，激动得在屏幕前尖叫！

老天爷啊！让我成为门安琪跟叶柏舟这样的男孩子谈恋爱吧！

啊啊啊啊啊啊啊！

人类活着有太多思量、考虑、犹豫了，这样慢慢就错过了很多人很多事，事后又悔不当初。

但是叶柏舟不属于这种人。

他坚定，一往无前，像一把剑，干净利落地劈开朦胧模糊的夜雾。

门安琪多幸运，被这样一个人喜欢。

关于奚怀洋，有些可惜。

因为一点点犹豫，一点点迟疑，一点点害羞，然后他就这么错过门安琪了。

其实也不算错过，书里写得很清楚，门安琪其实隐约有察觉到奚怀洋的喜欢，但她没在意。

这就是答案了。

奚怀洋暗恋门安琪，但不怎么明显。

我也没点明写出来——这种事要是没个三年五载都不好意思说是暗恋。

但现实是有一种喜欢是只能短暂存在的。

喜欢到一半儿发现那个人已经有喜欢的人了；喜欢到一半儿得知那个人已经订婚或者是快要结婚了，这样自己就不能再继续喜欢下去了。

比如本文的奚怀洋，还有凌落落。

“止损”这种说法太虚伪，我向来没好感。

及时止损都是自我安慰罢了，夜深人静的时候，指不定回头观望多少次呢。

才不要止损，要一直往前冲。

冲着冲着那些旧事就已经隔得太远，连回看都模糊，更何况怀念。

所以我让奚怀洋鼻酸，也让他把那滴快要落下来的泪眨回去，继续兴高采烈，做个快乐的小青年。

关于专业知识。

文中所说的将 ATPRK（面到点回归克里格法）算法应用于 MODIS（中分辨率成像光谱仪）数据，对比现有通用的四种分析法，得到高质量锐化图像的研究，其实，在 2016 年的时候，武大遥感学院就已经有了相关的论文阐释，感兴趣的同学可以去武大遥感学院官网看一看。

网站上还有近几年与遥感相关的科研成果，比如智能视频监控、高精度几何定位缺少月面控制条件下的月面目标、三维摄影扫描测量系统、多视角三维建模与渲染、DPGrid系统（航空三线阵影像处理）等。

刚开始看这些东西的时候，我跟大家想法一样——

“这啥啊？”

“单字儿都认识，连在一起怎么就这么让人困惑呢？”

我还记得那时候查参考文献，从武大遥感学院的官网上下载了优秀论文集锦，点开一看标题，都是英文，当即我就有不好的预感，颤颤巍巍地打开文档，满屏的英文就算了，还附有很多图表、公式。

我拍了张照片，发到微博上，配上“我是文盲，我摊牌了”的文字。

一段一段对比着翻译，似懂非懂地看完了一篇论文。

当时心里只有一句话：同为脑子，有些人的脑子是真脑子。

“致敬”这个词放在这里可能有些重了，那就真心实意地夸一句：真的好厉害。

能耐得住寂寞，研究常人不理解、不懂的知识，科研工作者是应该得到比现在更多更多的鲜花和掌声的。

高中政治有一个答题技巧：如果遇到材料题中有“科技”相关的字眼，那么答题的时候，多半都可以用上“科学技术是第一生产力”这个观点。

以前迷迷糊糊地就背了，答题的时候其实也就是理所当然地写答案。

但是好多答案的内在意义是要过一段时间才能领略感悟到的。

好比文中描述的遥感知识（趁现在我脑子里相关知识还是热乎的），看起来高深莫测的理论、研究，其实早就应用到了生活中，给人们的日常生活带来便利。

我很欣赏一位国内脱口秀演员——呼兰，他说改变世界、推动世界前进的一定是实业和科学技术，浪漫的文字和艺术只能是添砖加瓦、锦上添花。（大概是这意思，原话忘了）

我对这一点坚信不疑。

尽管我本身就是一名文字工作者。

可能也正因为如此，所以我对呼兰这句话更有体会。

大家留心一下的话，会发现我笔下的男主基本都是学理工科的。

为此，我一个文科生吃尽苦头，大学毕业了还在网上自学网课。实话讲，高中时但凡有现在百分之一学理科的劲头，我也不至于生物考 3 分。

感谢武大遥感学院的邓雨琛同学，本书中很多有关遥感方面的知识都得益于他的帮助。故事开始，女主去实验室给男主打杂，这个情节灵感来源于他所说的“干活的话，本科生也有进实验室打杂的，比如裁剪影像、标注、校正影像、划分数据集之类的”这句话。我一开始根本不知道男主学遥感每天都干些什么，感谢邓雨琛解答困惑。

感谢武大的付宁、亢雪、淀粉（化名）、阿歪（化名）同学。写之前，看了很多武大的 vlog（微录），但每个 vlog 侧重点不同，看了几天也没什么大的收获，是这几位小可爱告诉了我真实生动的武大，还告诉我关于龙舟课、珞珈金秋艺术节、珞珈环山跑等的相关细节。但由于故事情节的限制，龙舟课着笔很少，环山跑也没有写，最后读者们能看到的只有金秋艺术节，这算是我心中的一个遗憾。看看以后能不能以番外的形式写给大家看。总之，谢谢上述同学啦！

最后还要感谢顾祗宁、高浩然，我的两位大学校友。当我问学遥感的学生毕业后能从事什么行业的时候，他们各抒己见，最后总结为——成为霸道总裁，感谢他们，才让我书里的男主叶柏舟最后走上创业道路。让我们期待他们在不远的将来，也能成为霸道总裁。

此外，高浩然是郑州人，作为“硬核防疫”地区的代表，给了我“有一个确诊的患者单元门都会给封上”的素材。最后这本书里没用到这个素材，但还是提一下。高浩然因为是从武汉回去的，疫情期间，每天会有不同的人给他打电话、量体温，这些都有在本书男主、女主身上写出来。再次感谢！

写小说必须要先有一定的真实事件作为基础，然后为了让故事情节更好更流畅的发展，会再进行虚构、演化。本书中必然有些细节跟真实的武大是不一样的，但那不代表我不用心。

我最爱的作家之一——契诃夫有本小说集，名叫《五颜六色的故事》，其实按契诃夫最初的想法，这本小说集应该叫《请买这本书，否则揍你！》或者《求求您了，还不买吗？》。

我一想，大师对自己的书都这么赤裸裸地推荐了，我学不了人家的才华，还不能学学人家的营销热情吗？

下面我开始“王婆卖瓜”了：

我写小说真的还挺认真的，就算最后结果可能差强人意，但这也是我那段时间能出的最好的作品了。

从没有敷衍的想法，以前没有，现在没有，以后也不会有。

现在这个时代肯花时间看书的人本就少，我如果不珍惜你们，还敷衍你们，就是在败自己的运势。

从一开始到现在，我对自己的写作要求都是：写给读者看，希望读者看完觉得轻松快乐有希望一点，希望读者看完不觉得浪费了时间。

人生很麻烦的，一步棋子走完紧接着就要考虑下一步，棋局没结束，什么时候轮到你受苦受累，只是时间问题。

写悲剧、写苦难、写命运，固然看起来很高级，但我总觉得，人们太过看重“艺术真实”的重要性了。

谁都经历过命运不公、体验过悲苦伤痛，甚至曾对着一场黄昏或者一轮月亮痛哭流涕过。

不然呢？

还能怎么样？

生活就是那样啊。

我的写作主旨不是要临摹现实，刻画痛苦，生活里大家遭的罪还不多吗？小说本就是让人放松身心的。

小说和生活是两件事。没有小说，生活也可以继续，小说也不能去改变生活。但我始终对生活充满美好的期待，始终相信人类内心强大的自净功能。

今年过年的时候，我和阿曜曜相约见了一面。

她迟到了快一个小时，我拎着两杯奶茶，等她等到奶茶变凉，她一路不停地给我发消息，告知她的位置，说她催司机走快点，结果司机一拍方向盘，暴躁地说：“来来来，你来开！”

我笑得春熙路上的人以为我癫痫发作。

我们去吃了袁老四火锅，我没料到我们俩战斗力那么弱，好像总共就点了六个菜，然后我们剩了四样菜，偏偏还都撑得不行。后来闲逛消食的时候，我们不可避免地聊到了小说的话题。

我跟她算是同一时期的作者，她有一家自己的淘宝店，然后她还在上班。（哇，这么一对比，我真的好废物！）写作对她来说就是兼职，她很好奇我这种全职写小说的人的生活是怎样的。

她问：“做专职作者累吗？”

我说：“写自己喜欢的故事就不会累。”

其实说起来一切都很巧妙。

2020 年刚开始的时候，若若姐就敏锐地察觉到了无人机在防疫工作中的优异表现，然后在一个早上，把这个无人机男主的点子发给我，我们俩很激动地探讨了一上午。

在我准备写这本书的过程中，点开 B 站，首页莫名其妙给我推送了遥感相关的视频（在这之前，我从来没有在 B 站上点过任何跟遥感有关的内容——我也不知道首页怎么突然就给我推荐了这个）。紧接着我去网页搜武大厉害的专业，好巧不巧，就是遥感。之后一切都顺理成章了起来。

无人机。遥感。

男主形象就这么立起来了。

谢谢若若姐。超级荣幸得到若若姐一个情节又一个情节、一句话又一句话地指导。她教我删除不必要的，增添需要的，让人物更加丰满、更加接近我设想的样子，甚至比我设想的样子还要吸引人。她帮助我让这个故事得到更美好更精彩地展现。

比如白倩。

白倩这个角色根本就是在难为我，一开始定人设时，若若姐就一语道破："她肯定会成为你这篇文的bug（缺陷）。"

我偏偏不信邪，心想不就一个恶毒女二吗，写起来有什么难的。

可是写着写着，觉得越来越难了。

我不能理解她做事的动机。

她需要讨厌女主，但我不知道能有什么原因让一个女生那么长时间地讨厌另一个女生——我的成长经历里，没遇到过那么鲜明地、长久地讨厌别人的人，大多数时候还来不及讨厌就已经发现了对方的好，然后就能和平共处下去。

不知道是因为我心大还是因为运气好，这么多年，我又是在文科班，又是学中文系，毕业了又是写小说，周围基本都是女生，但我真的没发现哪一个是那种人人憎恨的"绿茶"。

现实中没有原型，凭空塑造一个角色，这事儿可难为死我了。

设定里要她虚荣、拜金，我在我周围的人里看了一圈儿，大家都跟我一样天天叫嚣着暴富、发财，穷得那么真实生动，抠到让我心酸落泪。

这里就得再谢谢若若姐，是她带我梳理白倩的心理发展脉络，探讨白倩的人物背景经历，看着她逐渐成型，说不激动是假的。

这就是写小说的乐趣。

写小说是一件常写常新的事，经由笔下的人物，我好像更能看懂一点所谓"人生"这个东西，也更加确定我想要的生活、我想要的朋友到底是什么样的，自己也变得更加宽和，更能理解，更加平静，也更加快乐。

我以前是爱散文、诗歌，胜过爱小说。

散文诗歌情绪浓烈直接，一看就陷进去了。

而小说则显得迂回曲折很多，里面有很多人，很多矛盾，很多愿望，很多误会，很多错过，很多遗憾，也有很多的甜蜜和暖心，需要耐心看完，才能感受到震撼。

是小说教会我隐忍、克制，把情绪放在人物的行动上，舍掉大段的心理描写，只说必要的话，最关键的就是行为动作。

理论和实践是两回事，我也还在探索之中，只希望我能写出更好看的小说来回馈你们。

未来或许很长，也或许是一个过马路的时刻，我的生命就走到尽头，再无未来可言。生命中那么多不可预知，向前吧，别回头。

每一次的签名卡，我都会认真地写上一句“尽兴活着，认真欢乐”。

仅此一次的人生，活着就得要尽兴。生活大多数时间肯定是不如意的，正因如此，我们更要认真地寻找、延续欢乐。

谢谢你看我的书。

很荣幸又一次为你讲故事。

下本书见。